古典文獻研究輯刊

二一編

曾永義 主編

第 12 冊

《剪燈新話》、《剪燈餘話》敘事比較研究

陳映竹 著

國家圖書館出版品預行編目資料

《剪燈新話》、《剪燈餘話》敘事比較研究／陳映竹 著 — 初版
— 新北市：花木蘭文化事業有限公司，2020〔民109〕
目 2+164 面；19×26 公分
（古典文學研究輯刊 二一編；第12冊）
ISBN 978-986-518-059-1（精裝）
1. 中國小說 2. 文學評論
820.8　　　　　　　　　　　　　　　　109000521

ISBN-978-986-518-059-1

9 789865 180591

古典文學研究輯刊
二一編　第十二冊　　　　ISBN：978-986-518-059-1

《剪燈新話》、《剪燈餘話》敘事比較研究

作　　者　陳映竹
主　　編　曾永義
總 編 輯　杜潔祥
副總編輯　楊嘉樂
編　　輯　許郁翎、張雅淋　美術編輯　陳逸婷
出　　版　花木蘭文化事業有限公司
發 行 人　高小娟
聯絡地址　235 新北市中和區中安街七二號十三樓
　　　　　電話：02-2923-1455／傳眞：02-2923-1452
網　　址　http://www.huamulan.tw 信箱 hml810518@gmail.com
印　　刷　普羅文化出版廣告事業
初　　版　2020 年 3 月
全書字數　131183 字
定　　價　二一編 16 冊（精裝）新台幣 35,000 元　　版權所有‧請勿翻印

《剪燈新話》、《剪燈餘話》敘事比較研究

陳映竹　著

作者簡介

陳映竹，台南人，2014 年於中國文學研究所畢業，研究領域為中國古典小說、西方文學理論。
曾任宜蘭市復興國中國文老師，回西部後轉換跑道，駐足於設計領域。

提　　要

　　瞿佑《剪燈新話》為明初文言短篇小說，在明代十分受歡迎而有許多仿作，仿作又以李昌祺的《剪燈餘話》為代表。但現代學者的關注焦點多在白話小說上，而對文言的《剪燈新話》的研究較少，與它的研究的價值不相符，且對它的敘事評價偏低。因此，本論文將透過敘事學，分析《剪燈新話》，並與《剪燈餘話》作比較。期以客觀地方式分析二書的敘事技巧，探究影響明代文言小說甚多的二書的敘事情形。

　　本論文以《剪燈新話》與《剪燈餘話》二書中共四十三篇故事為研究對象，第一章緒論，對二書的版本及前人研究成果進一步探討。第二章以熱拉爾‧熱奈特的時序理論為主，探討二書在時間倒錯的使用，以及各自的組合與功能情形。第三章以熱拉爾‧熱奈特的時距理論，探討二書各種與時間速度有關的寫作手法與節奏情形。第四章以熱拉爾‧熱奈特的頻率、查特曼的敘述者干預，對敘述話語進行比較與分析，討論文本更深層的意涵與雙聲情形。除透過熱拉爾‧熱奈特及查特曼的敘事理論外，並輔以羅鋼、胡亞敏、譚君強等學者的敘事理論，透過客觀的分析，對《剪燈新話》與《剪燈餘話》在敘事時間與敘述話語方面進行比較，探究二書中在敘事方面的特色。

目

次

第一章　緒　論

第一節　研究動機與目的

明代是白話小說蓬勃發展的時代，也是多數學者關注的焦點。而中國小說史上文言短篇小說的第一個高峰在唐代，後經過宋元兩代的長期孕育，至明代的小說，延續著傳奇、筆記、志怪的系統，無論是在思想或藝術技巧上都達高度發展的階段，而《剪燈新話》就是在這一基礎上誕生的。

「剪燈」者，指的是古人照明用的燭燈，每當燭燈燃燒一段時間，燈芯變長時，需剪去頂端開花之處，以維持燭燈的光亮，不被變長而垂下的燈芯影響燃燒穩定；可知在夜晚一面說話一面還要不停地剪燈，其談話內容必當十分吸引人，這也是《剪燈新話》命名之意。小說集用「話」字作為書名在明代以前仍是較為罕見的，〔註1〕此後，《剪燈新話》乃有大批繼作，於是盛行於明代的剪燈系列小說有一大特色是在書目名稱上多用「燈」、「話」二字命名。

筆者選擇《剪燈新話》、《剪燈餘話》為研究對象之原因有二：

一、昔日對《剪燈新話》的研究上與其研究價值不相符

由於元末明初的政治因素，一部分的文人轉向寫作通俗長篇小說的路線，如《三國演義》、《水滸傳》等，描繪了軍國大事或英雄傳奇故事；而另一部分的文人朝向敘寫百姓生活及神怪描寫路線的短篇小說發展，《剪燈新

〔註 1〕薛克翹《古代小說評價叢書——剪燈新話及其他》，(瀋陽：遼寧教育出版社，1993 年 9 月第 2 次印刷)，頁 3～6。

話》則是此路線最具代表之作。整體來說明代小說以白話爲盛，受到昔日研究者的關注自然也最多，乃至於學界對於元末至明代小說的焦點多置於《三國演義》、《水滸傳》、《西遊記》、《金瓶梅》這些長篇章回的鉅作上，而對文言小說較爲忽略。〔註2〕雖文言小說在當時盛況不如白話小說，與政治及白話文學的發展亦有所關連，但據學者統計明朝志怪傳奇小說總數達 694 種，爲歷代之冠，理應受到重視，然而正如學者所言，其歷史現狀與它在小說史上應有的地位，存在著令人詫異的落差。〔註3〕尤以《剪燈新話》爲代表，從明初到晚明一直都有仿作輩出，〔註4〕可以看出此書具有不小的影響力，其光芒實不該被掩沒。

《剪燈新話》的仿效者多在自序中明白表露喜愛仿效之心意。如：

李昌祺《剪燈餘話·序》：「有以錢塘瞿氏《剪燈新話》貽餘者，復愛之，銳欲效顰。」〔註5〕

趙弼《效顰集·序》：「嘗效洪景廬、瞿宗吉，遍述傳記二十六篇……因題其名曰《效顰集》」〔註6〕

〔註2〕如在劉大杰《中國文學發展史》（華正書局，94 年 8 月版，頁 1133）中就將它忽略了：「至於那些唐人傳奇式的小說，如瞿佑的《剪燈新話》及李禎的《剪燈餘話》一類的作品，在這一時代已經失去其重要性，只好從略了」。

〔註3〕陳大康：《明代小說史》，（北京，人民文學出版社，2007 年 4 月，第 1 版），頁 112，依據袁行霈、侯忠義《明代小說史中國文學小說書目》作統計，明代文言小說計有 694 種，其它數量較多的朝代依序爲：清 594、宋 361、唐 184 種。

〔註4〕《剪燈新話》於明·洪武十一年（1378 年）成書後，在明代社會立即受到讀者的熱烈歡迎，但隨後因謫邊佚失，瞿佑在永樂十八年（1420 年）有重校《剪燈新話》之舉，後續，仿效者不斷。永樂十七年（1419 年）李昌祺《剪燈餘話》成書，在〈自序〉（1420 年）中即表明：「有以錢塘瞿氏《剪燈新話》貽餘者，復愛之，銳欲效顰。」的效法之意；隨後，宣德三年（1428 年）有趙弼《效顰集》問世，亦爲仿效《剪燈新話》之作。又嘉靖二年（1523 年）陶輔較以上三家之得失，並約繁補略而成《花影集》，此後七十年才又有邵景詹之《覓燈因話》，此時已是萬曆二十年（1592）了。然受《剪燈新話》影響之作必不單止於如此，若以書目名稱相仿的方向來看，尚有周禮《秉燭清談》、邱曖的《剪燈奇錄》、周八龍《挑燈集》、陳鐘盛《剪燈紀訓》等，甚至清代亦有戴延年《秋燈叢話》、蔣坦《秋燈鎖記》、宣鼎《夜雨秋燈錄》等，可以說是多少受到《剪燈新話》及其命名方式的餘緒影響。以上參酌喬光輝：《明代「剪燈」系列小說研究·序》，（中國社會科學出版社，2006 年）整理。

〔註5〕李昌祺著，張光啓校刊，劉世德、陳慶浩、石昌渝主編：《剪燈餘話》，收錄於《古本小說叢刊·第五輯》，（北京，中華書局，1990 年）。

〔註6〕趙弼著：《效顰集》，《筆記小說大觀叢刊》，（臺北：新興出版，1988 年）。

　　陶輔《花影集・引》：「遂較三家（《新話》、《餘話》、《效顰》）
得失之端，約繁補略，共爲二十篇，題曰《花影集》」〔註7〕

　　邵景詹《覓燈因話・小引》：「讀書遙青閣，案有《剪燈新話》
一編，客過見之，不忍釋手……與客擇而錄之，凡二卷。各已己意
附贊于末。客曰：『是編可續《新話》矣，命之曰《覓燈因話》。』」
〔註8〕

與「剪燈」相關的仿作尚有《剪燈奇錄》、《秉燭清談》等，甚至清代《聊齋
誌異》亦是以傳奇法而志怪、嵌入詩詞與詩性敘寫爲特徵，可見《剪燈新話》
之風采實不容小覷。在文學史觀的角度下來看其中許多故事題材的模擬與承
繼，對清代文言小說受其影響亦深，證明了《剪燈新話》系列小說的價值性。

　　近代學者從早先的忽略不文，到後期也漸漸的開始注意到《剪燈新話》，
甚至與《三國演義》、《水滸傳》相提並論：

　　　　以上討論的《三國演義》、《水滸傳》與《剪燈新話》三部作品……
　　　前二者是以敘事爲主的長篇巨著，而後者是抒情意味很濃的短篇小
　　　說的匯集……《剪燈新話》等文言小說的出現則結束了唐宋傳奇之
　　　後約一個世紀的蕭條沉寂。飛躍性突破的基礎，是這之前長期的醞
　　　釀準備，如果沒有戰亂的降臨，那麼文學創作本身規律的作用也會
　　　使上述轉折或遲或早地發生，而戰亂則是加速了這一進程，並使轉
　　　折型態顯得更理想完美。……變理所當然地應該成爲我們將著重討
　　　論的內容。〔註9〕

陳大康明確指出了相較於唐宋文言小說，《剪燈新話》確實有飛躍性的突破。
瞿佑《剪燈新話》題材多元，多發生在戰亂背景下，借煙粉靈怪故事以寄作
者的社會人生觀，而有關愛情婚姻方面的主題著墨的篇章也很多，使得《剪
燈新話》不只爲士人所喜，也更爲老百姓所愛，在明代掀起了一陣仿效的風
潮，但也因此引發後續被當政者所禁，而可以見得其在明代社會所引起的關
注是不容小覷的，學者對此書宣揚更加關注才是。

〔註7〕陶輔著：《花影集》，《明清善本小說叢刊・續編》，（臺北：天一出版社，1990
　　　年）。
〔註8〕邵景詹著，遙青閣纂錄：《覓燈因話》，《古本小說集成》v.5-52，（上海：上海
　　　古籍出版社，1992年）。
〔註9〕陳大康：《明代小說史》，（北京，人民文學出版社，2007年4月，第1版），
　　　頁58～59。

二、以往對《剪燈新話》敘事的評價普遍不定

　　昔日對於《剪燈新話》文采的貶低如孫楷第《風流十傳》總評所言：

> 凡此等文字皆演以文言，多屬入詩詞。其甚者連篇累牘，觸目
> 皆是，幾若以詩爲骨幹，而第以散文聯絡之者。而詩既俚鄙，文亦
> 淺拙，間多穢語，宜爲下士之所覽觀。此等作法，爲前此所無。其
> 精神面目，既異於唐人之傳奇；而以文綴詩，形式上反與宋金諸宮
> 調及小令之以詞爲主附以說白者有相似之處；然彼以唱歌爲主，故
> 說白不佔重要地位，此則只供閱覽，則性質亦不相侔。余嘗考此等
> 格範，蓋由瞿佑李昌祺啓之。……自此而後，轉相仿效，乃有以詩
> 與文拼合之文言小說。乃至下士俗儒，稍知韻語，偶涉文字，便思
> 把筆；蚓竅蠅聲，堆積未已，又成爲不文不白之「詩文小說」。〔註10〕

指出瞿佑、李昌祺開啓了「詩文小說」〔註11〕的創作風氣，縱使孫對此種體
裁屢屢批評，但他們在寫作技巧上確實開創了新局。此外，另有胡應麟《少
室山房筆叢》：「若今所傳《新》《餘》二話，則鄙陋之甚者也」〔註12〕、魯迅：
「而文筆殊沉弱不相副」〔註13〕的嚴屬批評等。不過近年來關注到《剪燈新
話》的學者有逐漸增加的趨勢，其藝術價值論述，則由早期文學史的略而不
談到貶多於褒的評價，如吳志達《中國文言小說史》提到：

> 《剪燈新話》儘管在思想內容上有不少封建迷信，因果報應之
> 類的說教，藝術上也有缺陷，但他基本上是一部有藝術吸引力的文
> 言小說，社會影響較大，因而才能激起一些作家步其後塵，他對文

〔註10〕陳益源：《《剪燈新話》與《傳奇漫錄》之比較研究》，（中國小說研究叢刊，
　　　　台北：台灣學生書局，1990 年），頁 153。轉引自於孫楷第《中國小說書目》
　　　　卷六，鳳凰出版社，頁 126～127。

〔註11〕詩文小說是指在文言小說中，作者爲了逞才逞興、釋懷寫心，在小說的不少
　　　　環節中廣泛融講進前人或自己的詩文創作，使得小說詩文的含量比例較傳統
　　　　的傳奇小說有大幅度的增加，是詩文在小說中佔據重要地位的一類志怪傳奇
　　　　小說，並且此種體裁在明代中後期風起雲湧，爲中國小說史上一個獨特的現
　　　　象。此段說明參見陳國軍《明代志怪傳奇小說研究》，頁 5。

〔註12〕胡應麟：《少室山房筆叢》，（上海：上海書店出版社，2001 年 8 月）卷 41，
　　　　頁 435。

〔註13〕魯迅著、周錫山評註：《中國小說史略》，（臺北，五南圖書出版股份有限公司，
　　　　2009 年 3 月，初版），頁 318。魯迅《中國小說史略・第二十二編》中對《剪
　　　　燈新話》的評價爲：「文題意境，並擬唐人，而文筆書沉弱不相副」，而在此
　　　　之前文學史評價多諸如此類或少有論述者。

言小說繼絕起微的復蘇之功，是值得充分肯定的。〔註14〕

再至正向的肯定，如陳益源在《《剪燈新話》與《傳奇漫錄》之比較研究》提到：

> 若換另一個角度加以看待之，則《剪燈新話》中的韻文部分，未嘗毫無技巧與價值可言，多篇之詩詞皆與故事發展相關，亦有借詩詞抒發感慨者等，都是瞿祐善於運用的表現，多首詩文吟詠反映鄉情、風光、喜悅等，並瞿祐是位駢體文名手，其將小說中嵌入詩文以遣辭立論，亦多有可看之處。〔註15〕

陳益源對於《剪燈新話》這部詩文小說的敘寫藝術評價是肯定的，惜後人對這部分並無深入探究。另位近代對於《剪燈新話》的研究與肯定的學者是陳純禎，〔註16〕其在《瞿祐《剪燈新話》研究》中對於《剪燈新話》的敘寫表現提出三大點的肯定，如對於一直被詬病的嵌入詩詞文賦提出了可以推展情節、塑造人物、抒發情感的功用；又如典故運用方式不拘一格，在不同故事間代表著不同的側面意涵，並非一成不變；結構方面亦有他界的鋪排運用，以及懸疑情節的設置，肯定了《剪燈新話》的敘事藝術。〔註17〕兩位學者對於版本考證及流傳海外的情況，有橫向深入的研究探討，給予《剪燈新話》影響價值上的肯定，確立了其在文學史地位的重要性。而其他學者如王淑婷《剪燈三種考析》〔註18〕、喬光輝《明代「剪燈」系列小說研究》〔註19〕也對《剪燈新話》有縱向的發展論述，前者王氏對於文本社會意涵多有著墨，不但向上探源至唐宋傳奇、下看清代《聊齋志異》的文言小說脈絡，也橫向提出了與周邊韓國、日本文學的內容影響情形，視野十分遼闊，但在文本敘事技巧研究上仍有很大的探討空間；後者喬氏對於《剪燈新話》系列小說的發展情況與名稱界定頗有建樹，是近代將《剪燈新話》系列小說的概念有較明確的界定，惜論文僅止於對剪燈二話（《剪燈新話》、《剪燈餘話》）的題材分類，對於作品的其他面向上仍有很大的探討空間。這些都是對《剪燈新話》

〔註14〕吳志達《中國文言小說史》，齊魯出版社，1994年，頁693。

〔註15〕陳益源：《《剪燈新話》與《傳奇漫錄》之比較研究》，中國小說研究叢刊，台北：台灣學生書局，1990年。

〔註16〕陳純禎：《瞿祐《剪燈新話》研究》，頁199～200。

〔註17〕陳純禎：《瞿祐《剪燈新話》研究》，頁166～179。

〔註18〕王淑婷：《剪燈三種考析》，國立臺灣大學，中國文學研究所，碩士論文，1981年。

〔註19〕喬光輝：《明代「剪燈」系列小說研究》，中國社會科學出版社，2006年。

的小說地位逐漸受到重視與肯定的證明。因此，筆者欲站在前人肯定《剪燈新話》的研究基礎上繼續發揮，更深入探討《剪燈新話》的敘事藝術；以西方敘事學的分析系統來著手研究《剪燈新話》文本中種種的敘寫技巧，探究其特色所在。

　　近年來文學史直指《剪燈新話》對當時文言短篇小說發展有重大的影響，筆者希望藉由《剪燈新話》、《剪燈餘話》敘寫技巧的研究，深入探索《剪燈新話》的影響情形。由目前的研究的相關情形來看，對於剪燈系列小說的研究，大致可歸結為：1.《剪燈新話》單篇研究、2.「剪燈二種」研究（或稱「剪燈二話」，即《剪燈新話》、《剪燈餘話》）、3.「剪燈三種」研究（或稱「剪燈三話」，即二種加《覓燈因話》）、4.喬光輝納入《效顰集》、《花影集》兩部小說的「『剪燈』系列小說研究」。綜觀目前研究情況，那麼，為何筆者單取《剪燈餘話》作為與《剪燈新話》對照的研究對象呢？原因從以下三方面來看。

（一）《剪燈新話》在正統七年（1422年）因李時勉上書後被禁，〔註20〕在此之前流傳較廣、體制相仿且作者在序中明白表露仿效《剪燈新話》而作的作品有：《剪燈餘話》、《效顰集》兩部，陳大康將此三本書認定為明初階段文言小說集的代表，〔註21〕但《效顰集》在主題內容上以史傳為特色，與借志怪以傳奇的《剪燈新話》有較大的歧異。當時時，李時勉上疏倡禁「剪燈二種」，使「剪燈二種」成為中國史上第一部被禁毀的小說；成化三年（1467年）禁毀令無法徹底實施後，才有人將《剪燈新話》、《剪燈餘話》合併刊印出版，為崔溶澈所稱的「成化丁亥本」。〔註22〕不論李時勉上書禁剪燈二種是否與李昌祺的個人恩怨有關，〔註23〕在漸漸解禁後剪燈二種被合刊出版的事實，而可見《剪燈餘話》不論在內容、體制、以及作者有意模仿《剪燈新話》外，在當代亦被視為同一類書，其相似性不可言喻，可推之其對後續仿作

〔註20〕《明英宗實錄》卷九十，頁5。原文為：近年有俗儒假托怪異之事，飾以無根之言，如剪燈新話之類，不惟市井輕浮之徒爭相誦習，至於經生儒士，多舍正學不講，日夜記意以資談論，若不嚴禁，恐邪說異端日新月盛、惑亂人心。

〔註21〕陳大康：《明代小說史》，頁82。

〔註22〕詳見謝明宜《李昌祺《剪燈餘話》研究》，國立雲林科技大學，漢學資料整理研究所，碩士論文，頁28。

〔註23〕謝明宜《李昌祺《剪燈餘話》研究》，頁30。

的影響亦大。

（二）成化三年（1467 年）因政治高壓的情況轉爲緩和，《剪燈新話》、《剪燈餘話》得以再度公然刊印行世，而後有《花影集》以「較三家得失之端，約繁補略」之姿出現。《花影集》是在解禁後爲文言小說創作復甦階段具代表性的一部〔註 24〕，其內容大篇幅的論述陶輔自身的哲理思想，總 20 篇中有 16 篇涉及氣理概念，使其較爲偏離小說的張力營造而重理的闡釋，一方面確實實踐了「文詞不同而立意過之」〔註 25〕，另一方面自然也讓其與《剪燈新話》的連結度折扣許多。

（三）《覓燈因話》成書時間已至晚明，體式上詩文的比重降低了，受時代風潮的影響而偏散體敘事，並多有「自好子曰」等史傳式贊語；雖然晚明有將之與剪燈二話合刊的《剪燈叢話》出現，但《覓燈因話》對於整個明朝文言小說以及剪燈系列的影響力相對爲小，標誌的是剪燈體式的完結與散體敘事的小說文體變遷，〔註 26〕因此筆者暫不將此列入討論範疇。

《剪燈餘話》成書時間與《剪燈新話》最爲接近，一同被列爲禁書，並內容、體制上也最爲相仿，在當時凡提到《剪燈新話》者對於《剪燈餘話》也多有提及，並在當時即合併刊行，可見《剪燈餘話》在當時的影響性不亞於《剪燈新話》；其成書時間與《剪燈新話》的相近而可能對後續仿作者的影響性較大，對於《剪燈新話》亦有相輔相成之效，這也是本文欲以「《剪燈新話》、《剪燈餘話》」爲題，深入研究之因。雖以上這幾部小說集作者皆表明仿效《剪燈新話》，但唯《剪燈餘話》主題內容近半數具相似性〔註 27〕，即使如此，兩者之間仍存在著「瞿祐重奇重情、李昌祺偏信重理」〔註 28〕的個性上差異，更遑論其它了；也因此《剪燈餘話》對《剪燈新話》敘事上的互補與擴大，使得兩者爲往後剪燈系列小說模擬不得不提的典範。

〔註 24〕陳大康：《明代小說史》，頁 167～168。
〔註 25〕張孟敬〈花影集序〉。
〔註 26〕詳見陳國軍《明代志怪傳奇小說研究》，頁 403～404。
〔註 27〕《剪燈餘話》篇章內容有十篇與《剪燈新話》明顯對應關係。此參見陳國軍《明代志怪傳奇小說研究》，頁 58，注 1 之表格。
〔註 28〕陳國軍《明代志怪傳奇小說研究》，頁 61～66。《剪燈餘話》將「意在言外、美善刺惡」發揮得更淋漓盡致；陳氏將兩者風格更進一步闡述爲《剪燈新話》澎湃激情、《剪燈餘話》儒雅之風。

第二節　前人相關研究成果回顧

關於明代瞿佑《剪燈新話》在二十世紀 90 年代之前較少被關注的原因有二：一是一直以來對於明代小說的焦點多擺在長篇章回小說的研究上，另一則是有關文言短篇代表性小說《剪燈新話》的相關一手資料較少，因此也形成了研究的阻力；而 90 年代以後由於新材料的發掘，使得學界《剪燈新話》的關注也有日益增加的趨勢。以下就近年來有關《剪燈新話》的研究情況做概述：

一、對瞿佑的生平的考察研究

對於瞿佑的生卒的探討以單篇期刊居多，在陳慶浩〈瞿佑和《剪燈新話》〉〔註29〕中指出生於 1347 年、卒於 1433 年，此說也獲得較多的贊同。而對於生平事蹟的考察有李劍國、陳國軍的〈瞿佑仕宦經歷考〉〔註30〕、〈瞿佑續考〉〔註31〕二文，後者對仕宦後的經歷做了接續性的考證論述，將瞿佑生平、著作、親族一一釐清；學位論文方面則有喬光輝《明代「剪燈」系列小說研究》對瞿佑有年譜的釘補、交遊考、及對李昌祺生平繫年；還有陳純禛《瞿佑《剪燈新話》研究》，對瞿佑的生評遭遇和作品集有深入的論述。其他尚有薛洪績〈瞿佑下獄謫戍原因考辨〉〔註32〕針對瞿佑下獄之因做討論、蕭相愷〈瞿佑和他的《剪燈新話》〉〔註33〕等等的單篇論文，對於瞿佑生平事蹟的考證有不少貢獻。

二、對《剪燈新話》版本流傳的研究

首先是單篇期刊對於古籍版本的考辨，有市成直子〈關於《剪燈新話》的版本〉〔註34〕一文，文中對周楞伽校著《剪燈新話・外二種》的前言所提及該書的版本做反駁與檢討；陳大康、漆瑗〈《剪燈新話句解》明嘉靖刻本辨〉〔註35〕則對於《剪燈新話句解》版本源流做細部的考證等。另外由於《剪燈

〔註29〕陳慶浩〈瞿佑和《剪燈新話》〉，《漢學研究》，第六卷第 1 期，1988 年 6 月，頁 199～120。

〔註30〕李劍國、陳國軍：〈瞿佑仕宦經歷考〉，《文學遺產》，第 4 期，1992 年。

〔註31〕李劍國、陳國軍：〈瞿佑續考〉，《南開學報》，哲學社會科學版，第三期，1997年。

〔註32〕薛洪績〈瞿佑下獄謫戍原因考辨〉，《明清小說研究》，第一期，1994 年。

〔註33〕蕭相愷〈瞿佑和他的《剪燈新話》〉，《明清小說研究》，第二期，2002 年。

〔註34〕市成直子〈關於《剪燈新話》的版本〉，《上海大學學報》，第三期，1995 年。

〔註35〕陳大康、漆瑗〈《剪燈新話句解》明嘉靖刻本辨〉，《文學遺產》，第五期，1996年。

新話‧外二種》中多收錄一篇附錄〈寄梅記〉，在其他版本皆未見的情況下，其作者是否為瞿佑也備受質疑，如陳益源《《剪燈新話》與《傳奇漫錄》之比較研究》〔註36〕中即對此有詳細的辯證，認為〈寄梅記〉並非瞿佑所做，也受到了學界的普遍認同。而對版本的流傳情形有深入論述的還有陳純禎《瞿佑《剪燈新話》研究》、喬光輝《明代「剪燈」系列小說研究》。

三、海外影響與比較文學

由於《剪燈新話》對越南、韓國文學有著不小的影響，越南方面有阮嶼的仿作《傳奇漫錄》、朝鮮有李朝金時習的仿作《金鰲新話》，因此也引起了一陣比較文學的風氣。較具代表性的著作，中越方面的比較，有陳益源《《剪燈新話》與《傳奇漫錄》之比較研究》；中韓方面的比較則有徐丙嫦《《剪燈新話》與《金鰲新話》之比較研究》〔註37〕、趙英規《明代小說對韓國李朝小說的影響》〔註38〕、徐東日《《金鰲新話》與《剪燈新話》之比較研究——論金時習的文學主體性》〔註39〕等；對海外鄰國影響性綜合論述的有徐朔方〈瞿佑的《剪燈新話》及其在近鄰韓、越、日本的回響〉〔註40〕。另有韓國鄭群洙有碩論《金時習的小說觀研究》、全惠卿的博論《韓、中、越傳奇小說的比較研究》，惜二者尚無中譯。〔註41〕海外影響比較文學尚有多篇期刊研究，如與日本小說〈雨月物語〉做比較的有張錯、王文仁等等，成果十分豐碩。

四、《剪燈新話》內容研究

歷來對於《剪燈新話》文本欣賞的評價基本上尚未脫魯迅：「文題意境，並撫唐人，而文筆殊沉弱不相副，然以粉飾閏情，拈綴艷語，故特為時流所

〔註36〕陳益源〈關於「剪燈新話」的幾個誤會〉，中外文學，1990年（卷18、總213）第9期，頁133～172。

〔註37〕徐丙嫦《《剪燈新話》與《金鰲新話》之比較研究》，台灣師範大學，碩士論文，1981年。

〔註38〕趙英規《明代小說對韓國李朝小說的影響》，政治大學，碩士論文，1967年。

〔註39〕徐東日《《金鰲新話》與《剪燈新話》之比較研究——論金時習的文學主體性》，《延邊大學學報》，第四期，1992年。

〔註40〕徐朔方〈瞿佑的《剪燈新話》及其在近鄰韓、越、日本的回響〉，《古代戲曲小說研究》，浙江大學出版社，2008年。

〔註41〕詳見喬光輝：《明代「剪燈」系列小說研究》，頁26～27。

喜，仿效者紛起，至於禁止，其風始衰」〔註42〕，而隨新資料的發現與考證，
《剪燈新話》的藝術評價也越趨正向，對此持正面肯定的，如陳文新《文言
小說審美發展史》：「瞿佑在藝術上的表現也時見穎異」〔註43〕、魏崇新《中
國文學史話・明代卷》：「《新話》中有關愛情婚姻方面的小說，數量最多，描
寫也更爲細膩，具有較高的藝術成就⋯⋯這些作品都清新可喜，富有新的時
代氣息，令人百讀不厭」〔註44〕等。

　　而回溯前人研究時可見對《剪燈新話》藝術性剖析的文章在整體研究的
比重上尚不多，多以單篇論文呈現如陳純禎〈論《剪燈新話》述異志怪之敘
寫效果〉〔註45〕、賴力明〈《剪燈新話》言鬼述異的敘事謀略〉〔註46〕，以
鬼故事中的象徵、反諷、揶揄人生來言《剪燈新話》的藝術；劉歡萍〈三燈
形象塑造與敘事研究〉〔註47〕，說明剪燈三話的人物塑造、架構鋪陳、詩詞
入話的特性，富含藝術價值；喬光輝《剪燈新話》的結構闡釋〉〔註48〕，
由主題切入論述結構情況；其他尚有楊小梅《剪燈新話》的藝術特色〉〔註
49〕、米粟磊〈談《剪燈新話》婚戀故事中的女性形象〉〔註50〕等，總體而
言，從不同角度《剪燈新話》給予肯定，惜篇幅因素，關於《剪燈新話》的
敘寫手法上仍有很大的探討空間。而對藝術方面較據篇幅論述的研究有喬光
輝《明代「剪燈」系列小說研究》，給予主題上的分類、以及系列小說的思

〔註42〕魯迅著、周錫山評註：《中國小說史略》，（臺北，五南圖書出版股份有限公司，
　　　　2009 年 3 月，初版），頁 318。

〔註43〕陳文新《文言小說審美發展史》，（武漢，武漢大學出版社，2002 年 10 月），
　　　　頁 473～474。

〔註44〕魏崇新主編：《中國文學史話・明代卷》，（吉林文史出版社，2009 年 8 月，第
　　　　1 版），頁 114～117。

〔註45〕陳純禎〈論《剪燈新話》述異志怪之敘寫效果〉，北臺灣學報，第三十三期，
　　　　2010 年。

〔註46〕賴力明〈《剪燈新話》言鬼述異的敘事謀略〉，濟南大學學報，第十七卷第一
　　　　期，1999 年。

〔註47〕劉歡萍〈三燈形象塑造與敘事研究〉，瀋陽教育學院學報，第十卷第二期，2008
　　　　年。

〔註48〕喬光輝《剪燈新話》的結構闡釋〉，商丘師範學院學報，第十六卷第一期，
　　　　2000 年。

〔註49〕楊小梅《剪燈新話》的藝術特色〉，遼寧師專學報，總二十二第四期，2002
　　　　年。

〔註50〕米粟磊〈談《剪燈新話》婚戀故事中的女性形象〉，語文學刊，第九期，2010
　　　　年。

想特色；陳純禎《瞿佑《剪燈新話》研究》論及題材來源、詩詞形式、主題
內容等方面的論述；王淑琤《剪燈三種考析》﹝註51﹞，對於版本、內容、藝
術內涵、淵源、海外影響分別作論述，綜合性的肯定剪燈三話在文學史上應
有的地位。

　　綜觀前人研究成果，對於《剪燈新話》的藝術風格多有論述，但對於敘
事技巧上尚無深刻探討。因此，筆者將以前人的研究成果，更進一步以敘事
學的分析法，對《剪燈新話》及《剪燈餘話》做文本的評析，從而對《剪燈
新話》的藝術敘寫特色，梳理出其敘事特徵。

第三節　研究範圍與義界

一、關於《剪燈新話》、《剪燈餘話》的版本

　　在《剪燈新話》之前，瞿佑先著有《剪燈錄》四十卷，但由於謫遷保安，
《剪燈錄》、《剪燈新話》也在此時與其他著作一同大量散佚，後得坊間有《剪
燈新話》抄本於世流傳，瞿佑取之親自重校之，爲今版所見的《剪燈新話》。
﹝註52﹞而《剪燈錄》早已不存，對後來的剪燈風潮影響不大，因此在本文也
不予討論。《剪燈新話》於明・洪武十一年（1378年）成書後，在明代社會立
即受到讀者的熱烈歡迎，翰林侍讀學士曾棨就曾說過：

　　　　近時錢塘瞿氏，著《剪燈新話》，率皆新奇希異之事，人多喜
　　傳而樂道，由是其說盛行於世。﹝註53﹞
可以看得出《剪燈新話》在當時社會所引起普爲人知的風潮。

　　《剪燈新話》經過謫遷散佚與禁書的風波，版本情況較爲複雜。其一爲
據胡子昂託瞿佑重新校正《剪燈新話》，後由其姪瞿暹刊刻的版本；另一則是
在瞿佑重校之前洪武、永樂年間所刻，較多脫略與訛誤。惜瞿暹刊刻本在現
今兩岸三地未見收藏，反而在未受禁書令影響的韓國、日本保留了較完整的
刻本。據陳純禎的版本研究指出，《剪燈新話》在朝鮮刊行主要有兩個系統：
「韓國忠南大學四卷藏本」、以及屬「日本東洋文庫的二卷藏本」，而「註譯

﹝註51﹞ 王淑琤：《剪燈三種考析》，國立臺灣大學，中國文學研究所，碩士論文，1981
　　　　年。
﹝註52﹞ 詳見陳純禎：《瞿佑《剪燈新話》研究》，東吳大學，2008年，頁61～62。
﹝註53﹞ 周楞伽校注：《剪燈新話外二種・曾榮序》，（上海古籍出版社，1981年）。

本《剪燈新話句解》」依後者分爲上下卷,並有「姪瞿暹刊行」的字樣。〔註54〕由於朝鮮中期的對日戰爭,《剪燈新話句解》傳入日本,日本又據之出現了慶長、元和年間(1597～1614)的「活字排翻本《剪燈新話句解》」,隨後慶安年間(1648)的「林正五郎訓點《剪燈新話》」則爲四卷本。直至 1917 年董康以中國殘本校日本慶長活字本的「誦芬室本」,則是瞿佑重校前與重校後這兩個系統的復合本。另有 1957、1981 年兩度印行的周楞伽校註本《剪燈新話·外二種》,以董康誦芬室刊本爲底本,收錄《剪燈新話》、《剪燈餘話》、《覓燈因話》,增收一篇〈寄梅記〉,但此篇被近代學者質疑非瞿佑所作。關於《剪燈新話》版本篇章大致皆爲四卷二十篇附錄一篇。以下條列出幾個重要版本的概況:

(一)瞿暹刻本(重校本),共四卷。二十篇,再加上一附錄〈秋香亭記〉,但瞿暹(瞿佑姪)刊刻的重校本現今在兩岸三地卻未見收藏,唯朝鮮《剪燈新話句解》有「姪瞿暹刊行」的字樣。〔註55〕

(二)林芑註譯本《剪燈新話句解》,〔註56〕共二卷。爲目前所能見之最早刊本,現藏於首爾大學奎章閣韓國研究學院,爲朝鮮明宗十四年(1559年)的木版本。由於卷首都題曰「山陽瞿佑宗吉著,滄州訂正,垂胡子集釋」,因此韓國圖書館目錄多誤植爲「滄州訂正,垂胡子集釋,胡子昂集釋」,陳純禎論證此爲林芑註譯本。〔註57〕前收瞿佑與凌雲翰〈剪燈新話·序〉、吳植〈剪燈新話·引〉、金冕〈剪燈新話·跋〉,桂衡〈剪燈新話·詩并序〉,卷後載胡子昂《剪燈新話·卷後記》、晏壁〈秋香亭記拔〉,唐岳《剪燈新話·卷後志》,〈重校剪燈新話後序〉有「姪瞿暹刊行」的字樣。此爲善版,且於臺灣不難取得,因此筆者以此爲研究底本。

(三)楊氏清江堂刻本,〔註58〕共四卷。收錄《新增補相剪燈新話大全》四卷附錄一卷、《新增全相湖海新奇剪燈餘話大全》四卷,爲明正德六年(1511 年)楊氏清江堂刻合刊本。喬光輝論證其和建陽縣縣令張光啓

〔註54〕詳見陳純禎:《瞿佑《剪燈新話》研究》,第三章第一節,頁 62～68。

〔註55〕陳純禎:《瞿佑《剪燈新話》研究》,頁 65。

〔註56〕《剪燈新話句解》收錄於《古本小說叢刊·第三十三輯》,中華書局,出版年不詳。

〔註57〕陳純禎:《瞿佑《剪燈新話》研究》,頁 71～72。

〔註58〕收錄於《續修四庫全書》集部小說類第 1787 冊(上海:上海古籍出版社,2002年),頁 501～530。

刻本爲同一母本，是於瞿暹刻本之前所蒐羅付梓，但刻本經傳抄多有脫落，此版本自然比不上重校後的瞿暹刻本。〔註59〕

（四）董康誦芬室刊本，共四卷。1917 年據永樂或乾隆刊本爲底本，並校日本刊本，刊記有「校日本慶長活字本」字樣，正文前有瞿佑、凌雲翰、吳植、桂衡之序，共四卷二十篇，附錄一篇。據喬光輝論證董康採用的是以張光啓殘本校之以句解本，使得《剪燈新話》版本系統更爲複雜。〔註60〕

（五）周楞伽校注本《剪燈新話・外二種》，〔註61〕共四卷。收錄剪燈三話爲近代最通行的《剪燈新話》四卷合刊印本，但並未附校勘記，僅提到以董康誦芬室刊本爲底本。另增收一篇〈寄梅記〉，成爲二十二篇，但此篇爭議不少，是否爲瞿佑所作被受質疑，陳益源認爲此非瞿佑所作。

關於，《剪燈餘話》的版本有七種，〔註62〕在謝明宜《李昌祺〈剪燈餘話〉研究》有詳細的考究，較易搜羅的版本情況如下：

（一）雙桂堂刊本，〔註63〕共三卷，共收錄十五篇。卷首有目錄，目錄之後收錄李禎自序，寫作「剪燈餘話序」。每卷題署爲「廬陵李禎昌祺撰」，卷一開頭「剪燈餘話卷之一」。字體清晰，但篇數不足、內容與其他版本差異較大。

（二）張光啓刊本（日本天理大學藏本），〔註64〕共五卷二十二篇，〔註65〕據喬光輝考證是目前所能見《剪燈餘話》最早的刻本。〔註66〕收錄含〈至

〔註59〕喬光輝《明代「剪燈」系列小說研究》，頁 198。
〔註60〕喬光輝《明代「剪燈」系列小說研究》，頁 199。
〔註61〕周楞伽校注《剪燈新話・外二種》，（上海：上海古籍出版社，1981 年）。
〔註62〕詳見謝明宜《李昌祺〈剪燈餘話〉研究》，頁 28、35。版本方面在成化年間除謝明宜論證《成化丁亥本》有兩個版本外，還有《成化丁未本》（1487）又名《雙桂堂本》、《正德辛未本》（1511）又名《清江堂本》、《萬曆丙午本》（1606）又名《黃正位本》、《萬曆新刊本》（1573～1619），題名《新刊剪燈餘話》，日本天理大學所藏。以及《萬曆校正本》，題名爲《新刊校正足本剪燈餘話》，上海圖書館所藏。
〔註63〕收錄於國立政治大學古典小說研究中心主編：《明清善本小說叢刊》（台北：天一出版社，1985 年 5 月）。
〔註64〕收錄於劉世德、陳慶浩、石昌渝主編：《古本小說叢刊》第五輯，（北京：中華書局，1990 年）。
〔註65〕《古本小說叢刊》，頁 3。若略去卷八的〈元白遺音・至正妓人行并敘〉與原爲李昌祺列爲附錄的〈賈雲華還魂記〉，則篇數、卷數皆與《剪燈新話》同。
〔註66〕喬光輝《明代「剪燈」系列小說研究》，頁 269。

正妓人行〉在內的「新刊剪燈餘話」二十一篇故事，及「新刊增補全相剪燈餘話續集」的〈賈雲華還魂記〉一篇。卷首有張光啓序，殘存半葉。正文排版方式爲上圖下文。卷五至卷八卷題署爲「廣西左布政使廬陵李昌祺編撰，翰林院庶吉士文江劉子欽訂定，上杭縣知縣旴江張光啓校刊」，卷九則作「廬陵李昌祺著」。而其中有四篇有缺漏或與其他版本差異較大的情形，〔註 67〕筆者將以此爲底本，脫落部分則參酌周楞伽校注本進行分析。

（三）楊氏清江堂合刊本，〔註 68〕共四卷。共收錄十九篇故事及〈至正妓人行〉一篇。本書有封面，收 11 人序跋。每卷題署爲「廣西左布政使廬陵李昌祺編撰，翰林院庶吉士文江劉子欽訂定，上杭縣知縣旴江張光啓校刊，建陽縣縣丞何景春同校繡行」。卷一開頭「新增全相湖海新奇剪燈餘話大全卷之一」。上圖下文，現今所見有多頁有空白佚失、文字脫落模糊的情況，較爲可惜。

（四）周楞伽校注本，〔註 69〕爲近代的《剪燈新話》四卷合刊印本，但並未附校勘記，僅提到以董康誦芬室刊本爲底本；並據國內發現的明刊殘本補進〈至正妓人行〉一篇，共五卷二十二篇，附於《剪燈餘話》後。其中〈至正妓人行〉一文後附有多篇跋，此在探討敘事手法時因與原作、故事無關，因此跋文內容不論。

二、敘事研究之義界

　　本論文所謂的「敘事研究」，指的是以西方敘事理論進行的分析與研究。而西方敘事學是否可以貼切的詮釋與剖析中國小說呢？答案是肯定的。王平在《中國古代小說敘事研究》緒論中提到：

> 敘事學之所以成爲 20 世紀小說批評理論的焦點，是因爲這一理論超越了許多教條式批評和印象式批評的局限，突破了小說研究的既有模式，並牢牢抓住了小說的本質——敘事。小說之所以爲小說，關鍵在於它必定要有故事，而故事必定要有其獨特的講述，因而只有以敘事爲核心建立起來的理論，才是最符合小說文體特徵的

〔註 67〕詳見附件二。

〔註 68〕收錄於《續修四庫全書》集部小說類第 1787 冊（上海：上海古籍出版社，2002 年），頁 530～573。

〔註 69〕周楞伽校注《剪燈新話‧外二種》（上海：上海古籍出版社，1981 年 11 月）。

批評理論。運用敘事學理論研究中國古代小說的意義也正在於此。〔註70〕

明確指出以敘事學在中國古代小說分析上的可行性。敘事學理論認爲只要是敘事作品，不論是古代或現代都有可以以規範法則對其進行梳理。根據胡亞敏《敘事學》，敘事學分析法的特色有三，分別爲：（一）內在性、（二）抽象性、（三）科學性。〔註71〕所謂的內在性爲從敘事作品內部發掘自身的形式規律，反對以作品外的社會歷史背景或作家生平來解釋作品；抽象性則是著眼在存在於這些作品中的敘述方式與結構模式，將研究對象確定爲實際作品的抽象，才能理出敘事作品的共同規律；科學性則表現在敘事學以一個整體的、系統的規則，所建構出來的研究方法上。

何謂敘事學分析？對於小說這類的敘事作品，西方批評家們可以大致地用故事（story）、話語（discourse）〔註72〕兩層次來對其作劃分說明。敘事學學者們也沿用這個觀點，前者係指故事事件本身，也就是涉及內容的形式，後者則是以某種的表現方式與手法呈現，也就是涉及表達的形式。而法國學者熱拉爾・熱奈特在《敘事話語》一書對於此，更細分成故事（histoire）、敘事（récit，即敘述話語）、敘述（narration，即敘述行爲）三種方式構成了小說的敘事，〔註73〕也是筆者所欲探討的重點所在，熱奈特以順序、時距、

〔註70〕王平《中國古代小說敘事研究》，（石家莊，河北人民出版社，2001 年 12 月，第 1 版），頁 3。

〔註71〕胡亞敏《敘事學》，（湖北，華中師範大學出版社，2004 年 12 月，第 2 版），頁 16～17。

〔註72〕如俄國形式主義學者什克洛夫斯基和艾亨鮑姆提出了二分法：「故事」、「情節」；故事指作品敘述的按實際時間、因果關係排列的事件，情節則指對這些素材的藝術處理或形式上的加工。法國結構主義學者托多羅夫提出「故事」、「話語」兩個概念，此處的話語與前者情節指代範圍基本一致。美國敘事學學者查特曼《故事與話語》指出故事就是作品的內容，話語則是該作品的表達方式或敘事手法。申丹、王麗亞《西方敘事學：經典與後經典》（北京，北京大學出版社，2010 年 3 月，第一次印刷），頁 13～14。

〔註73〕熱拉爾・熱奈特《敘事話語・新敘事話語》（王文融譯，中國社會科學院，1990 年 11 月，第一次印刷，頁 7～8）：「……把『所指』或敘述內容稱作故事（即使內容恰好戲劇性不強或包含的事件不多），把『能指』，陳述，話語或敘述文本稱作本義的敘事，把生產性敘述行爲，以及推而廣之，把該行爲所處的或真或假的總情境稱作敘述。」；對此，該書譯者王文融在譯者前言處有更明白的描述：「在引論中作者區分敘事一詞所包含的三層意含，對故事、敘事、敘述這三個概念做了界定，他認爲，故事指真實或虛構的事件，敘事指講述這些事件的話語或文本，敘述則指產生話語或文本的敘述行爲。」（譯者前言，頁 4）。

頻率、語式、語態五個類別涵蓋之；此五類別與上述三層意涵並沒有明確的對應，而是以複雜的方式相交織的：如時間和語式作用在故事和敘事的關係之中，或如語態可同時指敘述和敘事、敘述和故事間相互關係的表現，而這也更顯出敘事學的奧妙與值得探究之處。因此本文將此五個類別融入各個章節，對《剪燈新話》、《剪燈餘話》進行梳理，有系統地分析敘事作品中的敘事特徵。

　　由於過去的研究多偏重在主題思想或源流及影響之探討、對於敘事特徵的研究只有少量的述論，因而筆者欲全面考察《剪燈新話》、《剪燈餘話》小說的敘事特徵。筆者借用西方敘事學客觀而邏輯的分析系統，來對這兩部小說進行分析，藉由歸納與比對，梳理出《剪燈新話》之敘事特徵，以說明其敘寫的手法特色，並論述仿作《剪燈餘話》發展演變的異同之處，進而可歸結出這長久且影響著明代社會甚鉅的文言小說──《剪燈新話》的敘事價值所在。

第四節　研究方法與步驟

　　欲歸納出小說敘事手法的特徵，必定要使用一套規則性的分析系統來進行分析闡述，而敘事學是以探討敘事作品的內在紋路為手段的研究方法。由於敘事學理論反對將外緣因素加諸在敘事作品上，認為應回歸敘事作品本身做探究，因此也更為適合用於探究敘事特徵上。

　　愛德華・摩根・佛斯特明確的指出：「小說就是說故事」〔註74〕，又在正文的一開始花了一個章節強調了故事的三個概念──時間感、空間感、聲音，這也是構成小說美學的必要條件。在空間感部分已有單篇研究在《剪燈新話》或《剪燈餘話》中的各種空間進行歸類，在此不再贅述。〔註75〕筆者也將針對時間、話語的方面將以故事橫截面的方式著手探討，對《剪燈新話》、《剪燈餘話》的敘事手法加以深入分析。再者，前述熱拉爾・熱奈特《敘事話語・新敘事話語》對於敘事研究的方法論中，五大主題前兩項與時間相關，分別

〔註74〕愛德華・摩根・佛斯特《小說面面觀》，（台北：商周出版，2009 年 1 月），頁64。

〔註75〕詳見沈怡如《接受與誤讀──《剪燈新話》與《伽婢子》敘事藝術研究》，頁52～64。「敘事空間」，將《剪燈新話》空間歸納為廟宇空間、苑囿空間、酒肆空間、閨閣空間四種。

為「順序」、「時距」，也更說明了時間維度在小說中的重要性，這也是筆者探討的重點主題。而另外三項各為「頻率」、「語式」、「語態」，則與敘事聲音、敘述者相關。先由統計分析《剪燈新話》、《剪燈餘話》中各式時間手法的運用，再進行比較與延伸討論的問題，最後再以歸納聲音類型與敘事者干預手法為主來探討敘事聲音的部分。期以達到本論文欲詳盡歸納探究這經典的文言短篇小說集中敘事手法運用上的多元性以及其敘事的深刻性。

關於敘事時間，也就是關於小說中敘述事情的「順序」安排的手法。而研究時間的順序，就是對照事件或時間段在敘述話語中的排列順序，和這些事件或時間段在故事中的接續順序。因此敘事作品中的時間具備有雙重性，也就是涉及到兩種時間概念：故事時間、敘事時間。〔註76〕首先從大前提來看，小說的敘事中包含著兩種時間的序列，即被講述故事中的自然時間順序和作者對故事事件的先後安排，前者稱為「故事時間」，後者被熱奈特稱為「敘事（偽）時間」。敘事時間的安排手法可以說小說的敘事是一種把自然時間洗牌、重新包裝的藝術呈現，也是時間手法運用上的極需被關注的重點所在。本論文關於敘事時間探討則是依循此二種時間概念所引起的各種變化與關係來進行分析的，是小說中不可避免的一環，因此前二章將對《剪燈新話》、《剪燈餘話》的敘事時間進行探究，分析其時間手法的運用程度並進行比較探討。以下為時序、時距章節內容的簡述。

I. 時序：即熱奈特的「順序」，但為了避免與中文的「先後順序」的縮詞混淆，筆者採大部分中文學者的說法，稱之為「時序」。研究時序也就研究敘事的時間順序，意即時間的倒錯情形。當故事時間與敘事時間無法重合，呈現不協調的時候，就產生了兩種情況──倒敘、預敘，而另外一種全盤性的打亂則是稱作無時性。而關於「先後順序」的時間安排手法，則是涉及了事件的組合關係，分別有鏈接、嵌入、接合三種方式，用以來探討《剪燈新話》、《剪燈餘話》的故事安排。

II. 時距：或作時限。〔註77〕為故事時間和敘事時間的距離關係，與敘述

〔註76〕熱拉爾‧熱奈特《敘事話語‧新敘事話語》，頁 14。

〔註77〕胡亞敏《敘事學》，(湖北，華中師範大學出版社，2004 年 12 月，第 2 版)，頁 75～84。胡亞敏的時限大致等同於熱拉爾‧熱奈特的時距，其對應為：等述＝場景，靜述＝停頓，省略＝省略，概述＝概要；另外胡亞敏的「擴述」在熱拉爾‧熱奈特的時距理論中，被認為是難以實現且非標準形式，而不予討論。本文採熱拉爾‧熱奈特的理論進行分析。

的速度息息相關，熱奈特將它比擬爲敘述運動，〔註78〕但卻也認可它是無法精準的測量出來的，乃是藉由故事時間與敘事時間的長短對應情形，來進一步進行節奏的分析，才是它的精隨所在。熱奈特認爲時距在文學傳統上分爲省略、概要、場景、停頓。時距的分析單篇來說可以瞭解每個事件在文本中所佔據的篇幅，幫助我們瞭解作者希望喚起注意的程度，〔註79〕整體來說則可以歸納出作者本身寫作的慣用節奏及思維，更深入可以探討小說敘事的節奏變化情形。《剪燈新話》、《剪燈餘話》尤以短篇小說爲多，其中具各種時距交替應用者，更可以肯定它在敘事手法上的複雜度，與因敘事的節奏而產生不同的效果，十分值得探討。

而關於敘事話語方面，包含頻率與聲音兩大部份，頻率與話語重複次數息息相關，而聲音則牽涉較廣。筆者將藉由引語模式的分析釐清，討論由隱蔽的敘述者、眞實作者與外顯的敘述者的衝突下所產生的雙聲效果及其違規現象。以下爲敘述話語章節內容的簡述。

I. 頻率：敘事頻率和文本的重複敘述密切相關，這觀點是由熱奈特首先提出的。熱奈特將頻率分爲四種關係：講述一次發生過一次的事（1R／1H）爲單一敘事、講述過 n 次發生過 n 次的事（nR／nH）爲單一敘事、講述過 n 次發生過一次的事（nR／1H），爲重複敘事、講述過一次發生過 n 次的事（1R／nH），反複敘事。透過頻率的分析，可從這些重複的事件更進一步擷取出故事中一個個的故事橫截面，以故事敘述力道的消長情形與人物期望、失落情形進行更深入探討與比較。

II. 引語模式：熱奈特從語言敘述的模仿中察覺間接對話與直接對話的區別，人物的話語表現因話語敘事方式的不同，產生了不同的距離感，〔註80〕其在敘事作品中的表現方法也就是胡亞敏所說的話語模式。話語模式的關注焦點在於敘述與人物語言的關係，也就是敘事作品中人物語言的表達方式，包含了人物自身的講話和思想，以及敘述者轉述人物的講話和思想。那麼，跟據人物與敘事者的話語陳述方式，可將話語模式分爲四種：「直接引語」、「自由直接引語」、「間接引語」、「自由間接引語」。透過引語模式的分析可以明確

〔註78〕熱拉爾・熱奈特《敘事話語・新敘事話語》，頁 54、59。
〔註79〕羅鋼《敘事學導論》，頁 146。
〔註80〕熱拉爾・熱奈特《敘事話語・新敘事話語》（王文融譯，中國社會科學院，1990年 11 月），頁 115～117。

找出內隱敘述者的聲音，再對其與外顯敘述者的聲音進行比較與探討是否有雙聲情形。

III. 敘事者的干預：這個現象在中國古代小說中十分常見，或以入詩詞來彰顯懲惡揚善的威涉性敘述，或以用史家評論口吻在篇末對敘事作品進行評價性敘述等。干預的敘述者是相對於客觀的敘述者而來，強調的是敘述者對作品中的人物、事件的態度。〔註 81〕客觀的敘述者並不意味敘事作品中不帶有意識型態的痕跡，是用如象徵、寓喻的間接技巧性方式不著痕跡的表現，而非由敘述者的敘述直接表露；干預的敘述者則是敘述者有較強的主體意識，或多或少的直接表達其主觀的感受和評價，同時也具有解釋和評論的功能，這種評論的形式是胡亞敏稱之爲非敘事性話語。〔註 82〕其對於評論可以歸納成三個形式：公開的評論、隱蔽的評論、含混的評論，藉由這些形式著手進行敘事者干預現象的探討。〔註 83〕由於內隱敘述者的聲音可以導出作者對於各篇故事衷旨的內心傾向，可以更深地去比較《剪燈新話》、《剪燈餘話》間作者在故事中慣用的干預手法使敘述者與敘述接受者的立場是否一致，並論其暗藏內心話的程度。

以上探討《剪燈新話》、《剪燈餘話》中敘述層面的手法運用。筆者將以熱拉爾‧熱奈特《敘事話語‧新敘事話語》爲主，並參酌申丹、胡亞敏、譚君強、羅鋼等學者所整理的敘事學理論，就本文的研究目的──探討《剪燈新話》、《剪燈餘話》敘事手法與特徵比較。

〔註 81〕　胡亞敏《敘事學》，頁 46。
〔註 82〕　胡亞敏《敘事學》，頁 49。
〔註 83〕　胡亞敏《敘事學》，頁 104～117。

第二章　時序分析

前言

　　關於小說中的「時序」問題，大致可分爲三大情況。首先，當敘事時序與故事時序發生不協調時，就產生了「時間的倒錯」現象，先不論事件的從屬與並列的結構關係，而可以籠統的說它有涵蓋有「**倒敘**」、「**預敘**」兩種情況。另有一些時間倒錯較複雜，使得故事中的具體時間很難確定的情形，稱爲「**無時性**」；它的發生情形在（一）在倒敘中的預敘：過去的預期與現在的現實情況不一定吻合時，預敘就很難在某一時間點上落實。（二）在預敘中的倒敘：如預示未來將會發現過去的錯誤，其具體時間點也很難確定。（三）開放的倒敘方式，收尾時間無法確定，〔註1〕爲作者有意識的造成時間的錯亂，拒絕提供時間倒錯的方向、距離、幅度，這在現在意識流小說較常見。〔註2〕無時性在時序裡是很特別的一個轉化與運用方式，值得深入探討，而另一值得深究處則是在於功能性的部分，將以核心事件的組合爲基礎作探討，在第二點詳述。

一、時序

　　所謂「倒敘」，係指對故事發展到現階段之前的事件的一切事後追述；「預敘」則是事先講述或提及以後的一切敘述活動。〔註3〕若要更深切細膩的呈顯

〔註1〕熱拉爾‧熱奈特《敘事話語‧新敘事話語》，頁50。
〔註2〕羅鋼《敘事學導論》，（昆明：雲南人民出版社，1999年），頁144～145。
〔註3〕熱拉爾‧熱奈特《敘事話語‧新敘事話語》，頁17。

出小說的時間手法的布局，則不得不提及敘述時間上的跨度與幅度。「跨度」，是指倒敘或預敘與插入「第一敘事」〔註4〕時刻之中，也就是與這個「主線故事」「中斷處」的時間距離；「幅度」則是時間倒錯的這個事件本身所涵蓋的時間距離。那麼，根據第一敘事在時間跨度與幅度的不同進行分類，依熱奈特對跨度的看法又將倒敘歸納出三種類型，分別為：外倒敘、內倒敘、混合倒敘，內外倒敘明顯與跨度有關，而混合倒敘則含涉到幅度了。「**外倒敘**」為時間的起點和全部時間幅度都在第一敘事時間起點之外；「**內倒敘**」是時間發生在第一敘事時間起點之內，整個時間幅度也包含在第一敘事時間以內；「**混合倒敘**」是跨度點在第一敘事時間起點之前，而幅度點則延續並結束在這起點之後，這類型則較罕見。〔註5〕其肩負的功能也不太一樣，外倒敘無論如何都不可能干擾第一敘事，只有補充功能；內倒敘則是以第一敘事的時間場內，不同情節線索的異故事或同故事進行內倒敘，此通常為引入一個新人物時進行「補充倒敘」，或者，與第一敘事有同樣情節線索的同故事中進行「重複倒敘」，〔註6〕「但不代表是機械式的重複，它意味著對過去事件的意義加以改變或補充，或在新的方面加以強調，或改變過去對它的看法，在重複同時又有改變」〔註7〕，通常重複倒敘具有提醒的作用。

　　而要探究時間關係，就得先從將敘事時間重新排序，還原其原本歷史的時間先後順序；為了清晰的呈現其時間關係，筆者將敘事事件依斷句分別標以Ａ、Ｂ、Ｃ……的順序標記，而故事時間則按照自然時間先後分別標以1、2、3……的順序，進而可以看出整篇小說的時間排序手法。如《剪燈新話》裡〈秋香亭記〉開頭：

　　　　至正間，有商生者，隨父官游姑蘇，僑居烏鵲橋，其鄰則弘農楊氏第也。（A2）楊氏乃延祐大詩人浦城公之裔。浦城娶於商，其孫女名采采，與生中表兄妹也。浦城已歿，商氏尚存。（B1）生少年，氣稟清淑，性質溫粹，與采采俱在童丱。（C3）商氏，即生之祖姑也。（D1）每讀書之暇，與采采共戲於庭，為商氏所鍾愛，嘗

〔註4〕熱拉爾・熱奈特《敘事話語・新敘事話語》，頁25。熱奈特原文：將任何時間倒錯與它插入其中、嫁接其上的敘事相比均構成一個時間上的第二敘事，在某種敘述結構中從屬於第一敘事。在此筆者將第一敘事理解為「主線故事的敘述」。

〔註5〕羅鋼《敘事學導論》，頁137～138。

〔註6〕熱拉爾・熱奈特《敘事話語・新敘事話語》，頁26～29。

〔註7〕羅鋼《敘事學導論》，頁139。

　　撫生指采采謂曰：「汝宜益加進脩，吾孫女誓不適他族，當令事汝，

以續二姓之親，永以爲好也。」（E3）女父母樂聞此言，即欲歸之，

　　（F4）而生嚴親以生年幼，恐其怠於學業，請俟他日。生、女因商

氏之言，倍相憐愛。（G5）〔註8〕

此段的時間序列爲 A2-B1-C3-D1-E3-F4-G5，排出時間的序列，即可以明瞭地看出敘事時間的鋪排手法。又〈秋香亭記〉通篇的時間序列爲：

〔 A2-B1-C3-D1-E3 〕-F4-G5-H6-I7-〔 J8-K7-L9-M12-N11-O10 〕-P13-Q14-

〔R7-S12-T15〕-U16-V17〔註9〕

　　括號部分爲相關性較高的故事敘述，亦可視之爲同一個事件的敘述。如以第一個括號爲例，由 A2-B1-C3 的時間序列，可以明瞭看見故事以倒敘開頭，而〔A2-B1-C3-D1-E3〕敘述可以歸之爲倒敘背景事件。緊接著道出兩人深厚情感之緣由，故事繼續順序進行。而 B1「浦城娶于商，其孫女名采采，與生中表兄妹也。浦城已歿，商氏尚存。」、D1「商氏，即生之祖姑也。」這兩個倒敘的時間範疇皆發生在第一敘事 A2「商生隨父到姑蘇、居烏鵲橋」這個主軸事件之前，所以此爲「外倒敘」。另外在歷經戰火後重逢，楊采采的簡書 R7、S12 的部分：

　　　　伏承來使，具述前因。天不成全，事多間阻。蓋自前朝失政，

列郡受兵，（R7）大傷小亡，弱肉強食，薦遭禍亂，十載於此。偶

獲生存，一身非故，東西奔竄，左右逃遁；祖母辭堂，先君捐館；

避終風之狂暴，慮行露之沾濡。欲終守前盟，則鱗鴻永絕；欲徑行

小諒，則溝瀆莫知。不幸委身從人，延命度日。……（S12）〔註10〕

明顯的用倒敘的方式，交代了戰火後楊家的遭遇，此段遭遇爲補先前劇情空白的一段，其時間的幅度包含在故事主軸第一敘事商生和采采的相識相戀內，因此此處爲內倒敘手法。

　　再者，根據幅度的程度，又可將倒敘分爲：部分倒敘、完整倒敘。「部分倒敘」是指倒敘以省略作結尾，不與第一敘事相接的回顧；「完整倒敘」與第一敘事銜接，兩個故事段間沒有中斷。〔註11〕同樣以〈秋香亭記〉第一個括

〔註8〕瞿佑：《剪燈新話句解》收錄於《古本小説叢刊・第三十三輯》，中華書局，
　　　　頁1957。

〔註9〕瞿佑：《剪燈新話句解》，頁1957～1958，（全文詳見本章末，附錄一）。

〔註10〕瞿佑：《剪燈新話句解》，頁1961～1962，（全文詳見本章末，附錄一）。

〔註11〕熱拉爾・熱奈特《敘事話語・新敘事話語》，頁35。

號序列爲例，〔A2-B1-C3-D1-E3〕這整個追憶過去的故事段落中，連續倒敘了兩次，後又巧妙的接續第一敘事，讓人不覺故事有斷裂而使故事繼續進行，這就屬於「完整倒敘」的敘事手法。

與倒敘相對應的就是預敘，可以區分爲內預敘、外預敘，一樣以第一敘事時間爲對照依據，將發生在第一敘事時間內的預敘稱爲「**內預敘**」，反之，在第一時間外的預敘則稱「**外預敘**」。內預敘的功能是在同故事中用來填補未來敘事中出現的省略或空白，稱「補充預敘」，〔註12〕既然已經在預敘中清楚的交代，那麼在後文中就可以省略或一筆帶過；外預敘則通常用來報告某一延伸到第一敘事時間之外的情節線索的最終結局，或交代某一人物在故事時間之外的最終下場。〔註13〕此外，同故事中的另一類型爲「重複預敘」，即當第一次表現某一個即將在以後的時間反覆發生的事件，便對此後該事件的重複加以預告的話語敘述。〔註14〕〈秋香亭記〉中有預敘的手法，在J8處：

> 生感歎再三，<u>未及酬和</u>。（J8）適高郵張氏兵起，三吳擾亂，（K7）生父挈家南歸臨安，輾轉會稽、四明以避亂；女家亦北徙金陵。（L9）音耗不通者十載。（M12）吳元年，國朝混一，道路始通。（N11）時生父已歿，（O10）獨奉母居錢塘故址，遣舊使老蒼頭往金陵物色之，則女以甲辰年適太原王氏，有子矣。（P13）〔註15〕

「未及酬和」一語先行提出，才緩緩道出「來不及」的原因，除了來不及酬和作品回應給采采外，另也有預示他與采采終身大事的「來不及」；而又「音耗不通者十載」，這場戰亂將導致十年的無法聯絡，之後才慢慢交代國家統一，聯繫終於恢復，卻物是人非了。敘述並未超出第一敘事時間之外，因此爲內預敘手法。

二、組合關係

事件的組合，有三種方式，鏈接、嵌入、接合。〔註16〕

〔註12〕熱拉爾・熱奈特《敘事話語・新敘事話語》，頁41。

〔註13〕羅鋼《敘事學導論》，頁143。

〔註14〕羅鋼《敘事學導論》，頁143。

〔註15〕《古本小說叢刊・第三十三輯》，中華書局，頁1960，（全文詳見本章末，附錄一）。

〔註16〕史蒂文・科恩、琳達・夏爾斯《講故事——對敘事虛構作品的理論分析》，（台北：駱駝出版社，1997年），頁61～62。

（一）鏈接：相連的事件。

（二）嵌入：插入的事件。

（三）接合：具複合功能，使具備了將兩個以上的事件連繫的功能。

　　其中鏈接、接合關係具備了使情節發展的因果性也是故事精彩處，[註17] 藉由上述倒敘、預序的各種細部分析，歸結出以核心事件為主的時序的組合關係，來釐清《剪燈新話》、《剪燈餘話》小說中關於時間順序的安排方式及功能性的強弱。

第一節　倒敘

一、倒敘的統計

（一）《剪燈新話》統計

《剪燈新話》倒敘	依跨度			依幅度	
	外倒敘	內倒敘	混合倒敘	部分倒敘	完整倒敘
〈水宮慶會錄〉		●			●
〈三山福地志〉		●	●		●
〈華亭逢故人記〉	●			●	
〈金鳳釵記〉	●	●			●
〈聯芳樓記〉					
〈令狐生冥夢錄〉	●	●		●	●
〈天台訪隱錄〉	●		●	●	●
〈滕穆醉游聚景園記〉	●				●
〈牡丹燈記〉	●	●		●	
〈渭塘奇遇記〉		●			●
〈富貴發跡司志〉					
〈永州野廟記〉		●			●
〈申陽洞記〉			●		●

[註17] 徐志平〈短篇小說的特質及其敘事分析——以話本小說〈等不得重新羞墓　窮不了連掇巍科〉為例〉，二- （二）-2- （2）。依據佛斯特《小說面面觀》頁114所言的故事與情節的不同處在於「因果關係」。

〈愛卿傳〉		●			●
〈翠翠傳〉		●			●
〈龍堂靈會錄〉	●			●	
〈太虛司法傳〉	●			●	
〈修文舍人傳〉	●			●	
〈鑑湖夜泛記〉					
〈綠衣人傳〉	●		●	●	●
〈秋香亭記〉	●	●			●
計	11	10	4	8	13

（二）《剪燈餘話》統計

《剪燈餘話》倒敘	依跨度			依幅度	
	外倒敘	內倒敘	混合倒敘	部分倒敘	完整倒敘
〈長安夜行錄〉	●			●	
〈聽經猿記〉	●				●
〈月夜彈琴記〉	●		●	●	
〈何思明遊酆都錄〉		●			●
〈兩川都轄院誌〉		●		●	
〈連理樹記〉					
〈田洙遇薛濤聯句記〉	●			●	
〈青城舞劍錄〉	●			●	
〈秋夕訪枇杷亭記〉	●			●	
〈鸞鸞傳〉		●		●	●
〈鳳尾草記〉	●				●
〈武平靈怪錄〉					
〈瓊奴傳〉					
〈幔亭遇仙錄〉			●		
〈胡媚娘傳〉			●		●
〈洞天花燭記〉					
〈泰山御史傳〉					
〈江廟泥神記〉					

〈芙蓉屏記〉		●			●
〈秋迁會記〉	●				
〈至正妓人行〉	●		●		●
〈賈雲華還魂記〉	●			●	
計	10	4	4	8	7

　　以上，《剪燈新話》、《剪燈餘話》各種手法運用的次數相似度極高，惟有在內倒敘與完整倒敘的部分落差比較大，《剪燈新話》在內倒敘的頻率上遠高於《剪燈餘話》，而對追憶故事與第一敘事時間相銜接的完整倒敘篇章較多，也佔了整個故事集的一半以上。《剪燈新話》中二十一篇文言短篇小說中，關於倒敘相關手法的佔了十八篇，《剪燈餘話》裡二十二篇文言短篇小說中，關於倒敘相關手法佔了十六篇。可知瞿祐與李昌祺兩個人都習慣以倒敘手法為敘事時間主要變化，佔了總篇章的五分之四以上。

二、分析與比較

（一）內倒敘

1.《剪燈新話》內倒敘分析

（1）1-3-2 型

　　在〈水宮慶會錄〉裡：

　　　　……是日，廣利頂通天之冠，禦繹紗之袍，秉碧玉之圭，（A1）趨迎於門，其禮甚肅。（B3）三神亦各盛其冠冕，嚴其劍珮，威儀極儼恪，但所服之袍，各隨其方而色不同焉。（C2）敘暄涼畢，揖讓而坐。（D4）〔註18〕

其故事時間順序應為：「廣利王頂通天之冠、穿繹紗袍、執碧玉圭。」、「三王亦各配戴其冠冕、配劍……。」、「廣利王親至門口迎接，禮節十分莊重。」、「寒暄完畢，揖讓而坐。」依原文予以標幟則記為 A1-B3-C2-D4，由這順序可以看出此處在第一敘事時間「廣利王的邀約」之後的事，為內倒敘的手法，同時也是與第一敘事相銜接的完整倒敘。同樣的手法在〈三山福地誌〉中較為複雜些：

　　　　自實不勝其憤，陰礪白刃，坐以待旦。（A1）雞鳴鼓絕，徑投

〔註18〕瞿祐著，林芑（垂胡子）集釋：《剪燈新話句解》收錄於《古本小說叢刊》第三十三輯，中華書局，頁1720。

繆君之門，將候其出而刺之。（B3）是時，震方未啓，道無行人，惟小庵中軒轅翁方明燭轉經，當門而坐，見自實前行，有奇形異狀之鬼數十輩從之（C2）……誦經已罷，急往訪之，則自實固無恙。坐定，軒轅翁問曰：「今日之晨，子將奚適？何其去之匆匆，而回之緩緩也？願得一聞。」（D5）自實不敢隱，具言：「繆君之不義，令我狼狽！今早實礪霜刃於懷，將往殺之以快意，及至其門，忽自思曰：『彼實得罪于吾，妻子何尤焉。且又有老母在堂，今若殺之，其家何所依？寧人負我，毋我負人也。』遂隱忍而歸耳。」（E4）軒轅翁聞之，稽首而賀曰：「吾子將有後祿，神明已知之矣。」（F6）
〔註19〕

同樣很明顯的，故事時間應爲：「元自實懷藏著霜刃至繆君家準備行刺，軒轅翁誦經時，瞥見門外的元自實身後跟著眾鬼而出，認爲他將逢大難」，「誦經完畢，去探訪元自實，發現他安然無恙，便詢問因果」，「元自實自白心聲：寧人負我，毋我負人」，「軒轅翁道賀災難已過」。依原文予以標幟則記爲 A1-B3-C2-D5-E4-F6，爲連續兩次與第一敘事時間元自實幫助繆君之後所發生的事件相銜接的完整的內倒敘。

（2）1-2-1 型

〈金鳳釵記〉中，依原文標記爲 A1-B2-C1-D3：崔生與被興娘附身的慶娘私奔一年後決定返回娘家，崔生獨自先返家請罪，防禦聽見說詞後大愕說道「小女饘粥不進，轉側需人，臥病已一年了」，〔註20〕此爲在第一敘事男方下聘後情節內的內倒敘手法。〈牡丹燈記〉中喬生、麗卿、金蓮被神將壓制後，喬生的供詞；〔註21〕其時間標誌爲 A2-B3-C2-D1，C2 爲在第一

〔註19〕《剪燈新話句解》，頁 1732。

〔註20〕《剪燈新話句解》，頁 1756～1757。原文爲：生處榮家，將及一年。女告生曰：「……今而自歸，喜於再見，必不我罪。（A1）……生乃作而言曰：「曩者房帷事密，兒女情多，負不義之名，犯私通之律。不告而娶，竊負而逃（B2）……防禦聞之，驚曰：「吾女臥病在床，今及一歲，饘粥不進，轉側需人，豈有是事耶？」（C1）生謂其恐爲門戶之辱，故飾詞以拒之。乃曰：「目今慶娘在於舟中，可令人舁取之來。」防禦雖不信，然且令家僮馳往視之。（D3）

〔註21〕《剪燈新話句解》，頁 1815～1824。原文爲：生於月下視之，韶顏稚齒，眞國色也。神魂飄蕩，不能自抑（A2）……往往見生與女攜手同行，一丫鬟挑雙頭牡丹燈前導。遇之者輒得重疾……否則不起矣。（B3）……伏念某喪室鰥居，倚門獨立，犯在色之戒，動多欲之求。不能效孫生見兩頭蛇而決斷，乃致如鄭子逢九尾狐而愛憐。事既莫追，悔將奚及（C2）。

敘事時間喬生被麗卿吸引之事，爲內倒敘手法。〈渭塘奇遇記〉裡王生收租路過渭塘一間酒店，撇見一女並對她子一見鍾情，晚上作夢與她相會並與她互贈信物，醒來後發現信物在身旁大感驚奇，便賦詩以記載，此詩內容可視爲內倒敘，記錄了王生與女子幽會點滴，記爲 A1-B2-C3-D2-E4，〔註22〕是在第一敘事時間王生收租事後的內倒敘手法。〈永洲野廟記〉中有連續的內倒敘手法，其標記記爲 A1-B2-C3-D2-E4-F5-G6-H5，〔註23〕畢應祥路過永州野外一座神廟，因阮囊羞澀沒供奉祭品，路上突然大風興起並出現怪甲兵追擊，所幸邊逃邊背誦了道家經典，使怪事消散平安到達衡州，後路過南嶽詞拜謁並寫狀子焚燒向神投訴，夜裡被帶至一殿堂詢問，畢生的回答敘述了之前所發生的事，此 D2 爲發生在第一敘事時間畢應祥路過永州野廟事件之後，爲內倒敘手法；其後，蛇妖被滅，畢應祥又再度路過該地，從村民口中再度得知當天神兵滅妖的情況，此 H5 亦爲內倒敘手法。〈愛卿傳〉中羅愛愛丈夫趙公子因尙書召他去任官職而遠赴他方，誰知尙書生

〔註22〕《剪燈新話句解》，頁 1828～1839。原文爲：……有田在鬆江，因往收秋租。回舟過渭塘，見一酒肆，……其女年十八。……見生在座，頻於幕下窺之，……彼此目成久之。(A1)是夜，遂夢至肆中，入門數重，直抵舍後，始至女室……女見生至，與之承迎……自後歸家，無夕而不夢焉。……一夕，女以紫金碧甸指環贈生，生解水晶雙魚扇墜酬之。(B2)既覺，則指環宛然在手，扇墜視之無有矣。(C3)生大以爲奇，遂效元積體，賦會眞詩三十韻以記其事。詩曰：有美閨房秀，天人謫降來。……（D2）詩訖，好事者多傳誦之。明歲，複往收租，再過其處，……老拙惟一女，未曾適人。去歲，君子所至，於此飲酒。偶有所睹，不能定情，因遂染疾，長眠獨語，如醉如癡，餌藥無效。昨夕忽語曰：『明日郎君至矣，宜往候之。』……(E4)

〔註23〕《剪燈新話句解》，頁 1815。原文爲：……過者必以牲牢獻於殿下，始克前往。如或不然，則風雨暴至，雲霧晦冥，咫尺不辨，人物行李，皆隨失之。如是者有年矣。(A1)……須臾，則雲收風止，天地開朗。所追兵騎，不複有矣。（B2）……思憶前事，具狀焚訴。是夜，夢駛卒來追，與之偕行。……（C3）吏曰：「日間投狀，理會何事？」應祥始悟，稽首而白曰：「實以貧故，出境投人，道由永州，過神祠下，行囊罄竭，不能以牲醴祭享，觸神之怒，風雨暴起，兵甲追逐，狼狽顚踣，幾爲所及。驚怖急迫，無處申訴，以致唐突聖靈，誠非得已。」（D2）吏入，少項複出，曰：「得旨追對。」……老人拜懇曰：「妖孽已成，輔之者衆。吏士雖往，終恐無益，自非神兵劉捕，不可得也。」（E4）……久之，見數十鬼卒，以大木舁其首而至，乃一朱冠白蛇也。……（F5）吏顧應祥令還，……事訖回途，再經其處，……（G6）問於村，皆曰：「某夜三更後，雷霆風火大作，惟聞殺伐之聲，驚駭巨測。旦往視之，則神廟已爲煨燼，一巨白蛇長數十丈，死於林木之下，而喪其元。其餘蚖虺螣蝮之屬無數，腥穢之氣，至今未息。」考其日，正感夢時也。(H5)

病被免職，趙公子一時失頭靠而不能返鄉，又遇戰亂久不能返鄉，返家後故宅已荒廢，由昔日老僕口中才知道母親病故和妻子為保貞而自縊，[註24]標記為 A1-B2-C3-D2，此為第一敘事時間內的內倒敘手法。〈翠翠傳〉裡劉翠翠與金定在學堂互相默許自認，也順利結成連理，幸福美滿之際逢兵亂，翠翠被李將軍擄為夫人，金定千辛萬苦找到李宅後卻只能以兄妹之稱得以與翠翠見上一面，鬱悶之下染病而亡，翠翠亦然；後偶然遇見舊日僕人經商經過此地，翠翠與金定招呼他請他帶信給父母報平安，父母得信喜出望外，租船直奔吳興之地找尋兩人，卻只見兩墳塚，當夜兩人與父親相見才道出兩人坎坷實況，[註25]記為 A1-B2-C3-D2，此為第一敘事時間內並與第一敘事相銜接的完整內倒敘。

（3）2-3-1 型

〈令狐生冥夢錄〉裡以較少見的內倒敘為手法作結。故事主線單純，令狐生是個剛直敢言的書生，聽見附近烏老巨富死後因紙錢燒得多而復生，便不平地賦詩批評此事，當夜就被地府招去訊問了；而後無罪釋放，在即將返陽之際插入參觀刑罰實況的情節，待天亮返陽後再去烏老家探情況，發現烏

〔註24〕《剪燈新話句解》，頁 1863～1870。原文為：……愛卿入門，婦道甚修，家法甚飭，擇言而發，非禮不行。趙子嬖而重之。（A1）未久，趙子有父黨為吏部尚書，以書自大都召之，……。既葬，旦夕哭臨靈幾前，悲傷過度，為之瘦瘠。……見愛卿之姿色，欲逼納之……（B2）趙子始問關海道，……求其母妻，不知去向。……乃灑掃而息焉。（C3）明日，行出東門外……指鬆柏而告之曰：「此皆六娘子之所種植也。」指塋壟而告之曰：「此皆六娘子之所經理也。太夫人以郎君不歸，感念成疾，娘子奉之至矣。不幸而死，卜葬於此。娘子身被衰麻，手扶棺櫬，親自負土，號哭墓下。葬之三月，而苗軍入城，宅舍被占。有劉萬戶者，欲以非禮犯之。娘子不從，即遂縊死，就於後圃瘞之矣。」（D2）

〔註25〕《剪燈新話句解》，頁 1895～1896。原文為：……過門交拜，……鴛鴦之遊綠水，未足喻也。（A1）未及一載，張士誠兄弟起兵高郵，盡陷沿淮諸郡。女為其部將李將軍者所擄。……然生本為求妻而來，自廳前一見之後，不可再得，……竟祔葬於生之墳左，宛然東西二丘焉。（B2）……仆曰：「予今還淮安，娘子可修一書以報父母也。」……取其書而視之，則白紙一幅也。（C3）……乃具述其始末曰：「往者，禍起蕭牆，兵興屬郡。不能效竇氏女之烈，乃致為沙叱利之驅。忍恥偷生，離鄉去國。恨以蕙蘭之弱質，配茲駔儈之下材。惟知奪石家買笑之姬，豈暇憐息國不言之婦。叫九閽而無路，度一日如三秋。良人不棄舊恩，特勤遠訪。托兄妹之名，而僅獲一見；隔仳儷之情，而終遂不通。彼感疾而先殂，妾含冤而繼殞。欲求祔葬，幸得同歸。大略如斯，微言莫盡。」（D2）

老於當夜三更死了；〔註26〕其時間標誌為 A2-B3-C1-D4-E3，E3 是在第一敘事時間烏老自誇錢能復生之後的事，以內倒敘作結尾，為完整倒敘手法。

（4）2-1-3 型

〈秋香亭記〉裡因戰亂失散得楊采采與商生再度相見，采采卻已嫁人，此時采采寫給商生的簡書，前半部追述了戰亂已來種種便是內倒敘，其時間標誌為 A2-B1-C3-D1-E3、J8-K7-L9-M12-N11-O10。〔註27〕

2.《剪燈餘話》內倒敘分析

（1）1-2-1 型

在〈何思明遊酆都錄〉裡，何思明原先極不愛佛、道兩教，常對它們嚴苛批判。一天病死後又還魂，對弟子們述說死亡後的經歷：佛、道兩教之宏大，過去對兩教太過偏激而差點不能生還的情景，〔註28〕記為 A1-B2-C3-D2，這在第一敘事時間之內所發生的事，且與第一敘事完全銜接，因此為完整內倒敘手法。〈兩川都轄院誌〉中吉復卿生前對他的兩個好友趙德夫、姜彥益十

〔註26〕　《剪燈新話句解》，頁 1774～1784。原文為：有烏老者，家資巨富。貪求不止，敢為不義，凶惡著聞。一夕，病卒。卒之三日而再蘇。……因賦詩曰：一陌金錢便返魂，公私隨處可通門！鬼神有德開生路，日月無光照覆盆。貧者何緣蒙佛力？富家容易受天恩。早知善惡都無報，多積黃金遺子孫！是夜，明燭獨坐。忽有二鬼使，狀貌獰惡，徑至其前，曰：「地府奉追。」……王覽畢，批曰：「令狐譔持論頗正，難以罪加；秉誌不回，非可威屈。今觀所陳，實為有理，可特放還，以彰遺直。」（A2）仍命複追烏老，置之於獄。（B3）……譔懇二使曰：「仆在人間，以儒為業，雖聞地獄之事，不以為然。今既到此，可一觀否？」……此即宋朝秦檜也。謀害忠良，迷誤其主。故受重罪。其餘亦皆歷代誤國之臣也。每一朝革命，即驅之出。令毒虺噬其肉，饑鷹啄其髓，骨肉糜爛至盡。複以神水灑之，業風吹之，仍複本形。此輩雖歷億萬劫，不可出世矣。」（C1）譔觀畢，求回。二使送之至家。……欠伸而覺，乃一夢也。（D4）及旦，叩烏老之家而問焉，則於是夜三更逝矣。（E3）

〔註27〕　《剪燈新話句解》，頁 1961～1962。詳見本章第一節分析。

〔註28〕　李昌祺著，張光啟校刊，劉世德、陳慶浩、石昌渝主編：《剪燈餘話》，（收錄於《古本小說叢刊・第五輯》，北京，中華書局，1990 年），頁 29～36。原文為：通五經，尤專於《易》，以性學自任，酷不喜老、佛。間遇其徒於道，輒斥之曰……是夜卒。（A1）獨心下稍暖，不敢殮。諸生環守之，凡七晝夜，（B2）覺綿動，候之。鼻中氣勃勃出，急搗薑汁灌之，良久眼開，天明而呼吸續矣。十日始能言，（C3）乃召弟子告曰：「二教之大，鬼神之著，其至矣乎！曩吾僻見，過毀老、釋，今致削官減祿，幾不能生，小子識之。」……門人請其詳，……揖餘曰：奉命召君。餘問：誰召？……其人曰：酆都內台也。……觀畢，回省業司，納珠還僧……出數關，中一關新創，匾曰蜉蝣。……把關者喜，便放餘行。至二更，行至家。（D2）

分照顧，即使兩人沉迷青樓花光錢財，也再三地給予幫助。在三人都往生後的某天，姻親的兒子徐建寅做了四川縣丞，機緣之下與吉復卿相見，得知吉復卿在陰間做了兩川都轄主管，並要提攜他的兩位故友；後徐建寅告知他的兩個兒子，兩個兒子回憶起過去曾夢見兩個人來向他們拜別，才恍然大悟原因，[註29] 記為 A1-B2-C3-D2，這段回憶在第一敘事時間之內，並不與第一敘事完全銜接，因此為部分內倒敘。〈鸞鸞傳〉中趙鸞鸞原本許婚給柳穎，卻因男方家道衰落而取消，嫁給繆生三個月後繆生病逝，恰巧柳穎妻也亡故，而在柳穎的積極下，兩人終於共結連理。是逢戰亂失散，柳穎來到俞左丞將軍處尋榜文找鸞鸞卻沒找到，後在女道觀處遇見一婦女告知他鸞鸞的下落，婦女還交給柳穎一封書信，就是鸞鸞記敘了失散後她的經歷，[註30] 記為 A1-B2-C3-D2，此在第一敘事時間內，且與第一敘事完整銜接，因此為完整內倒敘手法。〈芙蓉屏記〉中，崔英被人推下江滅口而與妻子王氏分離，一天劫後餘生的崔英因賣字帖求生而識了高公，在高公的詢問下，崔英道出了過去的經歷，[註31] 記為 A1-B2-C1，此為第一敘事時間之內、並與第一敘事相銜

〔註29〕《剪燈餘話》，頁36～40。原文為：……於是各以二萬假之。二人挈所得，又複過妓者之家……相繼殞歿。複卿往哭盡哀……省其妻子，告以物故之由，述其殞殮之悉。又出四萬緡付二家，責其族人為之經紀，使不失所（A1）……忽得夫、彥益聯袂而來，複卿忘其死也，欣然相接。……兩人同應曰：「無妨，吾已請命上天，令率陰靈衛公宅眷。」言訖隱形，方悟其死。（B2）……徐於複卿為通家子，因再拜問曰：「姻丈謝世以來，服已闋矣，何得若是？」複卿雲：「上帝以餘薄有陰騭，命為兩川都轄院主者。……吾當為國福祐生靈。」（C3）……元禮曰：餘兄弟向夢二人言，蒙尊公謬舉為兩川都轄院判官，來日起程，敬詣拜別。……今聞公所說，則悟先子之為神，而於二君，亦可謂生死而骨肉者也。（D2）

〔註30〕《剪燈餘話》，頁73～78。原文為：……父欲以嫁近鄰之才子柳穎，而鸞亦深願事焉，許而未聘。會穎家坐事，日就零替，鸞母悔之，以適繆氏。……既三月，而繆生死，鸞回父母家。次年冬，穎亦喪耦，乃遣人複申前約，而求娶之。……穎服其敏妙，為之擱筆。（A1）明年，至正戊戌，田豐破東平，穎與鸞相失……凡所掠男女，出榜召人識認給還。穎聞之，意鸞或者在彼，衝冒白刃中，求而未得。（B2）正憂窘間，有指女冠院語之曰：「盍不於此訪求乎？」……婦曰：「聞有周萬戶者領去，……留書托我，俾以授君。」（C3）……穎開而讀之，果妻手筆也。書云……伏楮悽斷，不知所云。（D2）

〔註31〕《剪燈餘話》，頁128～131。原文為：……是夜，沉英水中，並婢仆殺之……王氏伺其睡熟，輕身上岸，行二三裏，忽迷路。（A1）……持畫芙蓉一軸來施，老尼張於素屏。王過見之，識為英筆……尼皆不曉其所謂。（B2）……偶外間忽有人賣草書四幅，公取觀之，字格類懷素而清勁不俗。公問：誰寫？其人對：是某學書。公視其貌，非庸碌者。即詢其鄉裏姓名，則蹙頞對曰：英姓

接的完整內倒敘手法。

3. 內倒敘比較

　　在內倒敘方面，瞿祐《剪燈新話》內倒敘手法的序列方式有：1-3-2、1-2-1、2-3-1、2-1-3 四種類型排序方式，在內倒敘這一手法上有多元化的經營；而李昌祺的《剪燈餘話》中的內倒敘手法就單調許多，僅 1-2-1 一種，瞿祐小說在這方面技巧的運用與變化是較為傑出的。

（二）外倒敘

1.《剪燈新話》外倒敘分析

（1）人物在故事中交待自己的一段經歷

　　〈金鳳釵記〉中，私奔一年後崔生獨自先返家請罪，防禦卻說「小女饘粥不進，轉側需人，臥病已一年了」，隨後，崔生拿出金鳳釵證明，在眾人一陣疑惑之祭，久病臥床的慶娘忽然自床上起，以興娘的聲音、舉止回溯前情，交代興娘死後在地府之事，〔註32〕此則在第一敘事私奔情節之外的外倒敘手法，幅度上來說，為與第一敘事相銜接的完整倒敘。〈滕穆醉游聚景園記〉中，一天夜裡滕穆在聚景園附近，遇見一美女入園便前往搭訕，美女表明自己離世很久了，這一番自我介紹的內容〔註33〕為發生在第一敘事時間滕穆遊園之前的外倒敘，並與第一敘事時間滕穆遊聚景園相銜接，為完整倒敘手法。〈牡丹燈記〉中，喬姓書生在湖畔遇見美女符麗卿，兩人一拍即合恩愛半個月餘，偶然發現麗卿為亡靈後求法師幫忙避鬼；一個月後喬生忘卻此事又經湖心寺，被麗卿帶走殉情，後兩人在附近作亂，在被道人收服之際，白紙寫下招供文書，〔註34〕交代了麗卿追求喬生的動機乃五百年前之歡喜冤家，此為部

崔，字俊臣，……惟賣字以度日，非敢謂善書也。不意惡箚，上徹鈞覽。（C1）
〔註32〕《剪燈新話句解》，頁 1757～1758。疑惑之際，慶娘忽於床上然而起，直至堂前，拜其父，曰：興娘不幸，早辭嚴侍，遠棄荒郊。然與崔家郎君緣分未斷……妾之死也，冥司以妾無罪，不復拘禁。得隸後土夫人帳下，掌傳箋奏。妾以世緣未盡，故特給假一年，來與崔郎了此一段因緣爾。
〔註33〕《剪燈新話句解》，頁 1804～1805。原文為：乃曰：「芳華姓衛，故宋理宗朝宮人也，年二十三而歿，殯於此園之側。今晚因往演福訪賈貴妃，蒙延坐久，不覺歸遲，致令郎君於此久待。」即命侍女曰：「翹翹，可於舍中取裀席酒果來。今夜月色如此，郎君又至，不可虛度，可便於此賞月也。」
〔註34〕《剪燈新話句解》，頁 1824。原文為：伏念某青年棄世，白晝無鄰，六魄雖離，一靈未泯。燈前月下，逢五百年歡喜冤家；世上民間，作千萬人風流話本。迷不知返，罪安可逃！

分外倒敘手法。〈龍堂靈會錄〉裡一讀書人聞子述經過吳江龍王堂附近恰巧遇見白龍吸水，他便將此壯觀畫面化為詩歌，當天就被龍王邀請至龍宮作客。同場次的客人還有范蠡、張翰、陸龜蒙、吳子胥，幾個昔日高士就在會場上辯論功過，〔註35〕這一番以過去事蹟為基礎的論詞是在第一敘事時間之前所發生的事，並且僅擷取片段並無與第一敘事時間相銜接，因此為部分外倒敘。

〈修文舍人傳〉中夏顏遇見了老朋友，與他相約開聊近況，夏顏自述在陰間任職的情況給老朋友知曉，〔註36〕這一番話為第一敘事時間夏顏與朋友相遇之前的事，為部分外倒敘手法。

（2）人物間接相關經歷

〈綠衣人傳〉裡，綠衣女子對趙源說明自己非塵世人，為賈似道的侍女，並將所見所聞一件件的告訴他，〔註37〕這些片段的經歷是在第一敘事時間兩人現世相遇之前的事，為部分的外倒敘。〈秋香亭記〉中，開頭第一敘事為商生隨父親宦遊至姑蘇鵲橋畔定居，鄰居是楊氏，接著就以倒敘手法敘述楊氏與商家的淵源，話題又轉回商生品行氣質，〔註38〕倒敘的部分發生在第一敘事時間商生隨父宦遊姑蘇之前，為部分外倒敘的手法。

〔註35〕《剪燈新話句解》，頁 1903～1908。原文為：乃曰：「昔勾踐誌於複仇，臥薪嘗膽，十年生聚，十年教訓。以此戰伐，孰能禦之？何至假負薪之女，為誨淫之事，出此鄙計，不以為慚。吳既已亡，又不能除去尤物，反與共載而去。……伍君曰：「吾以家族之不幸，遍遊諸國，不避艱險。終能用吳以複父兄之仇，又能為夫差複父之仇，則孝為有餘矣。事吳至死不去，以畢誌於其君，雖遭屬鏤之慘，……豈子伐國之功，謀國之策乎？」

〔註36〕《剪燈新話句解》，頁 1928～1932。原文為：乃言曰：「地下之樂，不減人間，吾今為修文舍人，顏淵、卜商舊職也。冥司用人，選擇甚精。必當其才，必稱其職，然後官位可居，爵祿可致；……試與君論之：今夫人世之上，仕路之間，秉筆中書者，豈盡蕭、曹、丙、魏之徒乎？提兵閫外者，豈盡韓、彭、衛、霍之流乎？館閣摛文者，豈皆班、揚、董、馬之輩乎？郡邑牧民者，豈皆龔、黃、召、杜之儔乎？……報應之條，至此而莫逃矣。」

〔註37〕《剪燈新話句解》，頁 1953～1955。原文為：嘗言：秋壑一日倚樓閑望，諸姬皆侍，適二人烏巾素服，乘小舟由湖登岸。一姬曰：「美哉二少年！」秋壑曰：「汝願事之耶？當令納聘。」姬笑而無言。逾時，令人捧一盒，呼諸姬至前曰：「適為某姬納聘。」啓視之，則姬之首也，……末有一道士，……齋罷，複其缽於案而去。眾悉力舉之，不動。啓於秋壑，自往舉之，乃有詩二句雲：「得好休時便好休，收花結子在漳州。」始知真仙降臨而不識也。然終不喻漳州之意，嗟乎，孰知有漳州木綿庵之厄也！……蓋物亦先知，數而不可逃也。

〔註38〕《剪燈新話句解》，頁 1957。詳見本章第一節分析。

（3）不相干人物的經歷

〈華亭逢故人記〉全、賈二人豪放有文才，參戰後亡，一天與他們倆熟識的石若虛經過近郊與全、賈相遇，情況和往常無異，三人揖讓談論，而他們談論的內容為前朝之事，〔註39〕此為在第一敘事時間更之前的外倒敘手法，不與第一敘事銜接為部分倒敘。〈令狐生冥夢錄〉中令狐生無罪釋放反陽之前，參觀地府得刑罰實況，令狐生詢問了一些受刑人的罪責，鬼吏回答他們生前得事跡，〔註40〕此為在第一敘事時間令狐生因烏老之事賦詩批評之前的事，為外倒敘手法，與第一敘事並無直接銜接，為部分倒敘。〈天台訪隱錄〉中徐逸漫遊天台山，無意中闖入了一個未被記載的村落，一老人自稱太學生陶上舍告訴他他們從宋朝為避戰禍而居此，並對外界朝代興替一無所之，徐逸便告其後至今的史況、軼聞之事，〔註41〕此為第一敘事時間之外的

〔註39〕《剪燈新話句解》，1741～1745。原文為：全忽慨然長歎……黑閣何足道！如漢之田橫，唐之李密，亦可謂鐵中錚錚者也。橫始與漢祖俱南麵稱孤，恥更稱臣，逃居海島，可以死矣！乃眩於大王小侯之語，行至東都而死。密之起兵，唐祖以書賀之，推為盟主。及兵敗入關……夫韓信建炎漢之業，卒受誅夷；劉文靜啓晉陽之祚，終加戮辱。彼之功臣尚爾，於他人何有哉！」全曰：「駱賓王佐李敬業起兵，檄武氏之惡。及兵敗也，複能優遊靈隱，詠桂子天香之句。黃巢擾亂唐室，罪不容誅。至於事敗，乃削髮被緇，逃遁蹤跡。

〔註40〕《剪燈新話句解》，頁1782～1783。原文為：曰：「此人在世為醫，因療此婦之夫，遂與婦通。已而其夫病卒。雖非二人殺之，原情定罪，與殺同也。故受此報。」……曰：「此徒在世，不耕而食，不織而衣。而乃不守戒律，貪淫茹葷。故令化為異類，出力以報人耳。」最後至一處，榜曰：「誤國之門。」……二使指一人示誤曰：「此即宋朝秦檜也。謀害忠良，迷誤其主。故受重罪。其餘亦皆歷代誤國之臣也。每一朝革命，即驅之出。令毒虺噬其肉，饑鷹啄其髓，骨肉糜爛至盡。複以神水灑之，業風吹之，仍複本形。此輩雖歷億萬劫，不可出世矣。」

〔註41〕《剪燈新話句解》，頁1792～1796。原文為：複與逸話前宋舊事，亹不厭。乃言：「寶祐丙辰，親策進士，文天祥卷在四，而理皇易為舉首。賈似道當國，造第於葛嶺，當時有『朝中無宰相，湖上有平章』之句。一宗室任嶺南縣令，獻孔雀二，置之圃中。見其馴擾可愛，即除其人為本郡守。襄陽之圍，呂文煥募人以蠟書告急於朝。其人懇於似道曰：『襄陽之圍六年矣，易子而食，析骸而爨，亡在朝夕。而師相方且鋪張太平，迷惑主聽。一旦虜馬飲江，家國傾覆，師相亦安得久有此富貴耶？』遂扼吭而死。謝堂乃太後之侄，殷富無比。嘗夜宴客，設水晶簾，燒沉香火，以徑尺瑪瑙盤，盛大珠四顆，光照一室，不用燈燭。優人獻誦樂語，有黃金七寶酒甕，重十數斤，即於座上賜之不吝。謝後臨朝，夢天傾東南，一人擎之，力若不勝，蹶而複起者三。已而，一日墜地，傍有一人捧之而奔。覺而遍訪於朝，得二人焉，厥狀極肖。擎天者文天祥，捧日者陸秀夫也，遂不次用之。……是夕，逸又宿焉。

外倒敘手法，爲部分倒敘。〈太虛司法傳〉中馮大異是個狂妄的人，凡事不信鬼神並且要凌辱詆毀一番才會罷休。一天馮大異至荒郊，鬼怪們決定要將他捉住一吐怨氣，鬼神對他罵得一番話，舉了古代經典與人事爲鬼神存在的例證，〔註42〕亦可以算是第一敘事時間之外，並不與第一敘事時間相銜接的部分外倒敘。

2.《剪燈餘話》外倒敘分析

（1）人物故事中途交待自己的一段經歷

在〈長安夜行錄〉中馬期仁在荒郊借宿一戶人家，少年夫妻自言非塵世間人，並請求他幫忙昭雪於世而開始敘述回憶，〔註43〕這段回憶是在第一敘事時間之外，且不與第一敘事相銜接的部分外倒敘手法。〈聽經猿記〉裡，一天禪師撞見一隻老猿趁他短暫離開時，閱讀他擺放在樹下的佛經，隔天廟裡來了一位袁秀才希望拜師，而開始敘述他的過去種種，〔註44〕這段敘述是第一敘事時間之外，並與第一敘事銜接的完整外倒敘手法。〈鳳尾草記〉中龍生與練氏小女兒互相有好感，無奈龍生姑姑暗中作對，後女子家境中落而婚約作罷，女子鬱悶而亡。龍生沒忘卻過練氏小女兒，在張眞人超渡她後，與龍生在夢中相見，敘述了死後的經歷，〔註45〕此爲在第一

〔註42〕《剪燈新話句解》，頁1921。原文爲：鬼王怒責之曰：「汝具五體而有知識，豈不聞鬼神之德其盛矣乎？孔子聖人也，猶日敬而遠之。大《易》所謂載鬼一車，《小雅》所謂爲鬼爲蜮。他如《左傳》所紀，晉景之夢，伯有之事，皆是物也。……吾烏得而甘心焉。」

〔註43〕李昌祺著，張光啓校刊：《剪燈餘話》，收錄於《古本小說叢刊》第五輯，頁5。原文爲：其妻曰：「……吾家適近王邸。妾夫故儒者，知有安、史之禍，隱於餅以自晦。妾亦躬操井臼，滌器當壚，不敢以爲恥也。王過，見而悅之，妾夫不能庇其伉儷，遂爲所奪。從入邸中，妾即以死自誓，終日不食，竟日不言。王使人開諭百端，莫之顧也。一夕，召妾，托以程姬之疾，獲免。如此者月餘，王無奈何，叱遣歸家。當時史官既失妾夫婦姓名，不複登載，惟《本事集》雲：『唐寧王宅畔，有賣餅者妻美，王取之經歲，問曰：頗憶餅師否？召之使見，淚下如雨，王憫而還之。』」

〔註44〕《剪燈餘話》，頁9～10。原文爲：白師曰：「遜姓袁，……有知者，薦爲端州巡官。念瘴鄉惡土，實不願行。彼又勸之曰：『子寒因如此，尚暇擇地哉？』不得已挈家抵任。未逾年，妻妾子女喪盡。憔悴一身，遂不複仕。……側聞尊宿建大法幢，不憚遠來，求依淨社。攢眉蹙頞，固非嗜酒之淵明；舉手推敲，顧類苦吟之賈島。如蒙不棄，夫複何求。」即取書一幅呈師，乃贊啓也。

〔註45〕《剪燈餘話》，頁87。原文爲：生夢女曰：「妾從辭世，二十餘年，陰府查籍，

敘事時間之外，且與第一敘事相銜接的完整外倒敘手法。〈至正妓人行〉中李禎偶遇一位被遺棄的姬妾，和她攀談後才知曉曾經是名官妓，後請她吹奏紫簫助興後繼續談論過去，李禎被她遭遇所感而作一首長詩贈她，長詩開頭又是再一次的內倒敘手法，記敘了李禎首次看見妓女及請她吹奏紫簫的情狀，〔註46〕兩段倒敘的跨度皆在第一敘事時間李禎與官妓相遇後之外，為外倒敘手法。

（2）人物間接相關經歷

〈田洙遇薛濤聯句記〉裡美女與田洙提到薛濤，田洙便追述了薛濤過去的一些事跡及對她的看法，〔註47〕此為在第一敘事之外，且不與第一敘事相銜接的部分外倒敘手法。〈秋夕訪枇杷亭記〉裡沈韶為了躲避當官，便找了陳生、梁生一同遨遊於襄、漢之間，一天在枇杷亭遇見了漢代陳友亮宮中的女官鄭婉娥，兩人感情融洽，女子對沈韶說起了當年主人的種種事跡，〔註48〕此為在第一敘事時間之外，且不與第一敘事相銜接的部分外倒敘手法。〈秋迁會記〉中因拜住家道中落，速哥失里的父母宣徽、三夫人毀婚約，要把女兒另嫁他人，誰知女兒卻自縊，拜住聽聞變故後到寺廟速哥失里的棺木旁痛哭，卻發現速哥失里復活了，兩人遠走高飛。後巧遇宣徽真相大白後，宣徽夫婦招她作女婿，最後終老宣徽家；而後接著敘述拜住三個兒子的情況

以妾當生三子，壽至六十，數未克終，卒於非命，俾再為女人，了其夙業。而昨蒙真人道力，天符忽下，今往河南府洛陽縣在城胡氏家為男子矣。感君深愛，生死不忘，但恨無以奉報耳。然君方當富貴，位極人臣，福壽豐隆，子孫昌盛。」言訖，拜謝而去。

〔註46〕《剪燈餘話》，頁138〜139。原文為：桃花含淚傷春老，蓮葉欺霜悴秋早。紅飄翠隕誰可方？大都妓人白頭媼。……須臾眾調多周遍，返席重論盛年話。一自干戈據攘攘，幾多行輦遄淪謝。

〔註47〕《剪燈餘話》，頁53。原文為：洙曰：「濤妓女，何敢上擬夫人。但其才貌，亦可謂難得者。餘嘗讀秦再思《紀異錄》雲，高千裏鎮蜀，嘗開宴，改一字令曰口，有似沒量門。濤曰：『川，有似三條椽。』高曰：『奈何一條曲。』濤曰：『相公尚使沒量門，窮酒佐三條椽有一條曲，又何足怪！』婦人敏贍，誠未易比。」

〔註48〕《剪燈餘話》，頁70〜71。原文為：與韶論舊事曰：「未及十二三年，便成陳跡。吾主一日讀《天寶遺事》而喜之，故春秋宮中設宴，令妾輩競簪奇花，親放一蝶，蝶聞花馥，飛著釵端，所止之人，是夕得召，謂之蝶幸。且喻妾等曰：『昔唐明皇屢為此戲，楊妃專寵，不複舉行。朕則不然，罔分厚薄，汝輩亦宜知均一之恩，致警戒之道。』眾皆叩首謝。」又曰……主顧近侍曰：其詞愧矣！由是陋其為人，無複進用之意。

作結尾，〔註49〕此為在第一敘事時間之外，且不與第一敘事相銜接的部分外倒敘手法。〈賈雲華還魂記〉裡魏鵬私下拆閱了母親寫給莫夫人的信件，才了解到兩家主母曾經有過指腹為婚的諾言，〔註 50〕此為在第一敘事時間之外，不與第一敘事相銜接的部分外倒敘手法。

（3）不相干人物的經歷

〈月夜彈琴記〉中烏斯道被任命為永新知縣，上任三日先謁拜當地孔廟，看到殿前柱邊有隱約人型，便詢問，一儒士賀仲善告訴他過去所發生的事件，〔註51〕此為在第一敘事之外，並不與第一敘事相銜接的，部分外倒敘手法。〈青城舞劍錄〉中真無本、文固虛兩位道士表達理想，但不為威順王重用後離開，後與昔日老友君美相見，痛飲後，兩位道士又開始暢談理想與過往豪傑之事，〔註52〕此為在第一敘事時間之外，並不與第一敘事相銜接的部分的外倒敘手法。

〔註49〕《剪燈餘話》，頁 137。原文為：夫婦愧歎，待之愈厚，收為贅婿，終老其家。拜住三子：長教化，仕至遼陽等處行中書省左丞，早卒。次子忙古歹，幼子黑廝，俱為內怯薛，帶樂器械。忙古歹先死。黑廝官至樞密院使。天兵至燕，……黑廝與丞相失列門哭諫曰：「天下者，世祖之天下也。當以死守。」不聽。夜半，開建德門而遁。黑廝隨入沙漠，不知所終。

〔註50〕周楞伽校注《剪燈新話・外二種》，頁 269～270。原文為：郎國書詞附錄如左……懿恭闊別十五年，遠隔數千裏，各天一所，杳不相聞。……妾荷太夫人視同娣妹，始因有妊，各發誓言，夫人嘗舉漢光武、賈複故事，指妾腹而言曰：「生子耶，我女嫁之；生女耶，我子娶之。」厥後神啓其衷，天作之配，慶門誕瓦，寒舍得雄。……今者，幼兒已冠，賢女諒亦及笄，苟未訂盟，願如夙誓。……不具。

〔註51〕《剪燈餘話》，頁 16。原文為：儒士賀仲善進曰：「此宋譚節婦趙氏影也。……譚氏一家亦倉卒避難於學，節婦匿大成殿，亂兵追及，見其年少色美，欲犯之。婦大罵曰：『吾貴宗女，名家婦，豈汝犬豕耦哉？且吾舅死於汝，吾姑又死於汝，恨不磔汝肉萬段喂烏鳶。吾有死而已，豈耦汝犬豕哉？』兵怒，並其懷抱一歲兒殺之，血沁入磚之上。自宋、元至今……邑人義而祀之。」

〔註52〕《剪燈餘話》，頁 61～62。原文為：本無曰：「……古今以來，豪傑之士不少，其知幾者幾何人哉？吾於漢得張子房焉。……且高祖為是三傑之目者，忌之萌也，子房知之，蕭何、韓信不知也，故卒受下獄之辱，夷族之禍。子房晏然無恙，夫禍不在於禍之日，而在於目三傑之時。天下未定，子房出奇無窮。天下既定，子房退而如愚，受封擇小縣，偶語不先發，其知幾為何如哉？誠所謂大丈夫也矣。」固虛曰：「吾於宋得一人焉，曰陳圖南。……圖南窺見其幾，有誌大事，往來關、洛，豈是浪遊，及聞趙祖登基，墜驢大笑，故有『屬豬人已著黃袍』之句，就已字觀之，……方之子房，有過無不及。人亦有言，英雄回首即神仙，豈不信歟！」

3. 外倒敘比較

	人物在故事中交待自己的一段經歷	人物間接相關經歷	不相干人物的經歷
《剪燈新話》	5	2	4
《剪燈餘話》	4	4	2

在外倒敘方面，基本類型為「角色在故事中交待自己的一段經歷」者，瞿祐的《剪燈新話》中有五篇為：〈金鳳釵記〉、〈滕穆醉游聚景園記〉、〈牡丹燈記〉、〈龍堂靈會錄〉、〈修文舍人傳〉，其中〈龍堂靈會錄〉為配角自述經歷，其餘皆主角自述經歷，李昌祺的《剪燈餘話》裡有四篇：〈長安夜行錄〉、〈聽經猿猴記〉、〈鳳尾草記〉、〈至正妓人行〉，這手法雖可增添故事的曲折度，也僅使不再只是單一直線進行，瞿祐在這外倒敘手法上是較為保守的。而，進階類型為「角色經歷間接相關」者，瞿祐的《剪燈新話》中有兩篇：〈綠衣人傳〉、〈秋香亭記〉，李昌祺的《剪燈餘話》裡有有四篇：〈田洙遇薛濤聯句記〉、〈秋夕訪枇杷亭記〉、〈秋迁會記〉、〈賈雲華還魂記〉。這類型多與主角有間接聯繫的情形，或以主角敘述親眼看見的人事物、或者追憶之事與主角相關，故事延展面更大了，也使故事內容更豐富些，這在李昌祺的《剪燈餘話》中可以感受較多。最後，是追憶他人的經歷的「不相干人物的經歷」者，在瞿祐的《剪燈新話》中有四篇：〈華亭逢故人記〉、〈令狐生冥夢錄〉、〈天台訪隱錄〉、〈太虛司法傳〉，李昌祺的《剪燈餘話》裡僅兩篇：〈月夜彈琴記〉、〈青城舞劍錄〉，此類多為敘述他人人生際遇，和故事本身的連繫度是相對較低的。可知，瞿佑在外倒敘手法的運用次數較頻繁，而對於與主角不相干人物的經歷敘述也是較高的，這點在李昌祺《剪燈餘話》有得到較大的改善，而在〈月夜彈琴記〉中反倒是利用這點，發展了原本不相干人物的故事，是一大突破。

（三）混合倒敘

1.《剪燈新話》混合倒敘

〈三山福地志〉元自實在石穴裡遇見一道士，問起了他前世之事，又讓他吃了回復記憶的梨棗，讓他想起前世到今生的一切，﹝註53﹞這段敘述為在

﹝註53﹞瞿佑著，林芑集釋：《剪燈新話句解》，收錄於《古本小說叢刊》第三十三輯，頁 1735～1736。原文為：道士曰：「子不憶草西蕃詔於興聖殿乎？」……道士

第一敘事時間元自實今生以前到現所發生的事，是混合倒敘手法。〈天台訪隱錄〉徐逸向村民們辭行，陶上舍作了一首古體詩來爲他餞行，這首詩歌的內容追述過去歷史變遷到現在的經歷，〔註54〕幅度在第一敘事時間之前到之後，爲混合倒敘手法。〈申洞陽記〉李生意外中除掉了猴妖，救回被擄的女子之際，一群鼠妖出來向他致謝，〔註55〕其幅度爲第一敘事時間之前到現在，此爲混合倒敘。〈綠衣人傳〉綠衣女子將自己的身世，及兩人過去的姻緣告訴趙源，〔註56〕這段話的幅度在第一敘事時間之前到現在，爲混合倒敘手法。

2.《剪燈餘話》混合倒敘

〈月夜彈琴記〉中一天夜裡，一個女子向烏公之子烏緝之述說她本姓鍾，

日：「子應爲饑火所惱，不暇記前事耳。」乃於袖中出梨棗數枚令食之，曰：「此謂交梨火棗也。食之當知過去未來事。」自實食訖，惺然明悟。因記爲學士時，草西蕃詔於大都興聖殿側，如昨日焉。遂請於道士曰：「某前世造何罪而今受此報耶？」道士曰：「子亦無罪。但在職之時，以文學自高，不肯汲引後進，故今世令君愚懵而不識字。以爵位自尊，不肯接納遊士，故今世令君漂泊而無所依耳。」

〔註54〕《剪燈新話句解》，頁1796～1800。原文爲：上舍複爲古風一篇以餞行，曰：建炎南渡多翻覆，泥馬逃來禦黃屋。盡將舊物付他人，江南自作龜茲國。可憐行酒兩青衣，萬恨千愁誰得知！五國城中寒月照，黃龍塞上朔風吹。東窗計就通和好，鄂王賜死蘄王老。酒中不見劉四廂，湖上須尋宋五嫂。累世內禪罷言兵，八十餘年稱太平。度皇晏駕弓劍遠，賈相出師笳鼓驚。攜家避世逃空穀，西望端門捧頭哭。毀車殺馬斷來蹤，鑿井耕田聊自足。南鄰北舍自成婚，遺風彷彿朱陳村。不向城中供賦役，隻從屋底長兒孫。喜君涉險來相訪，問舊頻扶九節杖。時移事變太匆忙，物是人非愈惆悵。感君爲我暫相留，野蕨山蕎借獻酬。舍下雞肥何用買，床頭酒熟不須賒。君到人間煩致語，今遇昇平樂安處。相逢不用苦相疑，我輩非仙亦非鬼。

〔註55〕《剪燈新話句解》，頁1861～1862。原文爲：向生列拜曰：「吾等虛星之精，久有此土，近爲妖猴所據。力弗能敵，屏避他方，俟其便而圖之。不意君能爲我掃除仇怨，蕩滌凶邪，敢不致謝！」……「吾壽止五百歲，彼已八百歲，是以不敵。然吾等居此，與人無害也，功成行滿，當得飛遊諸天，出入自在耳。非若彼之貪淫肆暴，害人禍物。……不然，彼之凶邪，豈君所能製耶？」

〔註56〕《剪燈新話句解》，頁1951～1952。原文爲：女曰：「兒故宋秋壑平章之侍女也。本臨安良家子，少善弈棋，年十五，以棋童入侍。每秋壑朝回，宴坐半閑堂，必召兒侍弈，備見寵愛。是時君爲其家蒼頭，職主煎茶，每因供進茶甌，得至後堂。君時年少，美姿容，兒見而慕之。嘗以繡羅錢篚，乘暗投君。君亦以玳瑁脂盒爲贈。彼此雖各有意雖各有意，而內外嚴密，莫能得其便。後爲同輩所覺，讒於秋壑，遂與君同賜死於西湖斷橋之下。君今已再世爲人，而兒猶在鬼錄，得非命歟？」言訖，嗚咽泣下。

爲譚婦的侍女，主母譚婦已登仙籍，而像仍留人間，由她侍衛，因此請求烏公子幫忙設立一個牌位以解決無棲身之所的困擾，〔註57〕此爲在第一敘事時間之前到後，並與第一敘事相銜接的完整的混合倒敘手法。〈狐媚娘傳〉裡道士尹澹捉狐女時寫了張檄文，內容敘述過去作爲以及未來將給予的懲罰，〔註58〕此爲在第一敘事時間之前到後的混和倒敘手法。〈幔亭遇仙錄〉中杜僎成來到仙境遇見了同族前輩杜柏原，在仙人們的聚會上杜柏原說了過去他生前將所著的《春秋諸傳正》藏放的地點，以及此次召杜僎成來希望讓他回去堵住藏放的洞口，〔註59〕此爲在第一敘事時間之前到後的混合倒敘手法。〈至正妓人行〉中長詩中間開始記敘了妓女回憶過去生活點滴的情狀，生活經歷一直接續到現在遇見李禎時止，〔註60〕整篇故事結構簡單，但一直穿插在回憶與現實之間，其幅度是在第一敘事之前到之後，爲混合倒敘手法。

3. 混合倒敘比較

混合倒敘方面，多以用來交代故事發生至此情況的緣由，這在瞿祐《剪燈新話》、李昌祺《剪燈餘話》裡是一致的，各有四篇運用了混合倒敘的手法，均交代與塡補了事件的原因的這個空白，不分軒輊。

〔註57〕 李昌祺著，張光啓校刊：《剪燈餘話》，收錄於《古本小說叢刊》第五輯，頁16～17。原文爲：姬敏祉拜曰：「妾姓鍾，名碧桃，宋譚節婦侍兒也。……以妾幸無罪庚，凤侍教言，授以薄職，俾敬衛焉。但視事以來，依棲無所，寄寓學宮土地祠。猥廁男神，甚不便當，欲乞於節婦坐側，別設一位，題曰『故侍兒鍾氏神主』。則身無所苦，獲燕雀之拚懷；鬼有所歸，免魚龍之混雜。如蒙矜憫，即賜施行。」緝之許焉。

〔註58〕 《剪燈餘話》，頁106～107。原文爲：乃舉筆書檄，付帥持去。其文曰……況蕭裕乃八閩進士，七品命官，而敢薦爾腥臊，奪其精氣。投身驛傳之卒，作配縉紳之流。恣烏合而弗慚，懷豕心而未已。綏綏厥狀，紫紫其名，過可文乎？……其青丘之正犯，論黑簿之嚴刑，押赴市曹，斃於雷斧。使虎威之莫假，庶兔悲而有懲。九尾盡誅，萬劫不赦。耀州衙速令清淨，新鄭驛永絕根苗。長閉鬼門之關，一準酆都之律。布告廟社，鹹使風聞。

〔註59〕 周楞伽校注《剪燈新話‧外二種》，頁219。原文爲：清碧云：「族子僎成也。吾昔居世，累辭征辟，而潛心著述，今皆散逸。獨《春秋諸傳正義》四十八卷僅存，平生精力，盡在此書，皆諸公所知者。故囓貯以石函，鎖以金鑰，藏於玉笥覆箱峰之北岩。近因蛟蜃作孽，水激穴開，而函露矣。深懼愚夫竊發，蓋冥數未可以傳於人代，故召來命歸窀之耳。」

〔註60〕 《剪燈餘話》，頁139～141。原文爲：記得先朝至正初，奴家才學上頭餘。銀環約臂聯條脫，彩線采絨綴眾苦。……嫁與凡庸裡巷兒，流為鄙賤糟糠婦。……塗抹伊誰識阿婆？彈搊競自矜纖手。……妓人聽我相寬慰，美貌多爲姿質累。……灑翰酬渠增慷慨，風流千載系遐思。

第二節　預敘

一、預敘統計

（一）《剪燈新話》統計

《剪燈新話》預敘	內預敘	外預敘	重複預敘	倒敘中預敘	預敘中倒敘
〈三山福地志〉	●	●			
〈華亭逢故人記〉			●		
〈金鳳釵記〉			●		
〈渭塘奇遇記〉			●	●	
〈富貴發跡司志〉	●	●	●		
〈愛卿傳〉			●		
〈修文舍人傳〉	●				
〈綠衣人傳〉			●	●	
〈秋香亭記〉	●				
計	4	2	6	2	0

（二）《剪燈餘話》統計

《剪燈新話》預敘	內預敘	外預敘	重複預敘	倒敘中預敘	預敘中倒敘
〈長安夜行錄〉	●				
〈聽經猿記〉					●
〈何思明遊酆都錄〉				●	
〈兩川都轄院誌〉			●		
〈青城舞劍錄〉				●	
〈鳳尾草記〉				●	
〈武平靈怪錄〉	●				
〈胡媚娘傳〉	●		●		
〈洞天花燭記〉			●		
〈泰山御史傳〉	●				
〈賈雲華還魂記〉	●	●			
計	5	1	3	3	1

　　以上預敘手法在二書中運用的比重大約占全書的二分之一左右，《剪燈新話》的預敘手法使用頻率比較高，惟有重複預敘的部分落差比較大，瞿佑貫用重複預敘的手法大過內、外預敘；另外，倒敘中的預敘、預敘中的倒敘屬於無時性手法，則在下一節詳細分析。

二、分析與比較

（一）內預敘

1.《剪燈新話》內預敘分析

（1）戰禍

　　〈三山福地志〉道士告訴元自實不出三年，世間將有大變動，要他避居他處，元自實又問何處較佳，道士給予指點後自實離開，帶著妻小到道士指點得地方過著安逸的田園生活，而不久後世間果然戰火興起，印證了道士所言，〔註61〕此段道士預言的敘述在在第一敘述時間內，爲內預敘手法。〈秋香亭記〉商生的未及酬和，除了本意來不及和詩外，也預示了兩人姻緣的危機，後才開始敘述未及酬和之原因，乃戰禍、音訊不通所致；直到國朝混一、道路始通之後，采采確實也已嫁作人婦了。〔註62〕此爲在第一敘事時間之內的內預敘手法。

（2）仕途

　　〈富貴發跡司志〉何友仁被貧窮逼迫，偶然經過一座廟，上頭匾額寫著「富貴發跡司志」，祈求神明明示未來，當夜機緣之下便遇見主判官，主判官告訴他的命運即將好轉，並給十六字訣，沒多久也應驗了，〔註63〕此爲發生在第一敘事時間何友仁夜宿廟宇之內的事，爲內預敘。

（3）死亡

　　〈修文舍人傳〉夏顏拜訪朋友，詢問他是否願意接替他陰間的職位，友人同意，這段敘述可以視作預敘手法，預先告知了友人即將死亡的訊息，〔註64〕

〔註61〕瞿佑著，林芑集釋：《剪燈新話句解》，收錄於《古本小說叢刊》第三十三輯，頁 1737～1738。

〔註62〕《剪燈新話句解》，頁 1960。詳見本章第一節分析。

〔註63〕《剪燈新話句解》，頁 1841，1846～1847。原文爲：見一案，榜曰：「富貴發跡司。」；不數日，郡有大姓傅日英者，延之，以訓子弟，月奉束脩五錠，家遂稍康。……構於大官，黜爲雷州錄事。

〔註64〕《剪燈新話句解》，頁 1935。原文爲：三年之後，友人感疾，顏來訪問，因謂

由於在第一敘事時間之內，因此為內預敘。

2.《剪燈餘話》內預敘分析

（1）仕途

〈長安夜行錄〉中馬期仁借宿處的少年夫妻請求他幫忙時，同時預先透露了馬公未來的仕官運，在篇末他官至翰林也印證了這個預言，〔註65〕此為在第一敘事時間之內的內預敘手法。〈泰山御史傳〉中宋珪被召為陰間的泰山御史台御史，一天與老友秦轊相遇，在秦轊堅持詢問未來之下，宋珪寫了八句話給他，而後也一一應驗，〔註66〕此為在第一敘事時間內的內預敘手法。

（2）死亡

〈武平靈怪錄〉裡齊仲和借宿寺廟，遇到了山僧與七位朋友的閒談聚會，期間皮以禮說了句暗示性的話語：「客雖未耄，然早晚當與上官公同載矣，抑又何傷？」，後篇末果臥病而亡，〔註67〕此為在第一敘事時間之內的內預敘手法。〈狐媚娘傳〉裡道士尹澹看到蕭裕後，對他的下屬說：「爾官妖氣甚盛，不治將有性命之憂。」，直到年末蕭裕果病不起，下屬才想到道士說過的話，並請道士來除妖，〔註68〕此為在第一敘事時間內的內預敘手法。

〔註65〕　曰：「仆備員修文府，日月已滿，當得舉代。冥間最重此職，得之甚難。君若不欲，則不敢強；萬一欲之，當與盡力。所以汲汲於此者，蓋欲報君鏤版之恩耳。人生會當有死，縱複強延數年，何可得居此地也？」……數日而終。

〔註65〕　李昌祺著，張光啓校刊：《剪燈餘話》，收錄於《古本小說叢刊》第五輯，頁4～8。原文為：夫妻俱起拜曰：「公貴人，前程遠大。某有少懇，欲托公以白於世。」……期仁果以文學升至翰苑，八十九而終，遂符遠大之說。

〔註66〕　周楞伽校注《剪燈新話・外二種》，頁238～239。原文為：轊固問之，乃援筆寫八句雲：「逢衢祿進，遇安祿槁，火馬行遲，金雞叫早，門心掘井，花首去草，左陰右陽，後釋前老」……其後轊，用薦者再起，為衢州錄事……有委攝西安縣，得風痹之疾，數月不愈，停俸醫治，……好事者追詳其死之年，實丙午冬，丙屬火，馬肖午。歿之日，乃辛酉旦，辛屬金，酉肖雞，行遲言臘之盡，叫早言晨之初……娶一妻，乃開化人。……因歸轊柩葬開化。……瘞處左則外母墳為陰，右則妻兄墓為陽。

〔註67〕　《剪燈餘話》，頁92～95。原文為：以禮曰：「客雖未耄，然早晚當與上官公同載矣，抑又何傷？」……果得重病……仲和曰：「死生有定，物已先知，服藥求醫，徒自苦耳！」又半月，竟卒。

〔註68〕　《剪燈餘話》，頁106。原文為：私語裕吏周榮曰：「爾官妖氣甚盛，不治將有性命之憂。」……是年冬末，糧完回州署。時屆春暮，而裕病矣，麵色萎黃，身體消瘦，所為顛倒，舉止倉皇。同寅為請醫服藥，百無一效，然莫曉其染疾之因。

（3）愛情

〈賈雲華還魂記〉中魏鵬對娉娉十分鍾愛，但邢國夫人卻只讓他們認作兄妹，對曾經的婚約絕口不提，魏鵬著急地向神明請示，在夢中神明給了兩句話：「灑雪堂中人再世，月中方得見嫦娥」百思不解，而這預示的答案在故事末尾印證了兩人再度重逢：結婚場所以前有個提「灑雪」字樣的匾額、妻子的名字叫月娥，〔註69〕這是在第一敘事時間內的內預敘手法。

（二）外預敘

1.《剪燈新話》外預敘分析

（1）因果

〈三山福地志〉中，一段元自實心有不平的詢問道士有關現世一些不肖人士的未來對話，預示了這些人未來的遭遇，也暗示了冥冥中自有公理在的觀念，預先填補了此篇故事末尾的情節敘述，以一句道士的話全部應驗了帶過，〔註70〕這是在第一敘事時間之外的外預敘手法。〈富貴發跡司志〉裡，同樣的用了幾個在第一敘事時間外的事件敘述，〔註71〕預示並強化了凡事皆有

〔註69〕周楞伽校注《剪燈新話‧外二種》，頁273～294。原文爲：乃潛往伍相祠祈夢，得神報雲：「灑雪堂中人再世，月中方得見嫦娥。」……因詢丞：「女何名？」乃知呼爲月娥。又得之老門子雲：「廟宇後堂，舊有扁名灑雪，蓋取李太白詩『清風灑蘭雪』之義，爲前任提舉取去，今無矣。」遂悟伍相廟夢中神雲者，上句言成婚之地，下句言其妻之名。

〔註70〕瞿佑著，林芑集釋：《剪燈新話句解》，收錄於《古本小說叢刊》第三十三輯，頁1736～1738。原文爲：自實因指當世達官而問之曰：「某人爲丞相，而貪饕不止，賄賂公行，異日當受何報？」道士曰：「彼乃無厭鬼王，地下有十爐以鑄其橫財，今亦福滿矣，當受幽囚之禍。」又問曰：「……今亦命衰矣，當受割截之殃。」又問……道士曰：「此等皆已枷械加其身，縲絏係其頸，腐肉穢骨，待戮餘魂，何足算也！」自實因舉繆君負債之事。道士曰：「彼乃王將軍之庫子，財物豈得妄動耶？」……僅及三載，而道士之言悉驗矣。

〔註71〕《剪燈新話句解》，頁1843～1848。原文爲：一人曰：「某縣某戶藏米二千石。近因旱蝗相繼……而乃開倉以賑之，但取原價，不求厚利。又爲饘粥以濟貧乏。蒙活者甚眾。昨縣神中上於本司，呈於府君，聞已奏知天庭，延壽三紀，賜祿萬鍾矣。」……即欲加其罪，緣本人頗有頑福，故稽延數年，使罹滅族之禍。今早奉命，記注惡簿，惟俟時至爾。……對曰：「吾適從府君上朝帝闕，所聞眾聖推論將來之事。數年之後，兵戎大起，巨河之南，長江之北，合屠戮人民三十餘萬。當是時也，自非積善累仁，忠孝純至者，不克免焉。豈生靈寡福，當此塗炭乎？抑運數已定，莫之可逃乎？」眾皆顰蹙相顧曰：「非所知也。」……皆有定數，不可轉移。

定數之理的概念，爲外預敘手法。

2.《剪燈餘話》外預敘分析

（1）復活

〈賈雲華還魂記〉裡娉娉死後，魏鵬夢間她前來告訴自己陰間君王被他的不娶誓言感動，且認爲娉娉沒有過錯，因此預計在冬末讓娉娉借屍復活；而冬末果有一宋縣丞女兒忽然暴斃，三日後復活卻不認得父母而自稱賈雲華者，〔註72〕此爲在第一敘事時間之外的外預敘手法。

3. 內、外預敘比較

內、外預敘手法方面，皆是內預敘篇章多而外預敘篇章少，多以預言的方式出現，往往是反映出人最想得知的事物或潛在心理的期盼；另，倒敘中的預敘手法亦皆用在預言上，其具預示性質，故與內、外預敘手法一同探討。

「預告與主角相關」的篇章在瞿祐《剪燈新話》裡有四篇：〈渭塘奇遇記〉、〈三山福地志〉、〈富貴發跡司志〉、〈修文舍人傳〉，其預示內容分別與愛情、戰禍、仕途、死亡相關；此在李昌祺《剪燈餘話》裡則有八篇：〈何思明遊酆都錄〉、〈青城舞劍錄〉、〈鳳尾草記〉、〈長安夜行錄〉、〈武平靈怪錄〉、〈狐媚娘傳〉、〈泰山御史傳〉、〈賈雲華還魂記〉，其預示內容與仕途相關者四篇、死亡者一篇、愛情者一篇、復活者一篇。而關於「預告其他人事物」的篇章，在瞿祐《剪燈新話》裡有四篇：〈綠衣人傳〉、〈秋香亭記〉、〈三山福地志〉、〈富貴發跡司志〉，內容主要與因果報應相關者有三篇、戰禍者一篇；此在李昌祺《剪燈餘話》裡僅〈青城舞劍錄〉一篇，內容與仕途相關。可以看出在瞿祐《剪燈新話》中預告與主角命運相關使故事倍添懸疑感，和預告他人事物以暗示期望正義制裁，在寫作技巧與表露思想這兩類上有較均衡發展；李昌祺《剪燈餘話》裡較刻意著重預告劇情上的變化，並預告未來仕途的篇章偏多，可以看出李昌祺的寫作重心所在。

〔註72〕周楞伽校注《剪燈新話‧外二種》，頁 293～294。原文爲：娉曰：「妾死後，冥司以我無過……今冥君感子不娶之言，以爲義高劉庭式。且曰：『不可使先參政盛德無後。』將命我還魂，而屋舍已壞。今議假他屍，尚未有便。數在冬末，方可遂懷，彼時復得相聚也。」……有長安丞宋子璧者，一室女，年及笄，忽暴卒；已三日，複蘇，不認其父母，曰：「我賈平章女雲華，今鹹寧縣尹賈麟姊也。死已二年，數當還魂。今假汝女之屍，其實非汝女也。」

（三）重複預敘

1.《剪燈新話》重複預敘分析

（1）暗示性格

〈華亭逢故人記〉裡，開頭對於全、賈的敘述爲「皆富有文學，豪放自得，嗜酒落魄，不拘小節」，此後一大段內容環繞著這個人物性格一一鋪敘，〔註73〕強化此二人物性格，並爲後續反襯作準備，此爲重複預敘的手法。

（2）暗示身份、情感

〈金鳳釵記〉中，一直反覆出現「金鳳釵」爲興娘、興哥的聘禮定情物，透過金鳳釵屢次的出現，暗示著與興哥私奔相守的人並非慶娘，而是興娘，而末尾出示了金鳳釵簡單表明一切，〔註74〕暗示了身份、情感起滅，爲重複預敘手法。〈渭塘奇遇記〉中「彼此目成久之」後，王生白日遇見美女後，當晚夢見了進入酒店遇見美女之事，文中對於夢中場景有仔細的刻劃，其中對於某幾天相處情形有特別的描寫：王生求女子爲他吹奏玉蕭、不小心將燈花落在羅鞋上、女子贈他紫金碧甸戒指、他回贈水晶雙魚扇，這些場景描述深刻了夢的眞實性，暗藏著這一切都爲眞實發生的事的伏筆，最後也由場景、事件、信物的吻合簡單解開懸疑，〔註75〕暗示了情感眞實，爲重複預敘手法。

〔註73〕 瞿佑著，林芭集釋：《剪燈新話句解》，收錄於《古本小說叢刊》第三十三輯，頁 1739～1740。原文爲：豪放自得，嗜酒落魄，不拘小節……大言雄辯，旁若無人。……全有詩曰：華發衝冠感二毛，西風涼透鷫鸘袍。仰天不敢長噓氣，化作虹霓萬丈高。賈亦有詩曰：四海幹戈未息肩，書生豈合老林泉？袖中一把龍泉劍，撐挂東南半壁天。其詩大率類是，人益信其自負。

〔註74〕 《剪燈新話句解》，頁 1749～1757。原文爲：崔君因求女爲興哥婦，防禦許之，以金鳳釵一隻爲約。……臨斂，母持金鳳釵撫屍而泣，曰：「此汝夫家物也，今汝已矣，吾留此安用！」遂簪於其髻而殯焉。……生俟其過，急往拾之，乃金鳳釵一隻也。……妾即興娘之妹慶娘也。向者投釵轎下……臨行，複呼生回，以金鳳釵授之。曰：「如或疑拒，當出此以示之，可也。」……生於袖中出金鳳釵以進。防禦見，始大驚曰：「此吾亡女興娘殉葬之物也，胡爲而至此哉？」……對曰：「妾之死也，冥司以妾無罪，不複拘禁。……故特給假一年，來與崔郎了此一段因緣爾。」

〔註75〕 《剪燈新話句解》，頁 1834～1840。原文爲：彼此目成久之……一夕，見架上玉蕭，索女吹之。女爲吹《落梅風》數闋，音調嘹亮，響徹雲際。一夕，女於燈下繡紅羅鞋，生剔燈花，誤落於上，遂成油暈。一夕，女以紫金碧甸指環贈生，生解水晶雙魚扇墜酬之。既覺，則指環宛然在手，扇墜視之無有矣。……入於內室，至女所居軒下，門空戶閴，則皆夢中所曆也。草木台沼、器用什物，又皆夢中所見也。女聞生至，盛妝而出，衣服之麗，簪珥之華，又皆夢中所識也。……女曆敘吹蕭之曲，繡鞋之事，無不吻合者。又出水晶

〈綠衣人傳〉裡故事前半部一再出現的「綠衣」，〔註76〕除預示了女子的身分外，也另人聯想到西晉石崇的侍妾綠珠，也預先暗示了綠衣女子的貞情，此爲重複預敘的手法。

（3）暗示婦德

〈愛卿傳〉中，趙家公子娶了羅愛卿進門後，一句「婦道甚修，家法甚飭，擇言而發，非禮不行」〔註77〕道出了羅愛卿未來的行事風格，並與往後婆婆染病、劉萬戶威逼的事件、行動一一印證，此爲重複預敘的手法。

2.《剪燈餘話》重複預敘分析

（1）暗示性格

〈兩川都轄院誌〉中「吉複卿」與趙得夫、姜彥益「交莫逆」，且爲人「氣豪、勇於爲義」。三人一同經商而趙、江留戀於青樓，吉複卿勸阻不聽，〔註78〕這樣的場景在後續文本中重複了很多次，而吉複卿不但沒有拋棄他們而再三給予實質資助，開頭以概要方式敘寫性格以預示吉複卿往後面對友人沉淪

雙魚扇墜示生，生亦舉紫金碧甸指環以問之。彼此大驚，以爲神契。

〔註76〕 《剪燈新話句解》，頁 1950～1952。原文爲：見一女子，從東來，綠衣雙鬟……則曰：「兒常衣綠，但呼我爲綠衣人可矣。」終不告以居址所在。……戲指其衣曰：「此眞可謂綠兮衣兮，綠衣黃裳者也。」女有慚色，數夕不至。及再來，源叩之。乃曰：「本欲相與偕老，奈何以婢妾待之，令人忸怩而不安！故數日不敢侍君之側……女慘然曰：「得無相難乎？兒實非今世人……兒故宋秋壑平章之侍女也。……是時君爲其家蒼頭……彼此雖各有意雖各有意……後爲同輩所覺，讒於秋壑，遂與君同賜死於西湖斷橋之下。君今已再世爲人，而兒猶在鬼錄，得非命歟？」

〔註77〕 《剪燈新話句解》，頁 1865～1869。原文爲：愛卿入門，婦道甚修，家法甚飭，擇言而發，非禮不行……愛卿事之甚謹，湯藥必親嚐，饘粥必親煮……見愛卿之姿色，欲逼納之。愛卿以甘言給之，沐浴入閣，以羅巾自縊而死。萬戶奔救之，已無及矣。

〔註78〕 李昌祺著，張光啓校刊：《剪燈餘話》，收錄於《古本小説叢刊》第五輯，頁 36～37。原文爲：與毗陵富室趙得夫、薑彥益爲友，交莫逆。複卿氣豪，勇於爲義。……時武林妓蔣秋娘、陶玉簫，擅聲樂籍。得夫、彥益與昵甚厚，複卿屢勸止之，往來自若。僅二載，囊橐一空。於是言還，再治裝而出，買笑纏頭，揮金不吝。又期年，罄矣。二人私議，悉貨產業，載以適武林。門戶老小，皆不顧。複卿患之，百喻莫聽。怒而入閩，……複卿寓福州，生理如意，荏苒三秋，才方返棹。比過錢塘，首訪二子，遇之於途。……二人泣數行下曰：「……因渠破蕩。昨過其門，如不相識，……必殺之而後已。」複卿解之曰：「二公平生遨遊花街柳陌中，豈不知彼門庭如此，尚奚怒爲？……」於是各以二萬假之。二人挈所得，又複過妓者之家，妓見其衣巾整飭，顏色光華，顧以爲訝，款待如舊。

的行爲表現，且其名字也預示了日後的自身好報善果，〔註 79〕爲重複預敘的手法。

（2）暗示情感、心機

〈狐媚娘傳〉裡首先黃興見一狐拾人髑髏戴之後，又見化身人形的狐女「故作嬌態」的黃興決意將她帶回家，其妻子「見女婉順」同意收留了她，其後類似的敘述重複出現，深化了這聰明乖巧形象，〔註 80〕而「故作嬌態」則對此後狐女婉順形象的事件重複發生起了預示作用，且同時也埋下了她的行爲導致所嫁的官人日後重病的伏筆，爲重複預敘的手法。

（3）暗示文采

〈洞天花燭記〉中文信美走在路上被華陽丈人的使者請到神仙居所，丈人親自拜託幫忙爲女兒婚聘之事回信，事畢丈人邀請他留下來觀禮，而後婚禮進行中一連串狀況，雙方又臨時請託文信美幫忙題詩作文，〔註 81〕此爲第一次表現出往後將重複發生作文題詩的事件，且對此後事件重複發生加以預示的重複預敘手法。

〔註 79〕　《剪燈餘話》，頁 39。原文爲：俄值元末喪亂，人鹹洶洶，複卿無以爲計，默坐於家。忽得夫、彥益聯袂而來，複卿忘其死也，欣然相接。彥益曰：「公何燕居深念，似有重憂？」複卿告以故。兩人同應曰：「無妨，吾已請命上天，令率陰靈衛公宅眷。」言訖隱形，方悟其死。自爾，複卿之家，雖出入兵戈中，鮮遇驚恐，安然如平時。

〔註 80〕　《剪燈餘話》，頁 104〜105。原文爲：故作嬌態……妻見女婉順，亦善視之……媚娘賦性聰明，爲人柔順，上自太守之妻，次及眾官之室，各奉綠羅一端，胭脂十貼。事長撫幼，皆得其歡心。由是內外稱譽，人無間言。其或賓客之來，裕不及分付，而酒饌之類，隨呼即出，豐儉舉得其宜。暇則躬自紡績，親繰蠶絲，深處閨房，足不履外閾。裕有疑事，輒以諮之，即一一剖析，曲盡其情。裕自詫得內助，而僚寀之間，亦信其爲賢婦人也。未幾，藩府聞裕才能，檄委催糧於各府。媚娘語裕曰：「努力公門，盡心王事。閨閫細務，妾可任之。惟當保重千金之身，以圖報涓埃之萬一，慎勿以家自累也。」裕領之而別。

〔註 81〕　《剪燈餘話》，頁 109〜115。原文爲：丈人親執盞於信美前曰：「……佳期式屆，聘禮已臨，諸事皆備，惟回書未得人耳。稔聞名士，尤擅才華，特此攀迂，無非借重。」命左右取筆、硯、鸞箋，置於幾案之上。信美肘若神運，思如泉流，揮灑無停，……忽內間傳命，索催妝詩甚急，而婿所帶相行之人，艱澀殊甚。從者數十輩，絡繹不絕。婿緝知信美在座，私下遣人致澆。信美即代之爲詩曰……執事者又忘將撒帳文來，左右皆失色。婿呼媒耳語，複使出致澆信美。信美立撰付之曰……奈何婿之儐相，多作吳語，不善於讀，複傳呼文秀才。……丈人遍告坐賓，讚譽信美之才調。且作而言曰：「惟茲嘉禮，曠劫罕遇，今文士賁臨，群仙光降，願留珠玉，以爲洞天之重，不識可乎？」信美乃獻洞天花燭詩曰……幸觀花燭獻新篇，留與千秋洞天賞。

3. 重複預敘比較

對於暗示某個事件、表徵並再三出現類似敘述的重複預敘手法，在文本小說中是個很特別的存在，瞿祐、李昌祺在小說中都有這種手法的運用。《剪燈新話》中可以看出瞿佑對於身份、感情、性格、德性的看重，而《剪燈餘話》中則可以看見性格、感情、心機、文采得著重，也側寫出兩人內心在意的不同之處。又瞿祐《剪燈新話》中的重複預敘手法除了與故事走向的對應暗示外，亦富有弦外之音的功能性：〈金鳳釵記〉裡一再出現的信物金鳳釵則是在真相未明前，不斷地給予提醒暗示，最後再以證物之姿出現，並暗示興娘與興哥的情起情滅；〈綠衣人傳〉裡的「綠衣」亦是不斷暗示身分，也暗示了綠衣女子的深情；李昌祺《剪燈餘話》裡則無這種功能，皆暗示於故事走向本身，僅手法與主題上對《剪燈新話》的模擬而已。

第三節　無時性

一、無時性統計

（一）《剪燈新話》統計

《剪燈新話》預敘	倒敘中預敘	預敘中倒敘	開放式倒敘
〈天台訪隱錄〉			●
〈渭塘奇遇記〉	●		
〈綠衣人傳〉	●		●
計	2	0	2

（二）《剪燈餘話》統計

《剪燈新話》預敘	倒敘中預敘	預敘中倒敘	開放式倒敘
〈長安夜行錄〉			●
〈聽經猿記〉		●	●
〈何思明遊酆都錄〉	●		●
〈青城舞劍錄〉	●		
〈鳳尾草記〉	●		
計	3	1	3

　　二書在無時性手法的運用僅佔全書的三到四分之一，比重不高。李昌祺《剪燈餘話》中的無時性手法運用是多過瞿佑《剪燈新話》將近一倍的情形，且嘗試了極少見的預敘中倒敘的寫作手法。

二、分析與比較

（一）倒敘中的預敘

1.《剪燈新話》倒敘中的預敘分析

（1）愛情

　　〈渭塘奇遇記〉中王生與女孩每天夢裡幽會，直到再次前往收租，路過同一間酒店，遇到女孩的爸爸告訴他：女孩每天都長睡、自語的一切，並忽然說王生將至，隔天果真如此，〔註82〕這段敘述爲父親的關懷語調，是在倒敘中帶有預敘的無時性手法。

（2）因果

　　〈綠衣人傳〉綠衣女子告訴趙源關於賈似道的一些傳聞事蹟：遇見眞仙道士無緣認識及其留下的預言、池塘裡的精怪的預言，〔註83〕這段敘述爲第三人稱的消遣語調，兩者都是在倒敘中帶有預敘的無時性手法。

2.《剪燈餘話》倒敘中的預敘分析

（1）仕途

　　〈何思明遊酆都錄〉中何思明死而復生後，跟弟子訴說這七天的地府經歷，其中御史台長官對他說由於你先前常汙衊鬼神，本應可官至六品，改降爲七品官，最後果應驗了官達七品知縣。〔註84〕及〈青城舞劍錄〉中眞本無、

〔註82〕瞿佑著，林芑集釋：《剪燈新話句解》，收錄於《古本小說叢刊》第三十三輯，頁1839～1840。原文爲：翁以誠告之曰：「老拙惟一女，未曾適人。去歲，君子所至，於此飲酒。偶有所睹，不能定情，因遂染疾，長眠獨語，如醉如癡，餌藥無效。昨夕忽語曰：『明日郎君至矣，宜往候之。』初以爲妄，固未之信，今而君子果涉吾地，是天假其靈而賜之便也。」

〔註83〕《剪燈新話句解》，頁1954～1955。原文爲：末有一道士，衣裾藍縷，至門求齋。……複其缽於案而去。眾悉力舉之，不動。啓於秋礐，自往舉之，乃有詩二句雲：「得好休時便好休，收花結子在漳州。」始知眞仙降臨而不識也。然終不喻漳州之意，嗟乎，孰知有漳州木綿庵之厄也！又嘗有梢人泊舟蘇堤，時方盛暑……一曰：「張公至矣，如之奈何？」一曰：「賈平章非仁者，決不相恕！」一曰：「我則已矣，公等及見其敗也！」相與哭入水中。次日，漁者張公獲一鱉，徑二尺餘，納之府第，不三年而禍作。

〔註84〕李昌祺著，張光啓校刊：《剪燈餘話》，收錄於《古本小說叢刊》第五輯，頁

文固虛以先前所發生之事爲鑒，指出目前局勢危在旦夕即將發生變化，希望威順王能夠遇先做好準備。〔註85〕以上二者皆爲嚴肅警告的語調，爲倒敍中帶有預敍的無時性手法。另外，〈鳳尾草記〉中與戀人無法成婚相守，龍生卻也沒忘過練氏小女兒，在張眞人超渡她後，與龍生在夢中相見並敍述了死後的經歷後，預告了龍生官運鵬達，〔註86〕此段敍述爲感懷語調，爲倒敍中帶有預敍的無時性手法。

（二）預敍中的倒敍

1.《剪燈新話》預敍中的倒敍分析

無。

2.《剪燈餘話》預敍中的倒敍分析

〈聽經猿記〉裡禪師發現一猿趁他不在時偷看經書，因此認爲猿「此已解悟矣」，隔日有袁秀才來拜師，禪師與他辯言了一段，後留他下來教小僧，在袁生坐化前，禪師即唱了一段偈示他，袁生大悟，〔註87〕以上看來禪師的「此已解悟矣」當下是認知了未來猿猴悟道，也認可了猿猴偷看經書這個動作已具佛性，此無明確的時間順序、距離、幅度可言，解悟的具體時間變得

33～36。原文爲：命取何姓簿來，於餘姓名下，以朱筆抹之，複傍注之，畢。省諭曰：「爾本合爲六品官，出入華要。由爾弗信仙佛，誣罔鬼神，特降爲七品。」……其後思明果終知縣。

〔註85〕　《剪燈餘話》，頁59～60。原文爲：因從容諷曰：「……在愚輩觀之，蓋有甚不然者。官裏老而昏，奇氏寵而橫，……蠱惑君心。賄賂公行，是非顚倒，天變於上而不悟，民困於下而不知。武備不修，朝政廢弛，小人恣肆，君子伏藏。殆猶一發之引千鈞，禍在旦夕，甚可畏也。……大王朝廷懿親，江漢藩屛，宜求賢納士，選將練兵，節用儲財，陰爲之備。萬一風塵草動，寰宇土崩，即便指麾義旗，率先赴難，上以紓君父之急，下以盡臣子之心，……豈不盛哉！」

〔註86〕　《剪燈餘話》，頁87。原文爲：生夢女曰：「……感君深愛，生死不忘，但恨無以奉報耳。然君方當富貴，位極人臣，福壽豐隆，子孫昌盛。」言訖，拜謝而去。

〔註87〕　《剪燈餘話》，頁9～15。原文爲：但心識之曰：「此已解悟矣。」明日，果有峽州袁秀才來謁。……乃曰：「但使心向禪宗，何妨俗扮，願勿以形跡見拘也。……法門廣大，何所不容？」師曰：「若公之言，眞所謂朝三而暮四者也。」遂曰：「何見識之深也！」師曰：「偶然耳。」遂留之西館，俾教行童。……告之曰：「秀才，臘月三十日到矣。」遂曰：「某亦知之。」師即唱偈示之曰……遂言下大悟，亦作二偈以答師……唱訖，端坐而化。……師始爲說前事，眾皆嗟異！舉火荼毗之際，師親摩其頂曰：「二百年後，還汝受用。」

很難確定，所以可視爲無時性的敘事手法。

（三）開放式的倒敘

1.《剪燈新話》開放式的倒敘分析

〈天台訪隱錄〉中，徐逸向陶上舍說起昔日文天祥事跡的好幾個連續段落：宋理宗親自策試進士並將文天祥由第四改爲第一、襄陽使者對賈似道無視襄陽慘狀照樣享樂的情形作控訴、謝堂奢華至極甚至用明珠當照明、謝後因夢重用文天祥、賈似道出任督師時的景況，〔註88〕時間上並無明確交代，強調事件本身的描述，爲旁觀立場的無時性表現手法。〈綠衣人傳〉中亦有此種手法，綠衣女子將過去親眼所見之事一件件描述給趙源知曉，〔註89〕並無提供時間的方向、距離、幅度，此爲旁觀立場的無時性手法。

2.《剪燈餘話》開放式的倒敘分析

〈長安夜行錄〉中給馬期仁借宿的少年告訴他寧王、岐王、申王的事跡，〔註90〕以上三件事件敘述方式並無提供明確的時間順序、距離、幅度，無法

〔註88〕瞿佑著，林芭集釋：《剪燈新話句解》，收錄於《古本小說叢刊》第三十三輯，頁 1792～1795。原文爲：寶祐丙辰，親策進士，文天祥卷在四，而理皇易爲舉首。賈似道當國，……襄陽之圍，呂文煥募人以蠟書告急於朝。其人懇於似道曰：「襄陽之圍六年矣，易子而食，析骸而爨，亡在朝夕。而師相方且鋪張太平，迷惑主聽。一旦虜馬飲江，家國傾覆，師相亦安得久有此富貴耶？」遂扼吭而死。謝堂乃太后之姪，殷富無比……盛大珠四顆，光照一室，不用燈燭。……即於座上賜之不容。謝後臨朝，夢天傾東南，一人擎之，力若不勝，蹶而複起者三。……覺而遍訪於朝，得二人焉，厥狀極肖。擎天者文天祥，捧日者陸秀夫也，遂不次用之。……賈似道出督，禦白銀鎧，眞珠馬鞍。……都民罷市而觀。出師之盛，未之有也。

〔註89〕《剪燈新話句解》，頁 1953～1954。原文爲：嘗言：秋壑一日倚樓閒望，諸姬皆侍，適二人烏巾素服，乘小舟由湖登岸。一姬曰：「美哉二少年！」秋壑曰：「汝願事之耶？當令納聘。」姬笑而無言。逾時，令人捧一盒，呼諸姬至前曰：「適爲某姬納聘。」啓視之，則姬之首也，諸姬皆戰栗而退。又嘗販鹽數百艘至都市貨之，太學有詩曰：昨夜江頭湧碧波，滿船都載相公鹺。雖然要作調羹用，未必調羹用許多！秋壑聞之，遂以士人付獄，論以誹謗罪。又嘗於浙西行公田法，民受其苦，或題詩於路左云：襄陽累歲困孤城，豢養湖山不出征。不識咽喉形勢地，公田枉自害蒼生。秋壑見之，捕得，遭遠竄。

〔註90〕李昌祺著，張光啓校刊：《剪燈餘話》，收錄於《古本小說叢刊》第五輯，頁6。原文爲：少年曰：「此是其常態，尚足怪乎？然在當時諸王中，最爲讀書好學。雖其負恃恩寵，昧於自見；然見餘拙婦以禮自持，終不忍犯。其他宗室所爲，猶不足道。若岐王進膳，不設幾案，令諸妓各捧一器，品嘗之。申王遇冷不

確定其時間關係為何，因此為主觀立場的無時性表現手法。〈何思明遊酆都錄〉中何思明在地獄裡見聞到各種罪狀與相對映的刑罰，[註91]這些刑罰事件的敘述並沒有明確提供相應的時序、距離、幅度，因此為旁觀立場的無時序敘事手法。

（四）無時性的手法與比較

無時性的手法，在瞿祐《剪燈新話》與李昌祺《剪燈餘話》中，在倒敘中帶有預敘的手法裡，無論是主題或者敘述語調都截然不同：李昌祺《剪燈餘話》中預示的主題一致上與仕途相關，帶有警告、感懷的敘述語調；而瞿祐《剪燈新話》則是含有愛情、因果兩主題，分別帶有關懷、消遣的敘述語調。而開放式倒敘的敘述方式上並無太大差異，多用在敘述他人經歷，比較特別的是瞿祐站在旁觀立場進行敘述，而李昌祺的〈長安夜行錄〉卻是以主觀立場進行敘述。另外，在預敘中帶有倒敘的手法僅一篇：李昌祺〈聽經猿記〉，在文本裡「此已解悟矣」當下並沒有完全解悟，而是事後即將坐化前才大悟，因此解悟的具體時間很難斷定，這是比較特別的一篇，是李昌祺在《剪燈餘話》中的創新嘗試，在瞿祐《剪燈新話》並沒有這種手法出現。

第四節　時序、組合、功能性

一、組合的統計與比較

鏈接式二書每篇都有，因此不列入表格。

向火，置兩手於妓懷中，須臾間易數人。薛王則刻木為美人，衣之青衣。夜宴則設以執燭，女樂紛紜，歌舞雜遝。其燭又特異，客欲作狂，輒暗如漆，事畢復明，不知其何術也？如此之類，難以悉舉，無非窮極奢淫，滅棄禮法。設若墮其手中，寧復得出？則王之賢又不可不知也。」

[註91]　《剪燈餘話》，頁33～35。原文為：於是首造一獄，曰「勘治不義之獄」，以磚砌一長槽，滿堆炭火，火上焰燁燁然紅，呼罪人跪槽邊，出火中鐵條，大如指，刺入人眼，連十餘貫而吊之，如懸槁魚。黃巾曰：「此男子在世，不能恭友兄弟，視如秦越，輕滅大倫，惟重財利，受此報也。」次一獄曰：「勘治不睦之獄」，皆婦人，老少相離，每人舌上掛一鉤，鉤上懸一圓石如西瓜，旋轉不已，舌出長尺餘，痛不可當。黃巾指曰：「此婦人在世，不能和順閨門，執守婦道，使夫家分門割戶，患若賊仇，受此報也。」……皆人間清要之官，而招權納賂，欺世盜名，或於任所陽為廉潔，而陰受包苴，或於鄉裏恃其官勢，而吩咐公事，凡瞞人利己之徒，皆在其中。亦有一二與餘相識者。

（一）《剪燈新話》統計

《剪燈新話》組合	嵌入	接合
〈三山福地志〉	●	●
〈金鳳釵記〉	●	●
〈令狐生冥夢錄〉	●	●
〈滕穆醉游聚景園記〉	●	
〈牡丹燈記〉		●
〈永州野廟記〉	●	●
〈申陽洞記〉	●	●
〈愛卿傳〉	●	
〈龍堂靈會錄〉	●	
〈太虛司法傳〉	●	●
〈綠衣人傳〉	●	
計	10	7

（二）《剪燈餘話》統計

《剪燈餘話》組合	嵌入	接合
〈長安夜行錄〉	●	
〈聽經猿記〉	●	●
〈月夜彈琴記〉	●	
〈何思明遊酆都錄〉	●	●
〈鸞鸞傳〉	●	
〈瓊奴傳〉		●
〈幔亭遇仙錄〉	●	
〈芙蓉屏記〉	●	●
〈賈雲華還魂記〉	●	●
計	8	5

（三）組合關係的比較

　　有別於前述倒敘中，在時序序列上可能含有核心、衛星事件的插入，這兒的嵌入手法是以核心事件進行梳理的。〔註92〕

────────────

〔註92〕史蒂文‧科恩、琳達‧夏爾斯《講故事──對敘事虛構作品的理論分析》，頁

倒敘手法	衛星事件	核心事件（嵌入）
《剪燈新話》	8	10
《剪燈餘話》	8	8

在《剪燈新話》中倒敘手法共 18 篇，其中為核心事件、帶有因果功能性的嵌入手法者有 10 篇；《剪燈餘話》中倒敘手法共 16 首，為核心事件者則有 8 篇；從因果性來看，《剪燈新話》在嵌入手法上，與核心事件的鏈接情形扣合得較緊密。而在接合方面《剪燈新話》有 7 篇，《剪燈餘話》有 5 篇，又《剪燈新話》中鏈接、嵌入、接合手法皆有的篇章有 6 篇，《剪燈餘話》則只有 4 篇，因此《剪燈新話》組合方面的敘述手法是較為複雜的，同時也代表在時序手法上有著更緊湊密實的線性連結，以及具備更強烈的功能性。

二、時序、組合、功能性

由於時序的組合關係帶有因果性與功能性，後者的強烈程度依鏈接、嵌入、接合遞增，因此藉由敘述循環中改善、惡化的發展情形來探討接合手法中功能性的強弱，[註93]可以更深入的瞭解《剪燈新話》中時間功能的風格，以及對《剪燈餘話》的影響。以下就接合手法的部分，進行敘述發展的功能性析論。

在《剪燈新話》方面：〈三山福地志〉的接合手法中，在接連遭挫的元自實本已陰礪白刃，在繆君家門口等待刺殺，後來想到繆君之妻小何辜而轉念了，因此隱忍而歸，此核心事件具複合功能，連繫了另兩個核心事件：（1）使得他得到了軒轅翁的少許援助，舒緩了燃眉之急，（2）但他始終悶悶不樂，以致於稍後他投井自盡的事件發生；而此事件所引起的敘述發展是「改善過程中包含著惡化」的。〈金鳳釵記〉中興娘的母親將金鳳釵簪於其髻而殯，此事件具複合功能：（1）使得興娘得以借慶娘身體將金鳳釵遺落給興哥，進而私結連理，（2）借慶娘身的興娘將金鳳釵交給回家向父母請罪的興哥，以證

58。核心事件是指在故事中若被改動或替換，會使故事序列發生變化，是具有關鍵性、功能性的事件；衛星事件是指意義較小、沒有功能性，若有改動而不致影響到故事情節的事件。

〔註93〕布雷蒙：〈敘述可能之邏輯〉，張寅德譯，收於張寅德編選《敘述學研究——法國現代當代文學研究資料叢刊》，北京，中國社會科學出版社，1989 年 5 月，初版，頁 153～176。筆者僅採改善、惡化導向的部分進行分析闡述，並非整篇故事的循環探討，因此筆者用「敘述發展」來稱之。

明其所言不假；此事件所引起的敘述發展具有雙面性：興哥的姻緣關係卻是「惡化→改善」的，而興哥與興娘父母的關係是「改善→惡化」的。〈令狐生冥夢錄〉中令狐生寫了一篇諷刺烏老因賄賂死而復生的詩，此事件具複合功能：（1）因為這詩而被地府拘捕，（2）也因為這首詩使得地府又再度將烏老帶回；此事件所引起的敘述發展為「惡化」：令狐生因受地府拘捕的懲罰而惡化，而烏老則是生命再度終結的惡化。〈牡丹燈記〉中魏法師指點民眾去請求鐵冠道人幫助，此事件具複合功能：（1）收服了符女、喬生、金蓮，（2）魏法師變啞巴；此事件所引起的敘述發展具有雙面性：對民眾而言是「惡化→改善」的，對魏法師而言卻是「惡化」的。〈永州野廟記〉中畢應祥在神廟處被精怪追趕，逃脫後至南嶽祠具狀焚訴，此事件具複合功能：（1）被神將拘提至神殿問訊，（2）蛇妖被神將處斬；此事件所引起的敘述發展具有雙面性：對蛇妖而言是「惡化」的，對畢應祥而言是「改善過程中包含著惡化」的。〈申陽洞記〉中李德逢夜宿古廟遇見猴怪，暗中射首領一箭後追隨足跡卻失足跌入其巢穴，此事件具複合功能：（1）對猴怪而言是「惡化」的，（2）借幫猴怪首領治病之由進而毒殺了群猴怪、（3）救了失蹤的三女；對李德逢而言，此事所引起的敘述發展為「惡化→改善」的。〈太虛司法傳〉中眾鬼送馮大異一副鬼顏容當餞別禮，此事件具複合功能：（1）馮大異因而憤懣而死，（2）馮大異上訴天府剷除眾鬼；而此事件所引起的敘述發展為「惡化」：對馮大異而言是導致死亡的惡化，對眾鬼而言是被滅族的惡化。下為簡表：

《剪燈新話》	惡化	改善	改善中包含惡化	惡化中包含改善
〈三山福地志〉			●	
〈金鳳釵記〉	●	●		
〈令狐生冥夢錄〉	●			
〈牡丹燈記〉	●	●		
〈永州野廟記〉	●		●	
〈申陽洞記〉	●	●		
〈太虛司法傳〉	●			
計	6	3	2	0

在《剪燈餘話》方面：〈聽經猿記〉中禪師將工匠私藏的肉塊分給老虎，此事件具複合功能：（1）老虎離去，（2）禪師聲名更遠播；而此事件所引起的敘述發展為對工匠、對禪詩而言都是「改善」的。〈何思明遊酆都錄〉中何

思明對於佛、道二教的譏斥，此事件具複合功能：（1）何思明瀕死，（2）官命降為六品；而此事件所引起的敘述發展為「惡化」的。〈瓊奴傳〉中苕郎與瓊奴再度團聚後結婚，此事件具複合功能：（1）苕郎同伴主動替他分擔工作，（2）苕郎以逃軍名義被捕而亡；此事件所引起的敘述發展為「惡化的過程中包含著改善」。〈芙蓉屏記〉中船家顧阿秀拿芙蓉屏畫來尼院施捨，此事件具複合功能：（1）王氏確認仇家，（2）因畫而夫妻團員；而此事件所引起的敘述發展為「改善」的。〈賈雲華還魂記〉中邢夫人明確拒絕昔日婚約，此事件具複合功能：（1）娉娉抑鬱而死，（2）娉娉復活後，邢夫人主動提聯姻；此事件所引起的敘述發展具有雙面性：對娉娉而言是「惡化」的，對邢夫人而言卻是「改善」的。下為簡表：

《剪燈餘話》	惡化	改善	改善中包含惡化	惡化中包含改善
〈聽經猿記〉		●		
〈何思明遊酆都錄〉	●			
〈瓊奴傳〉				●
〈芙蓉屏記〉		●		
〈賈雲華還魂記〉	●	●		
計	2	3	0	1

　　以上，改善、惡化的行為導向在《剪燈新話》中有惡化篇章較多，《剪燈餘話》則是改善篇章較多；可看出瞿佑慣以改善出發而轉向惡化，故事慣以悲傷走向，李昌祺則相反，喜以惡化出發而轉向改善，故事喜於美滿走向，在功能性的風格上有明顯的差異。在功能性的強弱方面：《剪燈新話》的接合手法有 2 篇的敘述發展情形只有單一導向，另 5 篇則是雙向，除了觸發較多種地因果功能事件外，瞿佑的接合事件亦善亦惡，呈現了事件一體多面的真實；《剪燈餘話》中則是 3 篇單一導向，2 篇雙向，李昌祺則是較著重良善的一面。因此可知在《剪燈餘話》上沒有較明顯的突破，且《剪燈新話》中的功能性是較強的：由事件發展的牽一髮而動全身，使得讀者更集中注意，閱讀過程中達到憂慮與緊張效果。

第三章　時距分析

前言

一、時距的範疇

　　熱奈特認爲有如古典樂的行板、快板、急板般，小說中的速度可分爲四個標準形式，自無窮速度的「省略」，即無敘事節段與某個故事時距對應，開始，速度不斷遞減，直到絕對慢速的「描寫停頓」，並其中某個敘述話語節段與零故事時距相對應；而界於這兩個極端之間的另兩個中間運動是，以對話爲主體的「場景」，與另一以靈活方式覆蓋於場景與省略之間，被稱作 Summary 的「概要」。〔註1〕熱奈特提出了一個公式來概括這些敘述運動：〔註2〕

　　TR 是敘事僞時間，TH 爲故事時間。

$$
\begin{aligned}
&\text{停頓：} TR=n，TH=0 \quad 故：TR\infty > TH \\
&\text{場景：} TR=TH \\
&\text{概要：} TR<TH \\
&\text{省略：} TR=0，TH=n \quad 故：TR<\infty TH
\end{aligned}
$$

　　由於描寫不會引起敘事的停頓、故事的中止、情節的中止，〔註3〕而「描寫停頓」在敘事中不等於一切停頓，也不等於一切描寫，〔註4〕但可以肯定的

〔註1〕熱拉爾‧熱奈特《敘事話語‧新敘事話語》，頁 59。
〔註2〕熱拉爾‧熱奈特《敘事話語‧新敘事話語》，頁 60。
〔註3〕熱拉爾‧熱奈特《敘事話語‧新敘事話語》，頁 63。
〔註4〕熱拉爾‧熱奈特《敘事話語‧新敘事話語》，頁 59。

是「故事時間」的暫停。因此這裡的「停頓」的定義為敘事時間遠長於故事時間，此時的故事時間為零，此時的時間是完全靜止的。但這實際操作上會帶出兩種情形，其一為描寫停頓：〔註5〕其對事件、環境、背景的描寫極力延長，敘事時間是無限大於故事時間的。也由於描寫不等於停頓，而產生另一種類型：普魯斯特對環境的描寫已被吸收成為敘述，裡頭暗含著一個完整得心理過程，其因聚焦性而更接進場景的速度，這已非敘事停頓了。〔註6〕其二為巴爾札克類型：此時情節停頓，故事中止，由敘事者承擔的描寫；其表現形態為評論、題外話的形式。〔註7〕

「場景」從前述的圖表可得知是指敘述時間與故事時間大致吻合，維持等速行進，此處的場景在功能性上取傳統場景〔註8〕的部分意義：擺脫描寫、推論間倒錯干擾的單一場所。而熱奈特隨後又提出將普魯斯特敘述的文本在時間意義上全歸為場景的論點，意即在一個包含著各種不同敘事行為的場域，成為一個性質相似的集敘，可視為一個大型而包羅萬象的場面，〔註9〕在此將以普魯斯特場景稱之以便區別。本章將先以熱奈特的場景序列出各篇時距情形，再標出普魯斯特場景以瞭解故事的節奏。

「概要」敘事時間短於故事時間，是將一段故事壓縮表現為幾個主要特徵的較短句子，常常用在場景之前的鋪陳或兩個場景之間的過度；小說的基本節奏就是由概要、場景、停頓互相交替的，概要的篇幅明顯少於場景。

〔註 5〕 熱拉爾・熱奈特《敘事話語・新敘事話語》，頁 59。
〔註 6〕 熱拉爾・熱奈特《敘事話語・新敘事話語》，頁 67。
〔註 7〕 熱拉爾・熱奈特《敘事話語・新敘事話語》，頁 63～64、212。熱奈特所言的「巴爾札克小說特性」原文為：「巴爾札克的小說規定了一條典型的時間外描寫準則，敘事者拋開故事的進展，或者在開始講故事之前，僅僅為了告知讀者，以他本人的名義來描寫一個嚴格說來在故事的這一點上與任何人都不相干的場景。」而熱奈特也為此下了狹義的定義：「把停頓的使用留給描寫，更確切地說留給情節停頓、故事中止、由敘述者承擔的描寫；我們不難說出這是巴爾札克的類型。」
〔註 8〕 熱拉爾・熱奈特《敘事話語・新敘事話語》，頁 71。傳統的場景為：情節集中，擺脫描寫或推論的累贅，更沒有時間倒錯干擾的場所。
〔註 9〕 熱拉爾・熱奈特《敘事話語・新敘事話語》，頁 71。原文為：普魯斯特的場景，在小說中對各種附屬信息和情況起「時間焦點」或磁極的作用，這些信息或情況幾乎始終被各式各樣的題外話擴大甚至充塞：回顧、提前、反覆性和描寫性插入語，敘述者的說教等等，它們全用來形成集敘，在作為藉口的一場活動周圍聚集起可以賦予它充分從聚合價值得一堆事件和論述。

　　以〈秋香亭記〉為例，開頭 A2-D1 就以概要的方式敘寫，快速的交代了
商生與楊采采的家世淵源。E3 為場景手法：兩小無猜的場景，敘事時間與故
事時間大致吻合。F4-G5 中快速的交代了兩人成長過程中的感情交流過程，此
時故事時間大於敘事時間，為概要手法。緊接著在 I7 的段落以箋書五首來展
現各自對對方的心意，其敘事時間與故事時間的行進速度是一致的，為感情
滋長的場景。接續下來 J8-P13 快速敘述了戰爭起至結束，兩家分離、商生派
家僕找尋采采，無奈采采已嫁他人，為概要手法。Q14 開始敘事時間與故事時
間又大致吻合，為商生遣僕贈物給采采的場景。R7-S12 為采采概要先前己身
遭遇，T15 則為敘述采采心路歷程，此時的敘事時間是遠遠大於故事時間的，
為停頓手法。U16 為商生得書、和韻於下以自遣、每一覽之便寢食具廢，此處
時距變化為場景－停頓－場景。最末，作者也就是商生之友瞿祐，將記錄了
此事的緣由敘寫於後，此故事時間為零，為巴爾札克式的停頓手法。

　　「省略」，是指與故事時間相比較，敘事時間為零，可分為明確省略、暗
含省略、純假設省略；**明確省略**是不管確定或不確定做了什麼事，而明確地
指出省略了多少時間，使成為「不完全等於零的文本段的省略」，或「文本等
於零的完全省略」。**暗含省略**則是文本沒有聲明它的存在，也就是將某些關鍵
扣住不宣，僅能由某個年代空白或敘述中推斷出來的省略，其具有加快節奏
的功能，也有深化意涵的作用。**純假設省略**則是事件觸發的當下只能臆測、
無法確定，甚至事件本身處於無處安置的情況，直到事後才被倒敘透露出來。
以上四種時距的交叉變化，夠成了文本的節奏。

　　同樣以〈秋香亭記〉為例，關於省略的運用，首先出現在 H6 的部分：

　　　　是後，女年稍長，不復過宅，每歲節伏臘，僅以兄妹禮見於中
　　堂而已。閨閣深邃，莫能致其情。<u>後一歲</u>，亭前桂花始開，女以折
　　花為名，以碧瑤箋書絕句二首，令侍婢秀香持以授生，屬生繼和。

　　　　〔註10〕

「後一歲」觀看前後文意，並以可以推知省略了某一年伏臘相見後至采采已
折花為名寫給商生兩首絕句的這段時間，<u>為暗含省略手法</u>。而另兩種省略手
法運用，分別出現在 M12、O10 與 L9：

　　　　生父挈家南歸臨安，輾轉會稽、四明以避亂；<u>女家亦北徙金
　　陵</u>。（L9）<u>音耗不通者十載</u>。（M12）吳元年，國朝混一，道路始通。

〔註10〕詳見附錄一，H6-I7。

（N11）時生父已歿（O10）〔註11〕

事逢戰亂，而采采家的遭遇以一句「女家亦北徙金陵」帶過了，直到文本後續再度相見後，才由采采以修簡書的方式，告訴商生過去這段楊家所發生之事，此為純假設省略手法；另，O10僅以一句此時商生父親已亡故帶過，此在事發當下的時間無法確定，甚至在文本中並無安置的情況，此句亦屬事後揭露的純假設省略手法。「音耗不通者十載」為不完全等於零的文本段的省略，屬明確省略手法。

二、統計

（1）《剪燈新話》

《剪燈新話》時距	停頓	場景	概要	省略		
				明確省略	暗含省略	純假設省略
〈水宮慶會錄〉	●	●	●		●	
〈三山福地志〉		●	●	●	●	●
〈華亭逢故人記〉	●	●	●			
〈金鳳釵記〉		●	●	●	●	●
〈聯芳樓記〉	●	●	●		●	
〈令狐生冥夢錄〉	●	●	●		●	
〈天台訪隱錄〉	●	●	●		●	
〈滕穆醉游聚景園記〉	●	●	●	●	●	
〈牡丹燈記〉		●	●	●	●	●
〈渭塘奇遇記〉	●	●	●		●	
〈富貴發跡司志〉	●	●	●		●	
〈永州野廟記〉	●	●	●		●	●
〈申陽洞記〉	●	●	●	●	●	●
〈愛卿傳〉	●	●	●	●	●	
〈翠翠傳〉	●	●	●	●	●	●
〈龍堂靈會錄〉	●	●	●		●	
〈太虛司法傳〉		●	●	●	●	
〈修文舍人傳〉	●	●	●	●	●	

〔註11〕詳見附錄一。

	停頓	場景	概要	明確省略	暗含省略	純假設省略
〈鑑湖夜泛記〉	●	●	●	●	●	
〈綠衣人傳〉	●	●	●	●	●	
〈秋香亭記〉	●	●	●	●	●	●
計	17	21	21	12	21	7

（2）《剪燈餘話》

《剪燈餘話》時距	停頓	場景	概要	省略		
				明確省略	暗含省略	純假設省略
〈長安夜行錄〉	●	●	●		●	●
〈聽經猿記〉	●	●	●	●	●	●
〈月夜彈琴記〉	●	●	●	●	●	
〈何思明遊酆都錄〉	●	●	●	●	●	●
〈兩川都轄院誌〉	●	●	●		●	
〈連理樹記〉	●	●	●		●	
〈田洙遇薛濤聯句記〉		●	●	●	●	●
〈青城舞劍錄〉	●	●	●		●	
〈秋夕訪枇杷亭記〉	●	●	●	●	●	
〈鸞鸞傳〉	●	●	●	●	●	
〈鳳尾草記〉	●	●	●		●	
〈武平靈怪錄〉	●	●	●	●	●	●
〈瓊奴傳〉	●	●	●	●	●	
〈幔亭遇仙錄〉	●	●	●	●	●	
〈胡媚娘傳〉		●	●		●	
〈洞天花燭記〉	●	●	●		●	●
〈泰山御史傳〉	●	●	●		●	●
〈江廟泥神記〉	●	●	●	●	●	
〈芙蓉屏記〉	●	●	●	●	●	●
〈秋迁會記〉	●	●	●		●	
〈至正妓人行〉	●	●	●	●	●	
〈賈雲華還魂記〉	●	●	●	●	●	
計	20	22	22	15	22	8

第一節 場景與概要

一、場景分析與比較

（一）《剪燈新話》場景分析

以下列出《剪燈新話》中各篇的時距運用情形：*斜體*為敘事時間幅度較大的情形，套色內則為普魯斯特場景，劃底線者則是的敘述時間的幅度較小的情況。

《剪燈新話》	組	場景序列
〈水宮慶會錄〉	4	場景－概要－場景－停頓－概要－暗省－*場景*－概要－暗省－概要
〈三山福地志〉	6	概要－暗省－概要－純假設省－暗省－概要－場景－明省－概要－概要－暗省－場景－概要－暗省－場景－暗省－概要－（暗省－場景）*2－純假設省－場景－暗省－*場景*－明省－概要
〈華亭逢故人記〉	5	概要－停頓－概要－暗省－概要－停頓－暗省－*場景*－停頓－場景－（暗省－概要）*2
〈金鳳釵記〉	4	概要－明省－概要－（場景－明省）*2－場景－場景－暗省－概要－明省－*場景*－純假設省－概要
〈聯芳樓記〉	4	概要－停頓－概要－場景－（暗省－場景）*3－暗省－概要
〈令狐生冥夢錄〉	4	概要－明省－場景－暗省－*場景*－暗省－停頓－概要－（暗省－場景）*3－概要－場景－暗省－概要
〈天台訪隱錄〉	6	概要－場景－（暗省－*場景*）*2－暗省－概要－停頓－概要－暗省－概要
〈滕穆醉游聚景園記〉	10	概要－暗省－（場景－停頓）*2－*場景*－概要－（暗省－概要）*2－暗省－場景－概要－明省－概要－暗省－場景－概要－暗省－概要－停頓－概要
〈牡丹燈記〉	10	概要－場景－暗省－場景－（暗省－概要）*2－明省－場景－概要－暗省－概要－停頓－概要－場景－*場景*－暗省－概要－純假設省
〈渭塘奇遇記〉	6	概要－概要－（停頓－概要）*2－停頓－場景－概要－暗省－概要－*停頓*－概要－（暗省－概要）*3－停頓－暗省－概要－暗省－場景－概要－場景－概要

〈富貴發跡司志〉	6	概要－場景－（暗省－場景）*3－暗省－*場景*－概要－（暗省－概要）*3－暗省－場景－暗省－概要－概要－停頓
〈永州野廟記〉	7	停頓－純假設省－概要－場景－暗省－概要－暗省－概要－暗省－（停頓－概要）*2－*場景*－暗省－場景－暗省－場景－暗省－場景－概要－場景－暗省－場景
〈申陽洞記〉	6	概要－概要－明省－概要－暗省－概要－停頓－場景－暗省－（停頓－場景）*2－概要－（暗省－*場景*）*3－純假設省－場景－概要
〈愛卿傳〉	8	概要－停頓－概要－暗省－*場景*－概要－概要－明省－概要－概要－暗省－概要－停頓－概要－暗省－概要－場景－明省－*場景*－停頓－概要－暗省－概要
〈翠翠傳〉	10	概要－停頓－概要－暗省－*場景*－停頓－明省－概要－純假設省－概要－概要－*場景*－暗省－場景－概要－暗省－停頓－場景－概要－暗省－概要－明省－概要－概要－停頓－場景－暗省－場景－暗省－概要－場景－暗省－場景－概要
〈龍堂靈會錄〉	4	概要－場景－暗省－場景－停頓－場景－暗省－場景－停頓－*場景*－暗省－*場景*－概要
〈太虛司法傳〉	4	概要－場景－暗省－*場景*－場景－明省－場景－停頓
〈修文舍人傳〉	6	概要－停頓－概要－暗省－場景－（暗省－場景）*2－暗省－概要－概要－明省－場景－概要
〈鑑湖夜泛記〉	7	概要－場景－停頓－場景－暗省－停頓－場景－停頓－暗省－場景－停頓－*場景*－概要－停頓－場景－暗省－場景－明省－場景
〈綠衣人傳〉	9	概要－場景－概要－暗省－*場景*－概要－暗省－場景－明省－場景－（暗省－概要－停頓－概要）*2－暗省－場景－停頓－暗省－場景－明省－停頓－場景－明省－場景－概要
〈秋香亭記〉	8	概要－場景－概要－停頓－概要－暗省－*場景*－概要－純假設省－明省－概要－純假設省－概要－場景－概要－停頓－場景－停頓－概要－停頓

（二）《剪燈餘話》場景分析

　　以下列出《剪燈餘話》中各篇時距的運用情形：*斜體*爲敘事時間幅度較大的情形，套色內則爲普魯斯特場景，劃底線者則是的敘述時間的幅度較小的情況。

《剪燈新話》	組	場景序列
〈長安夜行錄〉	7	概要－場景－暗省－概要－暗省－場景－暗省－<u>概要</u>－<u>停頓</u>－概要－純假設省－<u>停頓</u>－暗省－概要－停頓－暗省－<u>停頓</u>－*場景*－*停頓*－<u>概要</u>－暗省－<u>停頓</u>－概要－<u>停頓</u>－概要
〈聽經猿記〉	7	概要－明省－概要－場景－概要－場景－暗省－<u>概要</u>－<u>停頓</u>－概要－場景－停頓－場景－概要－停頓－暗省－場景－<u>概</u><u>要</u>－暗省－純假設省－概要－停頓
〈月夜彈琴記〉	5	概要－場景－概要－停頓－概要－概要－暗省－<u>停頓</u>－場景－*停頓*－概要－*場景*－暗省－<u>概要</u>－明省－*場景*－<u>概要</u>－暗省－場景－概要
〈何思明遊酆都錄〉	9	*停頓*－概要－（暗省－概要）*2－明省－場景－暗省－概要－明省－<u>概要</u>－純假設省－場景－明省－<u>概要</u>－<u>停頓</u>－場景－概要－*場景*－停頓－*場景*－<u>概要</u>－場景－概要－場景－停頓－場景－暗省－場景－概要
〈兩川都轄院誌〉	6	概要－明省－概要－明省－概要－場景－<u>概要</u>－明省－概要－場景－概要－場景－暗省－<u>概要</u>－明省－<u>概要</u>－停頓－<u>概要</u>－明省－概要－（暗省－概要）*2－明省－*場景*－暗省－概要
〈連理樹記〉	11	*概要*－明省－概要－暗省－場景－（暗省－概要）*2－場景－（暗省－場景）*2－概要－停頓－概要－*停頓*－概要－暗省－概要－明省－概要－場景－概要
〈田洙遇薛濤聯句記〉	10	概要－（暗省－概要）*2－（暗省－概要）*2－暗省－場景－純假設省－*場景*－概要－暗省－概要－明省－<u>概要</u>－暗省－*場景*－暗省－<u>概要</u>－明省－概要－暗省－*場景*－（暗省－場景）*2－暗省－*場景*－明省－<u>概要</u>
〈青城舞劍錄〉	10	概要－*場景*－停頓－*概要*－停頓－場景－（暗省－場景）*2－（暗省－概要）*2－<u>概要</u>
〈秋夕訪枇杷亭記〉	11	停頓－概要－場景－暗省－*場景*－概要－暗省－場景－暗省－<u>概要</u>－*停頓*－純假設省－明省－<u>停頓</u>－暗省－*場景*－明省－<u>停頓</u>－暗省－場景－<u>概要</u>－暗省－*概要*－暗省－場景－停頓－概要
〈鶯鶯傳〉	12	概要－明省－<u>概要</u>－暗省－概要－場景－暗省－場景－概要－場景－暗省－<u>概要</u>－*場景*－概要－暗省－概要－停頓－概要－暗省－場景－停頓
〈鳳尾草記〉	11	概要－場景－暗省－概要－停頓－<u>概要</u>－暗省－概要－暗省－場景－暗省－概要－停頓－（暗省－<u>概要</u>）*3－暗省－概要－暗省－場景－概要－停頓
〈武平靈怪錄〉	6	概要－暗省－<u>概要</u>－場景－純假設省－場景－暗省－*場景*－暗省－<u>概要</u>－停頓－*場景*－純假設省－*場景*－暗省－場景－暗省－<u>概要</u>－明省－<u>停頓</u>

〈瓊奴傳〉	16	概要－暗省－場景－暗省－*場景*－概要－停頓－概要－明省－概要－暗省－概要－暗省－場景－概要－暗省－概要－*場景*－暗省－概要－暗省－*場景*－暗省－場景－概要－暗省－場景－概要－場景－暗省－概要－明省－概要－暗省－概要
〈幔亭遇仙錄〉	13	概要－暗省－概要－停頓－概要－暗省－（概要－停頓）*4－概要－暗省－概要－暗省－場景－概要－停頓－概要－*場景*－停頓－概要－*場景*－概要－暗省－概要－（暗省－概要）*3－明省－概要
〈胡媚娘傳〉	9	停頓－概要－暗省－*場景*－概要－*概要*－暗省－概要－場景－暗省－概要－場景－暗省－場景－概要－場景－暗省－*場景*－概要－場景－概要－暗省－概要
〈洞天花燭記〉	9	概要－暗省－停頓－場景－概要－停頓－概要－純假設省－概要－*停頓*－概要－暗省－（概要－停頓）*3－概要－暗省－概要－停頓－概要－*停頓*－概要－暗省－概要－停頓－概要－暗省－概要－*場景*－暗省－概要－（暗省－概要）*2－明省－概要
〈泰山御史傳〉	11	概要－停頓－場景－概要－暗省－概要－暗省－概要－*場景*－*停頓*－場景－純假設省略－概要－停頓
〈江廟泥神記〉	17	概要－停頓－概要－停頓－概要－明省－暗省－概要－停頓－概要－場景－暗省－停頓－概要－停頓－概要－場景－概要－暗省－場景－停頓－場景－暗省－場景－概要－停頓－場景－暗省－概要－*停頓*－場景－明省－概要－暗省－場景－概要－純假設省－概要－明省－概要－*場景*－概要－概要－明省－概要－暗省－場景－明省－概要－明省－概要
〈芙蓉屏記〉	14	概要－暗省－概要－明省－概要－停頓－概要－暗省－概要－場景－概要－明省－概要－明省－概要－暗省－概要－場景－暗省－概要－場景－暗省－概要－場景－概要－明省－概要－概要－純假設省－場景－暗省－概要－暗省－概要－停頓
〈秋迁會記〉	12	概要－停頓－概要－場景－概要－場景－概要－停頓－概要－明省－概要－停頓－概要－暗省－概要－暗省－場景－概要－暗省－概要－概要－暗省－概要－暗省－概要－暗省－概要－停頓
〈至正妓人行〉	5	概要－（暗省－概要）*3－停頓－概要－停頓－*停頓*[註12]－場景－暗省－概要－停頓

〔註12〕此處在整篇故事的位置為長篇詩之停頓，單就此普魯斯特場景來看，可以再細分為：停頓－場景－停頓－*場景*－概要－概要－*概要*－停頓－概要－停頓－*概要*－概要－明省－概要－停頓。

〈賈雲華還魂記〉	62	概要－*停頓*－概要－場景－*停頓*－概要－明省－概要－暗省－概要－停頓－*場景*－概要－暗省－場景－停頓－場景－暗省－*停頓*－概要－場景－暗省－停頓－場景－暗省－場景－概要－停頓－概要－暗省－概要－場景－暗省－場景－概要－*場景*－（暗省－概要）*2－場景－暗省－概要－場景－明省－概要－場景－暗省－概要－*場景*－（暗省－概要）*3－停頓－暗省－場景－概要－停頓－（暗省－概要）*3－*場景*－概要－停頓－概要－暗省－概要－（暗省－場景）*2－概要－暗省－概要－暗省－概要－場景－概要－停頓－（暗省－概要）*2－場景－概要－停頓－概要－暗省－概要－場景－暗省－概要－*場景*－場景－概要－明省－*場景*－（暗省－概要）*2－場景－停頓－暗省－概要－*場景*－概要－*場景*－概要－暗省－概要－*場景*－概要－（暗省－概要）*2－明省－概要－明省－概要－*場景*－暗省－概要－*停頓*－場景－*停頓*－概要－*場景*－概要－明省－*概要*－暗省－場景－概要－停頓－概要

（三）場景手法比較

關於《剪燈新話》中各個場景、概要、停頓所組成的普魯斯特場景，皆在十組以下；而《剪燈餘話》中超過十組的達 11 篇，可知李昌祺的《剪燈餘話》普魯斯特場景的變換頻率是高於瞿祐的《剪燈新話》的。而另一方面，從單個普魯斯特場景來看，《剪燈餘話》中的故事篇幅較長，同一普魯斯特場景擁有十種以上手法者，有 6 篇：〈長安夜行錄〉、〈何思明遊酆都錄〉、〈兩川都轄院誌〉、〈田洙遇薛濤聯句記〉、〈幔亭遇仙錄〉、〈洞天花燭記〉，其場面各種敍寫方式變換是更爲頻繁些的；而在《剪燈新話》中僅〈富貴發跡司志〉、〈永州野廟記〉兩篇。可見在短篇小說敍寫手法上，瞿祐與李昌祺場景變換的頻繁程度的差異顯而易見，李昌祺是略勝一籌的。

而在開頭與結尾的慣性方面，《剪燈新話》：「概要開頭、概要結尾」有14 篇，「概要開頭、停頓結尾」有 3 篇，「概要開頭、省略結尾」有 1 篇，「概要開頭，場景結尾」有 1 篇，「場景開頭、概要結尾」有 1 篇，「停頓開頭、場景結尾」有 1 篇。《剪燈餘話》：「概要開頭、概要結尾」有 11 篇，「概要開頭、停頓結尾」有 8 篇，「停頓開頭、概要結尾」有 3 篇。可看出《剪燈新話》以概要開頭、概要結尾爲大宗，其他篇章亦有多方嘗試，而《剪燈餘話》則全集中在三種模式上，亦是以概要開頭爲習性，較爲規則但創意就顯得略少些。

二、概要分析與比較

（一）《剪燈新話》概要分析

概要手法在《剪燈新話》中每篇皆有，而概要的內容範疇如下：

	故事情節	人物形象	歷史情節
〈水宮慶會錄〉	●		
〈三山福地志〉	●		●
〈華亭逢故人記〉	●	●	●
〈金鳳釵記〉	●		
〈聯芳樓記〉	●	●	
〈令狐生冥夢錄〉	●	●	
〈天台訪隱錄〉	●	●	
〈滕穆醉游聚景園記〉	●	●	
〈牡丹燈記〉	●		●
〈渭塘奇遇記〉	●	●	
〈富貴發跡司志〉	●		●
〈永州野廟記〉	●		
〈申陽洞記〉	●	●	
〈愛卿傳〉	●	●	●
〈翠翠傳〉	●	●	●
〈龍堂靈會錄〉	●		●
〈太虛司法傳〉		●	
〈修文舍人傳〉	●	●	
〈鑑湖夜泛記〉		●	
〈綠衣人傳〉	●		
〈秋香亭記〉	●		●
計	19	12	8

（二）《剪燈餘話》概要分析

概要手法在《剪燈新話》中每篇皆有，而概要的內容範疇如下：

	故事情節	人物形象	歷史情節
〈長安夜行錄〉	●		●
〈聽經猿記〉	●	●	
〈月夜彈琴記〉	●	●	
〈何思明遊酆都錄〉	●		
〈兩川都轄院誌〉	●	●	
〈連理樹記〉	●		●
〈田洙遇薛濤聯句記〉	●	●	●
〈青城舞劍錄〉	●		●
〈秋夕訪枇杷亭記〉	●	●	
〈鸞鸞傳〉	●	●	
〈鳳尾草記〉	●	●	
〈武平靈怪錄〉	●	●	●
〈瓊奴傳〉	●	●	
〈幔亭遇仙錄〉	●	●	
〈胡媚娘傳〉	●	●	
〈洞天花燭記〉	●		
〈泰山御史傳〉	●	●	●
〈江廟泥神記〉	●	●	
〈芙蓉屏記〉	●	●	
〈秋遷會記〉	●		
〈至正妓人行〉	●		
〈賈雲華還魂記〉	●	●	●
計	22	15	7

（三）概要手法比較

關於概要手法的使用，在敘寫內容上，《剪燈新話》中概要「故事情節」的有 19 篇、概要「人物形象」的有 12 篇、概要「歷史情節」的有 8 篇；《剪燈餘話》中概要「故事情節」的有 22 篇、概要「人物形象」的有 15 篇、概要「歷史情節」的篇章有 7 篇。在《剪燈新話》中多以做為開頭、結尾之用，在故事中間串場的概要手法，篇幅較長的僅有〈渭塘奇遇記〉與〈富貴發跡司志〉兩篇，其餘多為用以與場景、停頓間的過度，篇幅中短居多；在《剪

燈餘話》中在故事中間串場的概要手法使用較爲頻繁，在場景與停頓交替之際，有較長篇幅概要者占了總篇數的近半數，共有 11 篇，分別爲〈兩川都轄院誌〉、〈連理樹記〉、〈秋夕訪枇杷亭記〉、〈鸞鸞傳〉、〈鳳尾草記〉、〈瓊奴傳〉、〈胡媚娘傳〉、〈洞天花燭記〉、〈江廟泥神記〉、〈芙蓉屏記〉、〈秋迁會記〉。可知在敘寫的篇幅上，《剪燈餘話》中概要手法的使用度是普遍多於《剪燈新話》的，而在內容的比重上兩者類似，但篇數《剪燈餘話》是略多一些的。

第二節　停頓與省略

一、停頓分析與比較

（一）《剪燈新話》停頓分析

1. 景致

〈華亭逢故人記〉在末尾的景致敘寫。〔註 13〕〈令狐生冥夢錄〉中段令狐生出了府門看見鐵城時對它的一段描述。〔註 14〕〈**滕穆醉游聚景園記**〉中段滕穆搭乘的小船停泊在雷峰塔下的環境的描寫，及穿插一小段場景後對於此地建築背景的追述。〔註 15〕〈**牡丹燈記**〉中居民前往四明山上尋找魏法師求助，至山頂描述所見景致。〔註 16〕〈**渭塘奇遇記**〉中開頭便對酒肆場景及下酒菜有仔細的描述，隨後又在夢裡對女子房內外景致亦有深刻描述。〔註 17〕〈永州野廟記〉中開場一段對於湖南永州野廟外環境描寫。〔註 18〕〈申陽洞

〔註13〕瞿佑著，林芑集釋：《剪燈新話句解》，收錄於《古本小說叢刊》第三十三輯，頁 1748。原文爲：但見林梢煙暝，嶺首日沉，烏啼鵲噪於叢薄之間而已。

〔註14〕瞿佑：《剪燈新話句解》，頁 1781。原文爲：見鐵城巍巍，黑霧漲天。守衛者甚眾，皆牛頭鬼麵，青體紺髮，各執戈戟之屬，或坐或立於門左右。

〔註15〕《剪燈新話句解》，頁 1802，1802。原文爲：「是夜，月色如晝，荷香滿身。時聞大魚跳躑於波間，宿鳥飛鳴於岸際」、「時宋亡已四十年，園中台館，如會芳殿、清輝閣、翠光亭皆已頹毀，惟瑤津西軒歸然獨存」。

〔註16〕《剪燈新話句解》，頁 1822。原文爲：果有草庵一所，道人憑幾而坐，方看童子調鶴。

〔註17〕《剪燈新話句解》，頁 1829，1829，1830～1834。原文爲：「見一酒肆，青旗出於簷外畫……白鵝一群，遊泳其間」、「斫巨螯之蟹，膾細鱗之鱸……鬆坡之栗」、「軒之前有葡萄架，架下鑿池……鳳釵斜壓瑞香枝」。

〔註18〕《剪燈新話句解》，頁 1849。原文爲：永州之野，有神廟。背山臨流，川澤深險，黃茅綠草，一望無際。大木參天而蔽日者，不知其數。

記〉中段李生追尋獵物至深山裡的一段對景色的描寫，和剛至廟裡以及聽到怪聲後所見的景致描寫。〔註 19〕〈**愛卿傳**〉中段戰亂分離趙公子再度回到故宅後所看見的景致，及最後在愛卿告別消失後對房間景致的敘寫。〔註 20〕〈**翠翠傳**〉中段翠翠昔日家僕路過湖州見到翠翠、金生家的一段景致描寫。〔註 21〕〈**龍堂靈會錄**〉中段聞子述被邀請至龍宮初見的景致。〔註 22〕〈**鑑湖夜泛記**〉有五處：成令言將小船停在千秋觀下對當時景色的描寫、小船忽被牽引至仙境後成令言所見之景致、天章之殿景致、告別仙境回到凡間之時所見的景致。〔註 23〕〈**秋香亭記**〉中段在中秋夕秋香亭的景致。〔註 24〕

2. 人物

〈龍堂靈會錄〉中段為三位賓客的裝扮。〔註 25〕

3. 作品轉錄

〈水宮慶會錄〉中段余善文為龍王新建的德靈殿所撰的上樑文，內容為歌頌寶殿壯麗。〔註 26〕〈華亭逢故人記〉在開頭概要全、賈的性格，後緊接著舉了兩首表志的詩作。〔註 27〕〈聯芳樓記〉中段敘述蘭英、蕙英仿文人創

〔註 19〕《剪燈新話句解》，頁 1856，1856，1857。原文為：「已而煙昏雲暝，虎嘯猿啼，遠近黯然」、「至則塵埃堆積，牆壁傾頹，獸蹄鳥跡，交雜於中」、「有二紅燈前導，為首者頂三山冠，絳帕首，被淡黃袍，束玉帶」。

〔註 20〕瞿佑：《剪燈新話句解》，頁 1869，1877。原文為：「荒廢無人居。但見鼠竄於梁，鴉鳴於樹，蒼苔碧草，掩映階庭而已」、「但空室悄然，寒燈半滅而已」。

〔註 21〕《剪燈新話句解》，頁 1889。原文為：見朱門華屋，槐柳掩映，翠翠與金生方憑肩而立。

〔註 22〕《剪燈新話句解》，頁 1900。原文為：則見殿宇崢嶸，儀衛森列，寒光逼人，不可睇視，真所謂水晶宮也。

〔註 23〕《剪燈新話句解》，頁 1396～1397，1937，1937～1938，1938～1939，1948。原文為：「金風乍起，白露未零，星門交輝，水天一色……一塵不起」、「至一處，寒氣襲人，清光奪目，如玉田湛湛，琪花瑤草生其中……烏鴉群鳴，白榆亂植」、「見珠宮焂然，貝闕高聳……侍女二人，一執金柄障扇，一捧玉環如意，星眸月貌，光彩照人」、「見一大殿……芬芳觸鼻」、「則淡霧初生，大星漸落」。

〔註 24〕《剪燈新話句解》，頁 1958。原文為：有二桂樹，垂陰姿姿，花方盛開，月色團圓，香氣穠馥。

〔註 25〕《剪燈新話句解》，頁 1900。原文為：其一高冠巨履，威儀簡重。其一烏帽青裘，風度瀟灑。其一則葛巾野服而已。

〔註 26〕《剪燈新話句解》，頁 1715～1719。原文為：伏以天壤之間……備人間之五福。

〔註 27〕《剪燈新話句解》，頁 1739～1740。原文為：華髮衝冠感二毛……撐拄東南半壁天。

作《竹枝曲》而完整錄出以示兩人之才華，以及楊維楨對她們倆的讚賞詩和評語，〔註28〕〈渭塘奇遇記〉中段王生對於這些夢中經歷感到驚奇而作一篇詩作記錄並錄出內容。〔註29〕〈愛卿傳〉開頭概要羅愛愛的才華及文人在湖邊聚會賦詩情景，隨後愛卿率先作四首使得在場人難以再作，接著錄出四首詩。〔註30〕〈綠衣人傳〉中段綠衣女子回憶過去有關賈似道的故事片段時，有人寫詩諷刺他運鹽私售、推行公田法，並錄出詩作內容。〔註31〕

4. 巴爾札克式

〈華亭逢故人記〉裡敘述石若虛經過近郊後，插入的一句評論語。〔註32〕〈富貴發跡司志〉末尾為敘事者的題外話評論內容。〔註33〕〈翠翠傳〉中段兩人新婚後一段對兩人感情的評語。〔註34〕〈太虛司法傳〉末尾有題外語。〔註35〕〈綠衣人傳〉中段綠衣女子回憶過去有關賈似道遇到真仙道士、精怪的事件的故事片段時，皆在敘述末尾跳出敘事者的評語。〔註36〕〈秋香亭記〉末尾《剪燈新話》作者瞿祐論述自己是商生好友，記錄這段故事並寫下感觸，並自己寫了一首詩附於後。〔註37〕

5. 思想

〈修文舍人傳〉開頭對夏言的性格概述完，接著出現兩段夏言的自言自

〔註28〕《剪燈新話句解》，頁1761～1765。原文為：姑蘇台上月團團……易安淑真而下不論也。

〔註29〕《剪燈新話句解》，頁1830～1834。原文為：有美閨房秀……親得到蓬萊。

〔註30〕《剪燈新話句解》，頁1863～1864。原文為：畫閣東頭納晚涼……夜深風露涼如許，身在瑤台第一層。

〔註31〕《剪燈新話句解》，頁1953，1954。原文為：「太學有詩曰：昨夜江頭湧碧波，滿船都載相公艖。雖然要作調羹用，未必調羹用許多」、「或題詩於路左雲：襄陽累歲困孤城，豢養湖山不出征。不識咽喉形勢地，公田枉自害蒼生」。

〔註32〕《剪燈新話句解》，頁1741。原文為：素與二子友善。

〔註33〕《剪燈新話句解》，頁1843。原文為：是以知普天之下，率土之濱，小而一身之榮悴通塞，大而一國之興衰治亂，皆有定數，不可轉移，而妄庸者乃欲輒施智術於其間，徒自取困爾。

〔註34〕《剪燈新話句解》，頁1882。原文為：二人相得之樂，雖孔翠之在赤霄，鴛鴦之遊綠水，未足喻也。

〔註35〕《剪燈新話句解》，頁1925。原文為：嚮之間，如有靈焉。

〔註36〕《剪燈新話句解》，頁1954，1955。原文為：「嗟乎，孰知有漳州木綿庵之厄也」、「蓋物亦先知，數而不可逃也」。

〔註37〕《剪燈新話句解》，頁1965～1968。原文為：生之友山陽瞿祐備知其詳，既以理論之，複製《滿庭芳》一闋……又安知其終如此而已也。

語。〔註38〕

6.內心

〈天台訪隱錄〉中段陶上舍贈一首古風給徐逸以餞行，並錄出詩作內容。〔註39〕〈滕穆醉游聚景園記〉末尾滕生對於芳華的悼文內容。〔註40〕〈**秋香亭記**〉中段采采寫給商生書信內容後半爲采采的心情，及商生和詩自附於下。〔註41〕

（二）《剪燈餘話》停頓分析

1. 景致

〈長安夜行錄〉中段馬期仁迷路後見到民舍，及被主人請入後所見之景，及到客房休息後天明的場景。〔註42〕〈月夜彈琴記〉開頭敘寫在烏公到達祭祀節婦祠堂的景色。〔註43〕〈何思明遊酆都錄〉中段有省業司的景致敘寫。〔註44〕〈青城舞劍錄〉中段衛君美剛來到青山城所見之景致。〔註45〕〈**秋夕訪枇杷亭記**〉中段沈韶由金雁領著至鄭婉娥的住處所見之景致。〔註46〕〈**武平靈怪錄**〉中段在庵裡夜談時月光灑下時齊仲和所見之景致。〔註47〕〈**幔亭遇仙錄**〉中與概要相間一路上所見之景致敘寫、及後續的杜撰成夜宿清碧先生住

〔註38〕《剪燈新話句解》，頁 1925～1927。原文爲：嚌喟然長歎曰：「夏顏，汝修身謹行，奈何不能潤其家乎？」則自又解曰：「顏淵困於陋巷，豈道義之不足也？……吾知順受而已，豈敢非理妄求哉！」

〔註39〕《剪燈新話句解》，頁 1796～1800。原文爲：建炎南渡多翻覆……相逢不用苦相疑，我輩非仙亦非鬼。

〔註40〕《剪燈新話句解》，頁 1812～1814。原文爲：惟靈生而淑美，出類超群……鳴呼哀哉，尚饗。

〔註41〕《剪燈新話句解》，頁 1963～1965，1965。原文爲：「華翰銘心，佳音屬耳……安得神靈如倩女，芳魂容易到君邊」、「秋香亭上舊因緣……清光能照兩人邊」。

〔註42〕李昌祺著，張光啓校刊：《剪燈餘話》，收錄於《古本小說叢刊》，頁 4，4，8。「雙戶洞開，燈猶未滅」、「延入中堂，規製幽雅可愛，花卉芬芳，幾席雅潔」、「遠寺鐘敲，近村雞唱，曙色熹微，晨光晻靄。開目視之，但見身沾露以猶濕，馬齕草而未休」。

〔註43〕《剪燈餘話》，頁 16。但見鼠穿敗壁，苔繡空階。

〔註44〕《剪燈餘話》，頁 33。中有寶塔一座，僧立塔傍，香燭幡幢，熒煌羅列。

〔註45〕《剪燈餘話》，頁 61。高牆華屋，深院曲房，蒼頭數人，列侍左右，俎豆備水陸之珍，歌舞極聲容之盛。

〔註46〕《剪燈餘話》，頁 69。見朱門素壁，燈燭交輝。

〔註47〕《剪燈餘話》，頁 92。忽風約雲開，月光穿戶……頸若生鱗，仲和異之。

處時所見之景、宴會景。〔註48〕〈洞天花燭記〉中與概要手法相間的婚禮景致、文信美抵內寢時所見之景。〔註49〕〈江廟泥神記〉中敘寫鍾家私塾後面的景物。〔註50〕〈秋千會記〉中段敘述宣徽宅後面的杏園景致。〔註51〕〈至正妓人行〉中伴皇帝出遊的情景敘寫、王貴戚來會面所見的景致。〔註52〕〈賈雲華還魂記〉中段宴會餐景、魏鵬首次入客房所見之景致。〔註53〕

2. 人物

〈長安夜行錄〉中段馬期仁迷路後到宅子遇見少年的一段，概要行動與人物刻劃的停頓相間。〔註54〕〈聽經猿記〉中段在袁秀才拜見禪師時他的容貌敘寫、末尾敘說宗鑒法師的樣貌、才能。〔註55〕〈何思明遊酆都錄〉中段何思明被壓解至關卡，所見守衛的樣貌敘寫。〔註56〕〈鳳尾草記〉中段敘述小女兒的形貌個性。〔註57〕〈幔亭遇仙錄〉中段清碧先生樣貌。〔註58〕〈洞天花燭記〉開頭文信美見使者的樣貌、首見華陽丈人的儀貌、婚禮上華陽丈

〔註48〕 周楞伽校注《剪燈新話・外二種》，頁218～219，219，220。「仰視岩上，則綠蘿翠蔓，丹桂蒼筠，繁陰幽香，芬敷掩冉……但覺風日暄妍，天氣清淑，真別一堪輿也……城中宮闕宏壯，守衛森嚴，金書榜曰：『慢亭真境』……喬林嘉樹，華屋崇垣，流水飛花，鳴雞吠犬。遙望高甍一區，俯瞰清池之上，題曰：『清碧道院』……猿鶴馴擾，芝蘭馥鬱。柳陰之下，雙童立焉」、「楮衾練帳，石枕竹床，風露淒然……惟櫳間明月窺人，飛雪入戶」、「籩豆具陳，肴則黃精玄芝，樂則朱弦綠綺。鬱金營」。

〔註49〕 《剪燈餘話》，頁111，114。「俄而千騎萬騎，迭鼓鳴笳。翠蓋文旟，擁雕鞍之先後；繡裳袞服，儼珠履之尊崇。燈燭輝煌，笙歌嘹亮」、「則珠玉相輝，綺羅交映……斷不能辨其孰為新婦也」。

〔註50〕 《剪燈餘話》，頁121。鍾西塾後，創一園特盛……翠屏軒於其內。

〔註51〕 《剪燈餘話》，頁134。私居後有杏園一所……冠於諸貴家。

〔註52〕 《剪燈餘話》，頁139～140，140。「鹵簿曉排仙杖髮……花園過去是開平」、「徘纓帽妥絥焦圓……霞綃廠帔天魔隊」。

〔註53〕 周楞伽校注《剪燈新話・外二種》，頁272，272。「水陸華陳」、「但見屏幃床褥……亦已在焉」。

〔註54〕 《剪燈餘話》，頁4。乃一少年，韋布翛然，狀貌溫粹……視之，國色也，年二十餘，靚妝常服，不屑朱鉛，往來於香煙燭影中，綽約若仙姝神女。

〔註55〕 《剪燈餘話》，頁9，15。「緇衣玄巾，風致樸野」、「夢猿入室，而誕一男，貌與猿肖……名宗鑒。其後道價高重，虎侍猿隨，變幻神奇，不可勝述，世稱為肉身菩薩」。

〔註56〕 《剪燈餘話》，頁31。守者高鼻深目，拳發胡須，類回回人。

〔註57〕 《剪燈餘話》，頁84。女家貧，未嘗有繒纊之飾……剪製之巧，為一族冠。

〔註58〕 周楞伽校注《剪燈新話・外二種》，頁219。清碧幅巾大帶，容貌儼雅，坐於中間。

人的儀貌。〔註 59〕〈泰山御史傳〉開頭宋珪的性格敘寫。〔註 60〕〈江廟泥神記〉中敘寫謝璉樣貌、對四女的樣貌敘寫、女子表情、小妹敘寫、三妹雲雨後之樣貌。〔註 61〕〈至正妓人行〉中段詩作開頭對遺姬樣貌敘寫。〔註 62〕〈賈雲華還魂記〉中魏鵬樣貌、娉娉樣貌的評語。〔註 63〕

3. 作品轉錄

〈長安夜行錄〉酒宴完畢後少年與妻子贈給馬期仁的詩句。〔註 64〕〈聽經猿記〉中段敘述袁遜的吟詠詩作很多，並列舉了一部分。〔註 65〕〈月夜彈琴記〉中段譚節婦的侍女鐘碧桃告訴烏公之子烏緝之昔日主母送她一首《悲風》，並吟誦讓烏緝抄寫。〔註 66〕〈何思明遊酆都錄〉何思明受命撰寫蜉蝣關銘的內容。〔註 67〕〈連理樹記〉中段兩人各自作一首詩以紀念結婚的詩作內容，後粹奴幫蓬萊將她的詩詞編爲《絮雪藁》並列舉了一部分作品。〔註 68〕〈青城舞劍錄〉中段眞本無、文固虛在黃鶴樓題詩後逃跑後，接著錄出兩人詩作。〔註 69〕〈秋夕訪枇杷亭記〉開頭對沈韶才幹概要敘述完，接著舉例他的詩作兩首。〔註 70〕〈瓊奴傳〉中在招親比試中錄出苕郎的作

〔註 59〕《剪燈餘話》，頁 109，109，111。原文爲：「布袍葛屨，聯袂而來」、「玉冠絹衣，秉簡出迓」、「丈人頂九旒之冠，佩五嶽之圖，被赤霜之服」。

〔註 60〕周楞伽校注《剪燈新話‧外二種》，頁 236。性嚴毅，不能容人之過……無有與之爲怨者。

〔註 61〕《剪燈餘話》，頁 120，121，121，122，123。「生儀容秀整，風韻清高，略無寒儒迂腐態」、「年近初笄，娉婷窈窕」、「和顏悦色」、「一如姐氏，妹性慧黠」、「河斜鬥落，殘妝尚在，鬢亂釵橫」。

〔註 62〕《剪燈餘話》，頁 138。桃花含淚傷春老……景近桑榆漸枯搞。

〔註 63〕周楞伽校注《剪燈新話‧外二種》，頁 269，272。「肌膚瑩然，眉目如畫」、「雖西施、洛神……色動心馳」。

〔註 64〕《剪燈餘話》，頁 6～8。其夫詩云……其妻詩曰……爲傳梁鴻與孟光。

〔註 65〕《剪燈餘話》，頁 12～14。〈題解空寺〉古塔淩空玉筍高，斜陽半壓水嘈嘈。……道人愛看梅梢月，分付山童莫掩門。

〔註 66〕《剪燈餘話》，頁 18～24。花壓欄幹春晝長（《唐音》溫飛卿），清歌一曲斷君腸（《唐音》沈雲卿）。……窮巷悄然車馬絕（唐杜甫），磬聲寒夏出煙蘿（《鼓吹》司空圖）。

〔註 67〕《剪燈餘話》，頁 35。銘曰：有崇者關……諮爾幽靈，守勿替也。

〔註 68〕《剪燈餘話》，頁 45～47。「粹詩曰：海棠開處燕來時……蓬萊詩曰……天遣赤繩先係足，從今喚作並頭蓮」、「詩與序多不錄，姑載一二以傳好事者：《閨怨》露顆珠團團……《詠蝶》……惟應窮措大，咬得寸根甜」。

〔註 69〕《剪燈餘話》，頁 60。本無詩曰：平生智略滿胸中……前席早知無用處，錯將豪傑待君王。

〔註 70〕《剪燈餘話》，頁 64。洪武初，吳江沈韶，年弱冠……惟有春波照人綠。他詩皆類此。

品。〔註71〕〈洞天花燭記〉中文信美替華陽丈人所寫的回信內容、及後續撤帳文內容。〔註72〕〈泰山御史傳〉中段泰山御史時所寫的彈劾文。〔註73〕〈江廟泥神記〉中段謝璉對於自己遇見四姊妹的豔遇寫了一篇《峨眉古意》以自賀，並列舉出來。〔註74〕〈秋迁會記〉中宣徽臨時出考題要拜住以《滿江紅》詞吟樹上的黃鶯，拜住也不負所望援筆而成，後將原文錄出。〔註75〕〈至正妓人行〉中錄出李昌祺完整長詩。〔註76〕

4. 巴爾札克式

〈長安夜行錄〉末尾評斷語。〔註77〕〈聽經猿記〉末尾題外語，敘說宗鑒法師的生平與評斷。〔註78〕〈秋夕訪枇杷亭記〉中段有題外語敘述兩人的感情黏膩、及兩人的愛情。〔註79〕〈鶯鶯傳〉末尾評斷鶯鶯的作為。〔註80〕〈武平靈怪錄〉末尾題外語評論齊仲和的態度。〔註81〕〈幔亭遇仙錄〉中杜撰成夜宿清碧先生住處的題外語。〔註82〕〈泰山御史傳〉末尾評斷宋珪言行。〔註83〕〈芙蓉屏記〉末尾為題外話方式結尾，陸仲暘做了一首《畫芙蓉屏歌》來記載這段故事。〔註84〕〈秋迁會記〉中敘述三夫人為專寵的題外語、末尾

〔註71〕《剪燈餘話》，頁96～97。其詩曰：胭脂曉破湘桃萼……右弄花香滿衣。

〔註72〕《剪燈餘話》，頁110，111。「其詞曰：福地陰陽合……永世齊芳」、「信美立撰付之曰：伏以絪緼未判……蟄斯秩秩，麟趾振振」。

〔註73〕周楞伽校注《剪燈新話・外二種》，頁237～238。文載於此：泰山司憲禦史臣宋珪……伏候裁處。

〔註74〕《剪燈餘話》，頁123～125。峨眉古郡天下雄，煙巒雪嶺百千峰……腸斷愁聽子規鳥，春來春去樹梢啼。

〔註75〕《剪燈餘話》，頁135。拜住鶯詞附錄於此：嫩日舒晴……何日得雙棲？心迢遞。

〔註76〕《剪燈餘話》，頁138～141。桃花含露傷春老……風留千載繫遐思。

〔註77〕《剪燈餘話》，頁8。期仁果以文學陞至翰苑，八十九而終，遂符遠大之說。

〔註78〕《剪燈餘話》，頁15。果能重修梵宇……皆其所建。號支雲，叢林稱為支雲鑒禪公……迨今龍濟奉為重開山祖師。忌日，猶有群虎繞塔之異。後人以鑒生時計之，正協修公所記，亦神矣哉。

〔註79〕《剪燈餘話》，頁69，71。「不啻膠漆」、「雖比目並遊之鱗，戢翼雙棲之羽，未足以喻其綢繆婉孌也」。

〔註80〕《剪燈餘話》，頁81。君子曰：節義，人之大閑也……聞鶯之風，其真可愧哉。

〔註81〕《剪燈餘話》，頁95。嗚呼！若仲和者，得不謂之曠達之士哉。

〔註82〕周楞伽校注《剪燈新話・外二種》，頁219。自非神完氣充，骨堅誌定者，弗能居也。

〔註83〕周楞伽校注《剪燈新話・外二種》，頁239。珪之言，雖若迂怪，然無一不驗……或者乃欲以智力勝之，多見其不知量矣。

〔註84〕《剪燈餘話》，頁133。真之才士陸仲賾，作畫芙蓉屏歌，以紀其事……人間夫婦休反目，看此芙蓉真可憐。

一句話為題外語形式。〔註85〕〈至正妓人行〉中段李禎為遺姬所寫的長詩前面幾句題外語、對於遺姬身世的感慨、宗王貴戚會面場合的題外語、對於遺姬嫁為人婦後的遭遇感慨、末尾的題外語。〔註86〕〈賈雲華還魂記〉中兩人敘舊後感情依舊的評語、七巧節後的一句題外語。〔註87〕

5. 思想

〈何思明遊酆都錄〉開頭對何思明的思想、論著表露出來。〔註88〕

6. 內心

〈長安夜行錄〉酒宴完畢後少年與妻子贈給馬期仁的詩句。〔註89〕〈聽經猿記〉中段猿遜拜師的書札內容。〔註90〕〈月夜彈琴記〉中段烏公到達祭祀節婦祠堂時內心感慨。〔註91〕〈兩川都轄院誌〉裡姜彥益為兩位好友寫的哀悼詩。〔註92〕〈秋夕訪枇杷亭記〉末尾沈韶的回憶詩作。〔註93〕〈鸞鸞傳〉中段巫媼幫助柳穎將鸞鸞贖出後，錄出仙前鸞鸞託巫媼給柳穎的曲詞內容。〔註94〕〈鳳尾草記〉末尾龍生寫的歌詞。〔註95〕〈賈雲華還魂記〉內心描摹方面，魏鵬見到娉娉後後的神態、魏鵬見過娉娉後一心只繫在美人身上的心情；〔註96〕以詩詞方式表露的方面，有魏鵬母親寫給郢國蕭夫人的書信內容、魏鵬在媼家窗紙上題詞的內容、娉娉在喝醉的魏鵬衣襟上留下的一首絕句、魏鵬醒

〔註85〕《剪燈餘話》，頁135。「蓋宣徽內嬖雖多，而三夫人者，讀秉權專寵」、「不知所終」。

〔註86〕《剪燈餘話》，頁138，138，140，140，141。「第詞華萎弱……聊以自解焉耳」、「于今淪落依草木……那知末路翻撈摭」、「齊姜宋女總尋常，惟詫奴家壓教坊」、「忍談富貴徒增感……風流千載系遐思」、「因誦斯蕘……盧陵李禎識」。

〔註87〕周楞伽校注《剪燈新話·外二種》，頁287，295。「詎意好事多乖，會難離易」、「問這番、怎如前度，一般滋味」。

〔註88〕《剪燈餘話》，頁29～30。何思明，大宋人，號爛柯樵者……其持論言近指遠，類如此。

〔註89〕《剪燈餘話》，頁6～8。其夫詩云……其妻詩曰……為傳梁鴻與孟光。

〔註90〕《剪燈餘話》，頁10～11。竊以生一拳夢幻之身……惟願慈悲，和南攝受。

〔註91〕《剪燈餘話》，頁16。穀變陵遷，悵貞魂之已遠。時殊事異，慨老屋之僅存。

〔註92〕《剪燈餘話》，頁37～38。詩曰：生死交情不敢虧，一杯重奠淚雙垂……早知白骨無埋處，惜取黃金換土丘。

〔註93〕《剪燈餘話》，頁72～73。並附於此。詩云：憶昔少年日……此生何用逢傾國。

〔註94〕《剪燈餘話》，頁80～81。其曲亦錄於此。我生之初尚無為……右四拍。

〔註95〕《剪燈餘話》，頁87～88。有草有草名鳳尾，仙人種在丹山裏……因歌鳳尾寓深衷，留與多情後人歎。

〔註96〕周楞伽校注《剪燈新話·外二種》，頁272，273。「雖西施、洛神……色動心馳」、「生睹娉娉後……而無從質問」。

後的回詩、考取功名後重回賈府在房間牆上題詩的內容、娉娉的絕命詩內容、為魏鵬的祭文內容、不具名人士的詞作內容。〔註97〕

（三）停頓手法比較

關於停頓手法的使用，在敘寫內容的篇數統計上可以明顯見著差異的存在，《剪燈新話》停頓手法大部分運用在對景致的敘寫上有 12 篇，其次是詩詞作品的轉錄上有 6 篇，巴爾札克類型的則有 6 篇，人物樣貌敘寫、人物思想者各有 1 篇，人物內心有 3 篇。

《剪燈餘話》停頓手法大部分運用在詩詞作品的轉錄上有 13 篇，其次是景致有 12 篇，巴爾札克類型的則有 11 篇，人物樣貌的敘寫上有 10 篇，人物思想性格有 1 篇，人物的心聲者有 8 篇。

可知各類型停頓手法，無論是篇章數量或者是單篇內的敘述上，《剪燈餘話》的運用情況比《剪燈新話》來得高很多，使得藝術性、小說意蘊都更深，這也是《剪燈餘話》有所突破之處。

二、省略分析與比較

（一）明確省略

1.《剪燈新話》明確省略分析

《剪燈新話》中共有 12 篇，以下皆為明確指出省略了多少時間的明確省略。

篇目	頁數	原文	省略時間
〈三山福地志〉	1729	半月之後，再登其門	0.5 個月
	1738	到家，則已半月矣	0.5 個月
〈金鳳釵記〉	1749	既而崔君遊宦遠方，凡一十五載，並無一字相聞	15 年

〔註97〕周楞伽校注《剪燈新話・外二種》同上註，頁 269～270，270，278，278～279，282～283，291～292，292～293，294～295。「郓國書詞，附錄於左……不具」、「詞曰：天下雄藩……歡喜殺裴航」、「詩曰：暮雨朝雲少定蹤……醉臥月明花影中」、「詩曰：飄飄浪跡與萍踪……深夜偷落」、「詩曰：不到仙家兩載餘……還有風流此客無」、「其詩曰：兩行清淚語前流……幾多紅粉委黃泥」、「祭文就錄於左云：維大元至正十二年月日……來舉餘觴。尚饗！」、「有賦《永遇樂》詞以慶生者，因錄於此……問這番、怎如前度，一般滋味」。

	1749	沉綿枕席，半歲而終	0.5 年
	1750	殯之兩月，而崔生至	2 個月
	1750～1751	將及半月，時值清明	0.5 個月
	1752	往來於門側小齋，凡及一月有半	1.5 個月
	1754	生處榮家，將及一年	1 年
〈滕穆醉游聚景園記〉	1810	荏苒三歲，當丁巳年之初秋	3 年
〈牡丹燈記〉	1819	一月有餘，往袞繡橋訪友	1 個月
〈申洞陽記〉	1856	而荏苒將及半載，竟絕音響	0.5 年
〈愛卿傳〉	1868	纏綿半載，因遂不起	0.5 年
	1871	將及一旬，月晦之夕	10 天
〈翠翠傳〉	1882	未及一載，張士誠兄弟起兵高郵	1 年
	1888～1889	展轉衾席，將及兩月	2 個月
〈太虛司法傳〉	1924	過三日，白晝風雨大作	3 天
〈修文舍人傳〉	1935	三年之後，友人感疾	3 年
〈鑑湖夜泛記〉	1949	後二十年，有遇之於玉笥峰者	20 年
〈綠衣人傳〉	1955	納之府第，不三年而禍作	3 年
	1955	女曰：『三年耳。』源固未之信。及期，臥病不起	3 年
〈秋香亭記〉	1960	音耗不通者十載	10 年

2. 《剪燈餘話》明確省略分析

《剪燈餘話》中共有 15 篇，以下皆為明確指出省略了多少時間的明確省略。

篇目	頁數	原文	省略時間
〈聽經猿記〉	8～9	經月餘，一匠忽思肉不可忍	1 個月
〈月夜彈琴記〉	25	越兩月	2 個月
〈何思明遊酆都錄〉	30	凡七晝夜，覺綿動，候之	7 天
	31	十日始能言	10 天
	31	又半日，方有路，始出餘袋中	0.5 天
〈兩川都轄院誌〉	36	僅二載，囊橐一空	2 年
	36	又期年，罄矣	1 年
	36	生理如意，荏苒三秋，才方返棹	3 年

	37	亦染其症，未浹旬，相繼殞歿	10 天
	38	抵家月餘，即走毗陵，省其妻子	1 個月
	39	又二年壬子，同縣徐建寅爲四川蒼溪丞	2 年
〈連理樹記〉	41	姻事竟弗諧。後三年	3 年
	47	又明年，爲至正壬寅，閩城爲盜所據	1 年
〈田洙遇薛濤聯句記〉	51	洙由是常宿美人所。逾半年，人無知者	0.5 年
	53	歸侍湯藥。如此三月餘，方愈	3 個月
	58	後二年，洙亦入學，爲生員	2 年
〈秋夕訪枇杷亭記〉	69	留宿月餘，不啻膠漆	1 個月
	71	鄉關念淺，春來秋去，四載於茲	4 年
〈鸞鸞傳〉	74	既三月，而繆生死，鸞回父母家	3 個月
〈武平靈怪錄〉	95	又半月，竟卒	0.5 個月
〈瓊奴傳〉 周楞伽本	214	不出月餘，已擇日送聘矣	1 個月
	216	又兩月得請，就命鞫問，而求屍未得	2 個月
〈幔亭遇仙錄〉 周楞伽本	223 周本	次午竟逝，七日而顏色不變	7 天
〈江廟泥神記〉	121	生愛園幽雅，寓息其間，將近期月矣	1 個月
	127	生留戀女，隻在齋房中，凡半月餘	0.5 個月
	127	不半載，以思女之故，果成重疾	0.5 年
	128	自此月餘，生疾亦愈，怪魅遂絕	1 個月
〈芙蓉屏記〉	128	將月餘，值中秋節，舟人盛設酒肴	1 個月
	129	寫染俱通，不期月間，悉究內典	1 個月
	130	歲餘，忽有人至院隨喜	1 年
	132	惟使夫人陰勸王蓄髮返初服。又半年	0.5 年
〈至正妓人行〉	140	物換星移十載強，尊嫜姐歿槁砧亡	10 年
〈賈雲華還魂記〉 周楞伽本	270	逾兩月，抵杭，僦居於北關門邊嫗家	2 個月
	276	然生自離家之後，兩月有餘，寒食初過	2 個月
	285	踽踽月餘，無聊特甚	1 個月
	290	陸路艱難，抵縣浹旬，息將垂絕	10 天
	290	又月許，將屬纊之先一日	1 個月
	294	忽暴卒；已三日，複蘇，不認其父母	3 天

（二）暗含省略

1.《剪燈新話》暗含省略分析

每篇皆有，因使用頻繁僅擇一為例。〈水宮慶會錄〉中「卜日落成，發使詣東西北三海，請其王赴慶殿之會。翌日，三神皆至。」〔註98〕，無法肯定省略多少時間，只能大致得知省略了從廣利王派遣使者，到隔天三位海神蒞臨中間的時間，此為暗含省略手法。〈三山福地志〉：「陰礪白刃，坐以待旦。雞鳴鼓絕，徑投繆君之門」〔註99〕可推知省略了夜晚磨刀後到隔天雞鳴的時間。〈華亭逢故人記〉：「若虛大驚……若虛借宿酒家，明早急回」〔註100〕可推知省略了借宿酒家後到隔天早晨的時間。〈金鳳釵記〉：「一夕，謂生日……今往投之，庶不我拒。至明夜五鼓，與女輕裝而出」〔註101〕可推知省略了在某晚崔生與興娘聊完到隔天深夜的時間。〈聯芳樓記〉：「二女於窗隙窺見之，以荔枝一雙投下……莫能至也。既而更深漏靜」〔註102〕省略了白天與二女傳情後到深夜的時間。〈令狐生冥夢錄〉：「詩成，朗吟數過。是夜，明燭獨坐」〔註103〕省略了詩作完成後到當夜遇見鬼使前的時間。〈天台訪隱錄〉：「逸沿途每五十步插一竹枝以記之。到家數日，乃具酒醴」〔註104〕省略了不確定幾天的時間。〈滕穆醉游聚景園記〉：「良久始滅。生大慟而返。翌日，具餚醴」〔註105〕省略了與衛芳華告別大哭後到隔天準備酒醴的時間。〈牡丹燈記〉：「則見一粉髑髏與生並坐於燈下，大駭。明旦，詰之」〔註106〕省略了老翁偷看鄰居家動靜大驚後至隔天早上詢問喬生的這段時間。〈渭塘奇遇記〉：「好事者多傳誦之。明歲，複往收租」〔註107〕省略了某天寫詩紀念後到隔年出發收租的時間。〈富貴發跡司志〉：「跧伏案幕之下。是夜」〔註108〕省略了禱告後在按幕下睡覺到深夜人聲至的時間。〈永州野廟記〉：「具狀焚訴。是夜，夢馱卒來追」

〔註98〕《剪燈新話句解》，頁1719。
〔註99〕《剪燈新話句解》，頁1732。
〔註100〕《剪燈新話句解》，頁1748。
〔註101〕《剪燈新話句解》，頁1752〜1754。
〔註102〕《剪燈新話句解》，頁1766。
〔註103〕《剪燈新話句解》，頁1775。
〔註104〕《剪燈新話句解》，頁1800。
〔註105〕《剪燈新話句解》，頁1812。
〔註106〕《剪燈新話句解》，頁1817。
〔註107〕《剪燈新話句解》，頁1839。
〔註108〕《剪燈新話句解》，頁1842。

〔註 109〕省略了寫訴狀後到深夜駃卒來找他的時間。〈申洞陽記〉：「若一更之後，遙望山頂，見一古廟，委身投之。至則塵埃堆積」〔註 110〕省略了一更時看見古廟動身前往至到達的這段時間。〈愛卿傳〉：「乃以繡褥裹屍，瘞於後園銀杏樹下。未幾，張氏通款」〔註 111〕省略了羅愛卿自縊後到張士誠與元朝言和的這段時間。〈翠翠傳〉：「設於門西小齋，令生處焉。翌日，謂生日」〔註 112〕省略了在將軍府安頓後至隔天與將軍相見的這段時間。〈龍堂靈會錄〉：「王急起迎之。既入」〔註 113〕省略了龍王出外迎接到三人同入的這段時間。〈太虛司法傳〉：「猶聞喧嘩之聲，靡靡不已。須臾，月墮，不辨蹊徑，失足墜一坑中」〔註 114〕省略了逃離眾鬼後方喧嘩不止至失足的這段時間。〈修文舍人傳〉：「告別而去。是夕，攜酒而往」〔註 115〕省略了白日交談告別後到夜晚約定的時間。〈鑑湖夜泛記〉：「藏之篋笥，以待博物者辨之。後遇西域賈胡，試出示焉」〔註 116〕省略了將彩錦收藏好至遇見西域商人的這段時間。〈綠衣人傳〉：「姬笑而無言。逾時，令人捧一盒」〔註 117〕省略了姬妾笑至讓人捧一盒來的這段時間。〈秋香亭記〉裡「後一歲」〔註 118〕省略了某一年伏臘相見後至采采已折花為名寫給商生兩首絕句的這段時間。

2.《剪燈餘話》暗含省略分析

每篇皆有，因使用頻繁僅擇一為例。〈長安夜行錄〉中「府僚洛陽巫馬期仁對日：『……一日可到。』二公然之。翌日遂往，期仁從焉」〔註 119〕僅可推知省略了對話結束後到隔天出發的時間，為暗含省略。〈聽經猿記〉裡「猿下著袈裟，取經石上……但心識之日：『此已解悟矣。』明日，果有峽州袁秀才來謁。」〔註 120〕可推知省略了法師見猿猴逃走而心有定論後，到隔日袁秀才

〔註 109〕《剪燈新話句解》，頁 1850。
〔註 110〕《剪燈新話句解》，頁 1856。
〔註 111〕《剪燈新話句解》，頁 1869。
〔註 112〕《剪燈新話句解》，頁 1885。
〔註 113〕《剪燈新話句解》，頁 1902。
〔註 114〕《剪燈新話句解》，頁 1920。
〔註 115〕《剪燈新話句解》，頁 1928。
〔註 116〕《剪燈新話句解》，頁 1948。
〔註 117〕《剪燈新話句解》，頁 1953。
〔註 118〕《剪燈新話句解》，頁 1958。
〔註 119〕《剪燈餘話》，頁 3。
〔註 120〕《剪燈餘話》，頁 9。

來拜訪的時間。〈月夜彈琴記〉中「作《貞鬆操》，寫之絲桐。一夕……獨坐軒中，拂琴拭徽，調弦轉軫。忽有美姬自外入」〔註121〕可推知省略了作《貞鬆操》曲後到忽有美姬夜訪之前的時間。〈何思明游酆都錄〉中「訓之曰：『……人命豈可以紙錢買？吾誰欺？欺天乎？』是夜卒」〔註122〕只可推知省略了何思明訓話完到隔夜死前的時間。〈兩川都轄院誌〉裡「複卿曰：『……豈敢相拋耶？』無何，彥益遇疾」〔註123〕可推知省略了吉復卿說完話到姜彥益生病前的時間。〈連理樹記〉裡「彼此時時凝立樓欄，相視不能發語。蓬萊一日以白練帕裹象棋子擲粹」〔註124〕可推知省略了互相凝望後到蓬萊擲裏白布的棋子給粹之前的時間。〈田洙遇薛濤聯句記〉中「美人命婢拾以還洙，洙感激。明日，詣謝」〔註125〕省略了領回俸金到隔天登門致謝前的時間。〈青城舞劍錄〉裡「君美爲之吐舌，舌久不能收。明日，大設宴，君美首席」〔註126〕省略了魏君美被眞、文二人嚇著後到隔日設宴前的時間。〈秋夕訪枇杷亭記〉中「酒罷回船，竟莫知其何故。獨韶迭宕，好事多情。翌日，往究其實」〔註127〕省略了回船後到隔日再往該地前的時間。〈鸞鸞傳〉裡「而繆生死，鸞回父母家。次年冬，穎亦喪耦」〔註128〕省略了因繆生死鸞鸞回娘家後到隔年柳穎喪妻前的時間。〈鳳尾草記〉：「惟母知其情，喻之曰：『……徒損容貌。』逾時，生至，雖主姑家」〔註129〕省略了母親對小女兒的對話後到龍生來之前的時間。〈武平靈怪錄〉裡「仲和喜曰：『若然，幸甚！』須臾，二人先入，五人繼到」〔註130〕省略了齊仲和表態後到二客人進之前的時間。〈瓊奴傳〉裡「童氏入語瓊奴，瓊奴曰：『若然，天也。』明日，召使至室中」〔註131〕省略了童氏母女對話完到隔天將徐苕郎召入室中前的時間。〈狐媚娘傳〉裡「偶出，夜歸，倦憩林下」〔註132〕省略了出外後到夜歸前的時間。〈洞天花燭記〉中「遍請附近洞

〔註121〕《剪燈餘話》，頁16。
〔註122〕《剪燈餘話》，頁30。
〔註123〕《剪燈餘話》，頁37。
〔註124〕《剪燈餘話》，頁42。
〔註125〕《剪燈餘話》，頁49。
〔註126〕《剪燈餘話》，頁63。
〔註127〕《剪燈餘話》，頁66。
〔註128〕《剪燈餘話》，頁74。
〔註129〕《剪燈餘話》，頁84。
〔註130〕《剪燈餘話》，頁89。
〔註131〕周楞伽校注《剪燈新話·外二種》，頁216。
〔註132〕《剪燈餘話》，頁14。

府群仙，壯觀禮席。至日駢集，車馬之多」〔註133〕省略了邀請眾仙到隔日駢集前的時間。〈泰山御史傳〉中「沐浴更衣，迨夜半，逝矣」〔註134〕省略了沐浴更衣後到半夜逝前的時間。〈江廟泥神記〉中「生意是鄰居女子相往還，亦不以爲怪矣。至夜將睡，忽聞窗櫺軋軋作聲」〔註135〕省略了白天見到鄰居女子後到晚上睡前的時間。〈芙蓉屏記〉：「忽有人至院隨喜，留齋而去。明日，持畫芙蓉一軸來施」〔註136〕省略了有人來尼院留齋後到隔天布施一幅畫之前的時間。〈秋迁會記〉裡「父母不聽，別議平章闊闊出之子僧家奴，儀文之盛，視昔有加。暨成婚」〔註137〕省略了許配給僧家奴到出嫁前的時間。〈至正妓人行〉中「乃起謝曰：『……庶讀之於地下。』明年春，予將還京師」〔註138〕省略了妓人感謝李禎至隔年重返京師前的時間。〈賈雲華還魂記〉裡「生奉命，翌旦戒行」〔註139〕省略了魏鵬奉母命後到隔日出發前的時間。

（三）純假設省略

1.《剪燈新話》純假設省略分析

（1）當下狀況不明，事發後補充揭露

〈三山福地志〉裡，軒轅翁看見元自實身後跟著幾十個拿著刀劍的鬼，過一會兒元自實回來身後卻有百來個戴金冠配玉的人，軒轅翁認爲元自實已死，誦完經後去造訪，發現他安然無恙，便詢問他先前發生了什麼事，元自實才述說前情。〔註140〕〈永州野廟記〉裡，首先敘述永州一處神廟，路過的人必得把供品奉上，否則暴風雨會到來並人和物都會丟失不見，這樣的情形有很多年了但卻不明實際狀況爲何，直到地方神祇被帶到天庭才知曉事故原

〔註133〕《剪燈餘話》，頁 111。

〔註134〕周楞伽校注《剪燈新話・外二種》，頁 237。

〔註135〕《剪燈餘話》，頁 121。

〔註136〕《剪燈餘話》，頁 130。

〔註137〕《剪燈餘話》，頁 136。

〔註138〕《剪燈餘話》，頁 141。

〔註139〕周楞伽校注《剪燈新話・外二種》，頁 270。

〔註140〕《剪燈新話句解》，頁 1732～1733。見自實前行，有奇形異狀之鬼數十輩從之，或握刀劍，或執椎鑿，披頭露體，勢甚凶惡。一飯之頃，則自實複回，有金冠玉珮之士百餘人隨之，或擊幢蓋，或舉旌幡，和容婉色，意甚安閑。軒轅翁巨測，謂其已死矣。誦經已罷，急往訪之，則自實固無恙。坐定，軒轅翁問曰：「今日之晨，子將奚適？……」自實不敢隱，具言：「繆君之不義，令我狼狽！今早實礪霜刃於懷，將往殺之以快意。……寧人負我，毋我負人也！遂隱忍而歸耳。」

由。〔註 141〕〈翠翠傳〉裡戰亂起，而關於翠翠的遭遇起初僅一句「女爲其部將李將軍者所擄」帶過，之後戰況結束，金生至李將軍宅邸尋妻後才道出與翠翠失散時她的年歲。〔註 142〕〈秋香亭記〉裡中間以概述方式敘述戰況，迫使兩家分離，而女方家僅一句「女家亦北徙金陵」，直到最後才由采采的簡書揭露此段故事。〔註 143〕

（2）當下無處安置，事發後直接揭露

〈三山福地志〉裡，首先在元自實第一次拜見繆君時，繆君請他入室，接著敘述跳至「啜茶而罷」，此爲事發當下無安置的情況。〔註 144〕〈金鳳釵記〉裡慶娘續興娘婚約與崔生共結連理的確切時間不明，僅言「遂涓吉續崔生之婚」〔註 145〕，此爲當下時間無法確定，事後直接揭露，爲事發當下無安置的情況。〈牡丹燈記〉裡對於已造成禍害的符女及喬生，居民與當地道觀的魏法師都束手無策，居民受魏法師指教而轉前往請求鐵冠道人幫忙除害，禍害除後居民前往四明山頂道謝而道人已離，眾人轉往詢問魏法師緣由，卻發現魏法師已變成啞巴，爲事發當下無安置的情況。〔註 146〕〈申陽洞記〉裡李生詢問申陽洞名的意義何在，鼠妖回答他那是猴妖佔據此地後所改名，並非原本舊名，爲事發當下無安置的情況。〔註 147〕

〔註 141〕《剪燈新話句解》，頁 1849～1850。過者必以牲牢獻於殿下，始克前往。如或不然，則風雨暴至，雲霧晦冥，咫尺不辨，人物行李，皆隨失之……老人拜而對曰：「某實永州野廟之神也。然而，廟爲妖蟒所據，已有年矣……今者非神使來追，亦焉得到此。」

〔註 142〕《剪燈新話句解》，頁 1882～1883。士誠兄弟起兵高郵，盡陷沿淮諸郡。女爲其部將李將軍者所擄……生曰：「仆姓劉，名金定，妹名翠翠，識字能文。當失去之時，年始十七，以歲月計之，今則二十有四矣。」

〔註 143〕《剪燈新話句解》，頁 1960～1962。適高郵張氏兵起，三吳擾亂。生父挈家南歸臨安，展轉會稽、四明以避亂。女家亦北徙金陵。音耗不通者十載……約其明日再來敘話。蒼頭如命而往，女剪烏絲欄，修簡遺生曰：伏承來使，具述前因。天不成全，事多間阻。蓋自前朝失政，列郡受兵。大傷小亡，弱肉強食，薦遭禍亂，十載於此。偶獲生存，一身非故，東西奔竄，左右逃逋。祖母辭堂，先君捐館。避終風之狂暴，慮行露之沾濡。欲終守前盟，則鱗鴻永絕；欲徑行小諒，則溝瀆莫知。不幸委身從人，延命度日。

〔註 144〕《剪燈新話句解》，頁 1728。即延之入室，待以賓主之禮。良久，啜茶而罷。

〔註 145〕《剪燈新話句解》，頁 1759。問其前事，並不知之，殆如夢覺。遂涓吉續崔生之婚。

〔註 146〕《剪燈新話句解》，頁 1828。明日，眾往謝之，不復可見，止有草庵存焉。急往玄妙觀訪魏法師而審之，則病喑不能言矣。

〔註 147〕《剪燈新話句解》，頁 1862。生曰：「洞名申陽，其義安在？」曰：「猴乃申

2.《剪燈餘話》純假設省略分析

（1）當下狀況不明，事發後補充揭露

〈聽經猿記〉中禪師在將要火葬前撫摸袁遜的頭並說：兩百年後包你受用，此則是當下未說明白，事後才倒敘透露的純假設省略手法。〔註148〕〈**何思明游酆都錄**〉何思明一向不信鬼神，死後七天復活後，態度大為逆轉，並召來弟子說明自己以往有偏見，後才倒敘過去七天的經歷。〔註149〕〈**田洙遇薛濤聯句記**〉裡女子自稱為成都故族，為文孝坊薛氏女兒，嫁給平家幼子康，而丈夫早逝；故事當下並沒有說明白，而在篇末才真相大白指的是平康巷、教坊，女子是薛濤。〔註150〕〈**武平靈怪錄**〉裡有兩處純假設省略，其一是僧人對齊仲和說「山僧初有幻體，君及見之，今已忘之耶？」故事當下沒有說明白，只能臆測，事後才揭露為泥像精怪，其二為皮以禮回應清風先生的話「客雖未耄，然早晚當與上官公同載矣，抑又何傷？」，此句話當下意思不明，事後才接露遲早往生成為同伴之意的真相。〔註151〕〈**泰山御史傳**〉。秦軫請教宋珪關於自己的未來之事，宋珪只給他幾句摸不著頭緒的話語，意思不明，事後才慢慢應驗揭露。〔註152〕〈**芙蓉屏記**〉裡高公對崔英說「待與足下作媒

屬，故假之以美名，非吾土之舊號也。」

〔註148〕《剪燈餘話》，頁15。舉火荼毗之際，師親摩其頂曰：『二百年後，還汝受用』。至宋南渡末，有民家婦，懷妊將產，夢猿入室，而誕一男，貌與猿肖。及長，不樂婚娶，堅求出家，父母從之，送入龍濟為僧，名宗鼇……後人以鼇生時計之，正協修公所記，亦神矣哉。

〔註149〕《剪燈餘話》，頁31～36。十日始能言，乃召弟子告曰：「二教之大，鬼神之著，其至矣乎！曩吾僻見，過毀老、釋，今致削官減祿，幾不能生，小子識之。」門人請其詳思明曰：「子不語怪，固然。亦不可不使汝曹知果報之不虛也……至二更，行至家。正見身臥地上，燈照頭邊，妻子門人，悲啼痛哭。黃巾猛一推餘，不覺跌入屍內，恍然而寤矣。」

〔註150〕《剪燈餘話》，頁49，58。「此為平姓，成都故族也。妾文孝坊薛氏女，嫁平幼子康，不幸早卒，妾獨孀居」、「且所謂嫁平幼子康者，乃平康巷也。文孝坊者，城中亦無此額；而文與孝合為教字，謂教坊也。教坊，唐妓女所居，濤為蜀樂妓，故居教坊也。非濤而誰哉」。

〔註151〕《剪燈餘話》，頁89，95。並告以：「項氏遭禍，墳庵圮毀，其家寄一壽木於彼，近亦被人劈而為薪，止餘蓋在……仲和默然，惝怳特甚，即日回家，果得重病，因憶「早晚與上官公同載」之言，料必不起，遂卻醫藥。

〔註152〕周楞伽校注《剪燈新話・外二種》，頁238。軫告之曰：「某忝冒士流，叨竊祿食。茲者罷職回鄉，竟不知前程之事果必如何，今幸遇公，願乞指示。」……軫固問之，乃援筆寫八句雲：「逢僧祿進，遇安祿槁，火馬行遲，金雞叫早，門心掘井，花首去草，左陰右陽，後釋前老」。竟莫曉其所說，遂收置囊間。

娶而後去，非晚也。」，崔英婉拒了，此時高公亦沒有將此話說明白，讀者也只能臆測，直到餞行宴上又說「老夫今日為崔縣尉了今生緣」後才帶出崔英妻王氏，並解釋一切。〔註153〕

（2）當下無處安置，事發後直接揭露

〈長安夜行錄〉中段馬期仁欲借宿人家的主人出來與他作揖問勞，後直接跳至敘述喝完茶後領他入中堂的情景，喝茶一事為事發當下無安置的情況。〔註154〕〈聽經猿記〉中段禪師為袁遜舉行火葬，此事件本身處於無安置的情況。〔註155〕〈洞天花燭記〉中華陽丈人向文信美敘禮完坐在堂前，接著敘述跳至喝完茶，撤去茶杯，換上珍饌的場面，喝茶一事為事發當下無安置的情況。〔註156〕〈江廟泥神記〉裡敘述完回到家時婚期已逼近，下一句隨即「燕爾既畢」，為事發當下無處安置的情況。〔註157〕

（四）省略手法比較

關於省略，《剪燈新話》中明確省略的時間主詞，以「年」為單位居多，共有 10 篇十二處，「月」者有 4 篇七處，「天」者有 2 篇二處；《剪燈餘話》中省略的時間主詞以「月」為單位居多，共有 11 篇十八處，「年」者有 7 篇十三處，「天」者有 4 篇五處。二書二人對於明確省略時間的敘寫方式差異不小，暗含省略手法則是沒太大的差異，每篇皆有出現且為數不少，可知瞿祐與李昌祺兩個人都習慣以暗含省略為省略手法的為加快故事節奏的敘寫方式之一；而明確省略與純假設省略手法則只佔總篇章的半數左右，但這與手法本身之於情節的限制有關係，並不可因此而廢之不言。純假設省略方面篇數接近，內容敘寫上僅有些微差異：《剪燈新話》是多以敘述事發當下狀況不明先，後才以補充方式揭露者多，有 4 篇；另一種敘寫方式為事發當下的內容無處安置，直接敘述事後揭露的部分，有 4 篇；而《剪燈餘話》中事發當下狀況不明，後才以補充方式揭露者 6 篇，內容無處安置者 4 篇。從比重來看，雖

〔註153〕《剪燈餘話》，頁132。公備道其始末，且出芙蓉屏示客，方知公所雲「了今生緣」，乃英妻詞中句，而慧圓則英妻改字也。

〔註154〕《剪燈餘話》，頁4。主人出，乃一少年，韋布儒然，狀貌溫粹。揖客與語，言辭簡當，問勞而已。茶罷，延入中堂。

〔註155〕《剪燈餘話》，頁15。僧乃群聚細觀，則一猿也。師始為說前事，眾皆嗟異！舉火茶毗之際。

〔註156〕《剪燈餘話》，頁 109。原文為：且致辭云：「僭越奉邀，曲承枉顧，幸勿以率率見罪也。」與之抗禮，並坐於堂。茶罷，出杯，珍饌羅列。

〔註157〕《剪燈餘話》，頁125。

《剪燈新話》整體運用的篇章數量較少，但兩種手法卻較均衡運用，可知瞿佑不是偶一為之；而《剪燈餘話》則是對補充敘述揭露的敘寫方式運用得較頻繁些，純假設省略手法在整體上也近乎半數，可知李昌祺對於小說藝術技巧方面亦是有意經營。那麼，在《剪燈新話》中，純假設省略事後補充的部分大多以被詢問、書信的方式被透露出來，而《剪燈餘話》卻是多先以打啞謎的方式或多或少給予暗示，而後才予以揭露驗證，有別於瞿佑《剪燈新話》的嚴肅態度與隱藏原始事件，李昌祺用一種比較詼諧的筆法來對當下狀況不明的嚴肅事件賦予一個較為輕鬆雋永的新情緒，這是在《剪燈新話》所未見的，也是李昌祺的《剪燈餘話》獨特的地方。

第三節　時距、變異與節奏關係

一、詩詞嵌入與流暢程度

　　從實際內容來看，瞿佑的《剪燈新話》敘述用字較精鍊，對事件發生的周遭環境及對於事件本身描摹成分較多，人物的對話相對較少，多為關鍵時刻才以對話或詩詞形式呈現，因此故事情節較為緊實、篇幅也較小些；李昌祺的《剪燈餘話》裡長幅詩詞的比重增加了，一方面增加了傳聞的可信度，但也較容易造成故事延展的阻塞，而人物間的對話有增加的趨勢，使得故事篇幅變長、也使角色人物情緒更為深刻。

　　需留意的一點是，由於詩詞嵌入在《剪燈新話》、《剪燈餘話》中的程度並不低，而最容易影響小說阻塞與否的關鍵在於嵌入詩詞的方式是否得當。其在時距中除了省略本質上的不可行外，詩詞在場景、停頓中多有駐足，而概要的情形則較少見，其功能為取經典詩詞之意義來概括一個觀念，在此不細論，僅以＊標記於篇名後，以下為詩詞與時距關係的統計表。

《剪燈新話》	停頓	場景	《剪燈餘話》	停頓	場景
〈水宮慶會錄〉	●	●	〈長安夜行錄〉	●	
〈三山福地志〉			〈聽經猿記〉	●	●
〈華亭逢故人記〉	●	●	〈月夜彈琴記〉	●	●
〈金鳳釵記〉			〈何思明遊酆都錄〉	●	
〈聯芳樓記〉	●	●	〈兩川都轄院誌〉	●	

〈令狐生冥夢錄〉		●	〈連理樹記〉	●	●
〈天台訪隱錄〉＊		●	〈田洙遇薛濤聯句記〉		●
〈滕穆醉游聚景園記〉	●	●	〈青城舞劍錄〉	●	
〈牡丹燈記〉			〈秋夕訪枇杷亭記〉	●	●
〈渭塘奇遇記〉	●		〈鶯鶯傳〉	●	
〈富貴發跡司志〉			〈鳳尾草記〉	●	
〈永州野廟記〉			〈武平靈怪錄〉		●
〈申陽洞記〉			〈瓊奴傳〉	●	
〈愛卿傳〉	●	●	〈幔亭遇仙錄〉		●
〈翠翠傳〉	●		〈胡媚娘傳〉		
〈龍堂靈會錄〉		●	〈洞天花燭記〉＊	●	●
〈太虛司法傳〉			〈泰山御史傳〉		
〈修文舍人傳〉		●	〈江廟泥神記〉	●	●
〈鑑湖夜泛記〉＊		●	〈芙蓉屏記〉		●
〈綠衣人傳〉	●		〈秋迁會記〉	●	●
〈秋香亭記〉	●	●	〈至正妓人行〉	●	
計	9	12	〈賈雲華還魂記〉	●	●
			計	16	15

《剪燈新話》中共有 14 篇故事有詩詞的嵌入，其中作為肩負有連絡人物情感與推動故事之功能的場景者有 12 篇；而詩詞以停頓手法呈現的部分，具有人物內心情感抒發功能者有 3 篇，諷刺功能者有 1 篇，純作品轉錄者有 5 篇。上表中詩詞嵌入同時有停頓、場景手法者，有 7 篇，詩詞在故事中所佔據的篇幅稍大，但並不阻礙故事進行，總篇數僅佔《剪燈新話》的三分之一，整體來說比重亦不大。《剪燈餘話》中共有 20 篇故事有詩詞的嵌入，其中作為肩負有連絡人物情感與推動故事之功能的場景者有 16 篇；而詩詞以停頓手法呈現，具有人物內心情感抒發功能者有 8 篇，純作品轉錄者有 13 篇。《剪燈餘話》詩詞出現在故事中的頻率十分高，也因此有故事情節的連繫程度較低的情形出現，如長篇幅的停頓、場景手法都較多。長篇幅停頓手法如〈月夜彈琴記〉碧桃所提之長詩僅是主母成仙後贈與她的安慰之作、〈至正妓人行〉

中李昌祺替遺姬所寫得長詩；在場景部分則如〈田洙遇薛濤聯句記〉兩人聯句過程的場景，不若《剪燈新話》所出現的詩詞停頓與場景表現皆有其點題之意涵。整體而言詩詞的嵌入對《剪燈新話》的流暢度是沒有影響的，甚至有意涵上的提攜作用；而《剪燈餘話》的流暢度稍差些。

二、靜態的概要與動態的停頓

標題的前者為楊義所提出的敘事原始中的「凝止」情形，後者則是熱奈特所稱的「描寫停頓」。敘事原始的「原始」意味著不僅是帶整體性和超越性的敘事時間的開始，而更是時間的整體性、超越性所帶來的文化意蘊的原本，敘事原始就是這樣一個特別的文學作品開頭的情況。〔註158〕由前述可知，相對於場景手法等速敘寫的動態，概要是敘事時間小於故事時間的，理應為更高速的動態，但卻出現了一種變異的效果──凝止，這種效果擺在故事的開頭即為敘事原始，它涵蓋著很大的時間思維世界，大致可分為歷史性思維以及神化性思為兩種類型，無論是《剪燈新話》、《剪燈餘話》都有這種相對靜態概要的情況出現。以下從概要手法中，敘述歷史情節的部分來析論這種靜態的概要手法。

《剪燈新話》				《剪燈餘話》			
篇目	首	中	尾	篇目	首	中	尾
〈三山福地志〉			●	〈長安夜行錄〉	●		
〈華亭逢故人記〉	●	●		〈連理樹記〉		●	●
〈牡丹燈記〉		●		〈田洙遇薛濤聯句記〉	●	●	
〈富貴發跡司志〉			●	〈青城舞劍錄〉	●	●	●
〈愛卿傳〉		●		〈武平靈怪錄〉	●		
〈翠翠傳〉		●		〈泰山御史傳〉			●
〈龍堂靈會錄〉	●			〈賈雲華還魂記〉	●		
〈秋香亭記〉		●		計	5	2	4
計	3	4	2				

〔註158〕《楊義文存：中國敘事學》，頁 130。敘事原始：是中國敘事文學一個獨特存在的形式，它是在時間整體性觀念和超越時空的視野中的文化隱義，特別的開頭的情況。

　　在《剪燈新話》這種靜態歷史思維的概要手法多發生在故事的中段，並以一篇一次為趨勢；而在《剪燈餘話》中則是在故事的首、尾有較多地發展，並且在一篇中出現多次的情形也增加了。而內容方面，在「歷史情節」上的歧異較大。《剪燈新話》中：〈三山福地志〉、〈華亭逢故人記〉、〈富貴發跡司志〉、〈愛卿傳〉、〈翠翠傳〉、〈秋香亭記〉是與元朝的張士誠為首的戰事有關，〔註159〕而〈牡丹燈記〉、〈龍堂靈會錄〉是與地方風俗有關；《剪燈餘話》中：〈長安夜行錄〉、〈田洙遇薛濤聯句記〉、〈青城舞劍錄〉、〈賈雲華還魂記〉與真實人物經歷有關，〈連理樹記〉與元朝至正二十二年戰事有關，〈青城舞劍錄〉與至正十五年徐壽輝為主的戰事有關，〈武平靈怪錄〉與至正十二年紅巾軍戰事有關，〈泰山御史傳〉與明朝平定戰事有關。

　　可知《剪燈新話》對於戰事擾民之情十分關注，並以故事呈現百姓被驚擾的生活，其他二篇亦是關注在百姓生活風俗上。《剪燈餘話》可以明顯看出對於《剪燈新話》的仿效，但關注焦點上就與瞿佑截然不同了，李昌祺較為著重文人前途的部分。這種「凝止」的情形讓情節不再那麼得緊張，原本高速時距反而有了舒緩得效果，使得核心故事也更為明確了，意即情節雖然暫時凝止，但故事發展則更為緊湊。

　　而在動態的停頓方面，故事時間的靜止不動，但敘述者仍繼續進行環境敘述，其目光不曾停止，所形成的是一個視線不斷地流轉的動態的停頓形式。這個描寫停頓的情況是發生在景致上，在景致描寫方面《剪燈新話》、《剪燈餘話》中各有 12 篇。另外有部分的人物描寫也有這種效果，也由於目光的流轉可以停留在景物間、或在人物與景物間輪流掃視，但這在二書中實屬少數。《剪燈新話》與《剪燈餘話》的動態目光在化為文字時，為單一獨立小段的敘述方式上並無太大的差異；而篇幅較長，並有與其他時距手法呈現相間的敘述方式上，則是在《剪燈新話》中有較多地嘗試。這也使得故事的步調更為舒緩，呈現一種類似慢動作的情調，這是《剪燈新話》較為突出的地方。在普魯斯特場景舒緩同時，也會使得與時間省略的區隔更加明顯，也是造成《剪燈新話》情節與情節間更緊湊的一環原因。

　　以下將依景致描寫的篇章為主，進行單一停留或相間的敘事方式的情況表列，而若有與人物形貌描寫相間者，則在篇目上標記。

〔註159〕但故事中對於此戰事的時間紛亂從至正十一年至十七年都有。可認為是當時年年戰亂，而瞿佑將當時所有大小不同的戰事皆用「張士誠」代之。

《剪燈新話》			《剪燈餘話》		
篇目	單一	相間	篇目	單一	相間
〈華亭逢故人記〉	●		〈長安夜行錄〉	●	
〈令狐生冥夢錄〉	●		〈月夜彈琴記〉	●	
〈滕穆醉游聚景園記〉		●	〈何思明遊酆都錄〉	●	
〈牡丹燈記〉	●		〈青城舞劍錄〉	●	
〈渭塘奇遇記〉		●	〈秋夕訪枇杷亭記〉	●	
〈永州野廟記〉	●		〈武平靈怪錄〉＊		●
〈申陽洞記〉		●	〈幔亭遇仙錄〉		●
〈愛卿傳〉	●		〈洞天花燭記〉	●	
〈翠翠傳〉	●		〈江廟泥神記〉	●	
〈龍堂靈會錄〉	●		〈秋迁會記〉	●	
〈鑑湖夜泛記〉		●	〈至正妓人行〉	●	
〈秋香亭記〉	●		〈賈雲華還魂記〉	●	
計	8	4	計	10	2

三、時距與節奏關係

停頓、概要、場景、省略為構成故事的主要元素，其任意鑲嵌成為的大場面被稱為普魯斯特場景，而依其鑲嵌方式便形成了各種的故事節奏。又以時距手法應用的比重來看，《剪燈新話》、《剪燈餘話》各種手法運用的次數十分相似，且各手法之運用篇數都偏高。在場景、概要、暗含省略的部分都是每篇具備的；停頓手法方的使用率上極高，分別佔了整本故事集的八、九成；明確省略手法其次，為五、六成，而純假設省略手法則皆在三成左右。

由前述兩節的分析可知《剪燈新話》平均而言每則故事的篇幅較短，整體的普魯斯特場景組數偏少，但在單一普魯斯特場景裡則不然；雖擁有十種以上手法者《剪燈新話》是明顯少於《剪燈餘話》的，這是受於故事整體篇幅所限。因此由普魯斯特場景的結構來看，《剪燈新話》較《剪燈餘話》緊實，場景變換的節奏相對是較快。

再者，從時間省略來看，《剪燈新話》作者瞿祐較慣以「年」做為時間單位做情節的區隔，其中又以三年為最，出現頻率最高：有 5 次；其次是半年者有 3 處，與超長時間間隔：十到二十年者，有 3 處；而以「月」為單位者

多以半個月計，有 4 處。《剪燈餘話》作者李昌祺則是慣以「月」爲單位敘寫，其中以一個月爲最，出現頻率最高：有 10 次；其次爲二個月，有 4 處；而以「年」爲單位者則是半年、二年較多，各有 3 處，超長時間者只有 1 篇，時間間隔爲十年。可見《剪燈餘話》的故事篇幅較長，整篇故事的普魯斯特場景數量與單一普魯斯特場景內省略手法運用的頻繁度都較高，時間的跨福也比較小，使得故事節奏也更爲舒緩；《剪燈新話》中平均各篇的故事篇幅較短，普魯斯特場景變換較少，而故事所跨度的時間卻長許多，其節奏是相對較快的。

第四章　敘事話語分析

前言

　　敘事話語即敘述者講故事的方式，本章主要討論敘事頻率、敘述聲音二大類。前者可以討論至敘述力道的消長情形，後者可深入討論至敘述者干預情形，以下依序詳細說明。

一、頻率

　　敘事頻率和文本的重複敘述密切相關，這觀點是由熱奈特首先提出的。他認爲有別於過去常使用場景與概要交替的敘事手法，西方現代小說漸漸以另一種形式：反複與單一的交替來構成小說的節奏；[註1] 即是以一個事件在故事中出現的次數，與該事件在文本之中被敘述的次數之間的關係進行審視，也就是以「重複」[註2] 與否作爲觀察。熱奈特將頻率分爲四種關係[註3]：

> （一）講述一次發生過一次的事（1R／1H），爲單一敘事。
> （二）講述過 n 次發生過 n 次的事（nR／nH），爲單一敘事。
> （三）講述過 n 次發生過一次的事（nR／1H），爲重複敘事。
> （四）講述過一次發生過 n 次的事（1R／nH），反複敘事。

〔註1〕熱拉爾‧熱奈特《敘事話語‧新敘事話語》，頁95。
〔註2〕熱拉爾‧熱奈特《敘事話語‧新敘事話語》，頁73。此處指的是事件的重複敘述，而這個重複不見得是完全一樣，爲「對相似物件情況的再敘述」，或者「同一事件的再敘述」。
〔註3〕熱拉爾‧熱奈特《敘事話語‧新敘事話語》，頁73〜78。

　　第一、二類，單一敘事是最常見的寫作形式，它的敘述的特殊性與被敘述事件的特殊性相對應，熱奈特將它起名爲「單一敘事」，或稱爲「單一場面」、「單數場面」、「單數的」；這種單一性的特徵不是雙方出現的次數，而是次數的相等，更深切地說就是對於敘事與故事間的頻率來看，它的重複類型是單一的。在〈秋香亭記〉的中段有著多次魚雁往來的片段：I7 的「女以折花爲名，以碧瑤箋書絕句二首，令侍婢秀香持以授生，囑生繼和」、J8「生感歎再三，未及酬和。」、Q14 的「恨其負約，不復致書」與「女怪其無書，具述生意以告」、R7「女剪烏絲欄，修簡遺生」、U16「生得書，雖無複致望，猶和其韻以自遣」，爲講述過 n 次發生過 n 次的事的<u>單一敘事</u>手法。

　　第三類重複敘事，與時間倒錯的預告與回想關係較深厚，這類型陳述的複現不與任何事件的複現相對應。在小說中採用重複敘事一般是爲了取得某種效果，這手法在中國小說中也十分常見，在一再重複故事內所發生的事件，而這種重複敘事有時在敘事者、聚焦者、主題、文體等方面會有微妙的變化。〔註4〕在〈秋香亭記〉故事中在開頭即用了重複敘事的方式：

　　　　至正間，有商生者，隨父宦游姑蘇，僑居烏鵲橋，其鄰則弘農楊氏第也。（A2）楊氏乃延祐大詩人浦城公之裔。浦城娶於商，其孫女名采采，與生中表兄妹也。浦城已歿，商氏尚存。（B1）生少年，氣稟清淑，性質溫粹，與采采俱在童卯。（C3）商氏，即生之祖姑也。（D1）〔註5〕

故事以商生隨父遊居烏鵲橋爲第一敘事展開，提及鄰居楊氏後接著 B1 開始倒敘兩家淵源，C3 又回到第一敘事說明商生性格，D1「商氏，即生之祖姑也。」則重複敘述了商家與楊家的親戚關係，此爲講述過 n 次發生過一次的事的<u>重複敘事</u>。另外，在采采所修給商生的簡書內容中：

　　　　伏承來使，具述前因。天不成全，事多間阻。蓋自前朝失政，
　　列郡受兵，（R7）大傷小亡，弱肉強食，薦遭禍亂，十載於此。〔註6〕

重複提到了當年 L9、M12 的戰亂，此爲講述過 n 次發生過一次的事的<u>重複敘事</u>手法，而在此簡書中，文末敘寫著采采的心聲，文句內容結束，最後的附詩又再一次刻寫著采采的內心痛苦的情感，以及商生得書後自己於下和了一

〔註4〕羅鋼《敘事學導論》，頁155。
〔註5〕詳見本章末，附錄一。
〔註6〕詳見本章末，附錄一。

首，都是講述過 n 次發生過一次的事的<u>重複敘事</u>。

最後第四類，反複敘事。如「數歲，遇中秋月夕，家人會飲沾醉」、「每歲節伏臘，僅以兄妹禮見於中堂而已」兩者皆是以一次敘述從整體上承受同一事件的好幾次出現，也可以說是從相同點考慮好幾個事件，因此稱此爲講述一次發生過 n 次的事的<u>反複敘事</u>。

除此之外，也需要留意的是「單數場景內部的反複性段落」，手法較爲複雜的小說中，同一個場景可以包含著兩種類型的集敘，當反複段覆蓋的時間場大過所插入的場景的時間場時，則稱爲「推廣重複」或「外重複」，它以反複方式處理場景的時距，用組成這場景的事件的某種聚合排列進行綜合；另外還有一種少見的類型：稱爲「內重複」或「綜合重複」，它涉及的不是更大的外時距，而是場景本身的時距。〔註7〕但這又與此處頻率的重複又不太一樣，這兩類熱奈特將它稱爲假反複，認爲這是文學作品在敘述上的一種破格的情況。

透過頻率的分析，可從這些重複的事件更進一步擷取出故事中一個個的故事橫截面以進行更深入探討，由其所形成類似戲劇中「幕」或某種節奏的效果〔註8〕，來比對出故事敘述力道的消長情形，並與人物期望、失落情形進行更深入探討與比較。

二、敘述聲音

敘事文本中的聲音，自是來自敘述者。敘述者藉由小說中人物的交談與內心話等的展示，將自己藏起來，這即是布魯克斯所言的：「希望讀者忘了作者的存在，讓故事似由自己在講述。」〔註9〕，亦如布斯的：「作者可以在一定程度上選擇他的僞裝，但是他永遠不能選擇消失不見。」〔註10〕，用這種方式可以使他成爲一個來自「內隱的敘述者」的聲音，在大部分的時刻也是比較接近眞實作者的一個聲音。是「外顯的敘述者」的聲音，這在中國小說中十分常見，是透過敘事文本中敘述者本身的講述或評論所成。但有時候兩種聲音產生了矛盾與衝突，作爲眞實作者與敘述者間不同調的雙聲效果，是

〔註7〕熱拉爾・熱奈特《敘事話語・新敘事話語》，頁77～78。
〔註8〕譚君強《敘事學導論》，頁150。
〔註9〕轉引自李建軍《小說修辭研究》（北京：中國人民大學出版社，2003年），頁155。
〔註10〕W・C・布斯《小說修辭學》華明等人譯（北京：北京大學出版社，1989年），頁32。

十分值得討論的部份。

三、引語模式〔註11〕

引語模式是探討敘述者與人物語言間的關係，可分為四種模式：直接引語、自由直接引語、間接引語、自由間接引語。以下為四種模式簡表〔註12〕：

直接引語	自由直接引語	間接引語	自由間接引語
第一人稱敘事，表人物對話和獨白。	第一人稱敘事，表人物對話和獨白。	第三人稱敘事，明確報告人物語言和內心活動。	第三人稱敘事，模仿人物語言和內心活動。
有引導詞、引號	×	有引導詞	×

直接引語較容易再現人物對話與心理實況，間接引語則往往暗含了敘述者的聲音，〔註13〕而自由間接引語是更進一步意在模糊敘述者與人物話語的界線〔註14〕。透過人物與敘述者的衝突，呈現雙聲效果。

四、敘述者干預

敘述者干預即胡亞敏所謂的非敘事性話語的動作型態，指的是敘述者透過各種方式對故事的理解和評價，胡亞敏將之稱為評論。查特曼將敘述者干預分為兩種：對故事的干預、對話語的干預。〔註15〕

（一）對故事的干預

查特曼用解釋、判斷、概括三方面來論述對故事的干預。解釋指的是故事成份的要旨、關聯、意義成份的公開闡述，判斷是道德或其他價值看法，概括則是從小說世界深入到真實世界做為參照，包了歷史事實與普遍的真實〔註16〕。

〔註11〕 詳見徐志平〈短篇小說的特質及其敘事分析——以話本小說〈等不得重新羞墓 窮不了連掇巍科〉為例〉2-1-3-3。此處的「引語模式」為徐志平對胡亞敏「話語模式」（《敘事學》頁90）的轉用，僅討論敘述者如何引用人物語言的問題。

〔註12〕 胡亞敏《敘事學》，頁90。

〔註13〕 詳見徐志平〈短篇小說的特質及其敘事分析——以話本小說〈等不得重新羞墓 窮不了連掇巍科〉為例〉2-1-3-3。

〔註14〕 胡亞敏《敘事學》，頁102。

〔註15〕 譚君強《敘事學導論》，頁73～77。

〔註16〕 譚君強《敘事學導論》，頁79～80。普遍真實是一種人所共知的真實，一般而言是指千百年流傳下的特定人物、事件意義。

（二）對話語的干預

包含了指涉結構的干預、註腳的干預、評論性的干預。

而胡亞敏又將對故事的干預以及對話語干預中的評論性干預，綜合歸納為三大類：公開的評論、隱蔽的評論、含混的評論。〔註17〕

（一）公開的評論包含了解釋、議論二種。

（二）隱蔽的評論包含了戲劇性評論、修辭性評論二種。戲劇性評論是由人物的口中或場面透露出見解，修辭性評論則是運用藝術技巧加以暗示，如象徵、對比的方式呈現。

（三）含混的評論則介於兩者間，其特徵爲敘述語言的歧義性與意義的多重性。可說是公開評論的話中有話，也可說是隱蔽評論的言外之意，其主要形式爲反諷。

很多情況下，敘述者對人物與事件作出評價性評論是試圖使隱含作者接受其所作的判斷與評價，按照它所給定的意義去對事件和人物加以理解，使隱含作者與敘述接受者在價值判斷上保持一致，往往是以一種反諷的方式呈現。〔註18〕這也是敘事者干預與雙聲效果所擦出的火花。

第一節　敘事頻率

一、頻率的統計與比較

1.《剪燈新話》統計分析

敘事頻率	單一敘事		重複敘事	反複敘事	外重複／推廣重複	內重複／綜合重複
	1R／1H	nR／nH	nR／1H	1R／nR		
〈水宮慶會錄〉		●				
〈三山福地志〉		●	●	●		
〈華亭逢故人記〉	●					
〈金鳳釵記〉		●	●	●		
〈聯芳樓記〉		●		●		
〈令狐生冥夢錄〉		●	●			

〔註17〕胡亞敏《敘事學》，頁104～117。
〔註18〕譚君強《敘事學導論》，頁77。

〈天台訪隱錄〉		●				
〈滕穆醉游聚景園記〉	●			●		
〈牡丹燈記〉	●			●		
〈渭塘奇遇記〉	●		●	●		
〈富貴發跡司志〉		●				
〈永州野廟記〉	●		●			
〈申陽洞記〉	●					
〈愛卿傳〉	●		●			
〈翠翠傳〉	●		●	●		
〈龍堂靈會錄〉		●			●	
〈太虛司法傳〉	●			●		
〈修文舍人傳〉	●					
〈鑑湖夜泛記〉		●		●	●	
〈綠衣人傳〉		●	●	●	●	
〈秋香亭記〉		●	●	●		
計	10	11	9	12	3	0

　　以下就重複敘事進行細論。《剪燈新話》中有重複敘事手法者10篇。〈三山福地志〉中對於元自實求助有五見三盼〔註19〕的重複敘事情景，爲純粹順敘故事的 nR／1 重複敘事。〈金鳳釵記〉文中有兩次重複敘事：先爲慶娘怕父母責難而對興哥提議私奔之詞，在兩人投奔金榮時興哥「具告以故」；後爲將及一年，慶娘以感父母之恩重大又再次提議回家，興哥在岳父前告白一切並

〔註19〕《剪燈新話句解》，頁 1728～1732。原文爲：（一見）適値繆君之出，拜於馬首。…良久，啜茶而罷。（二見）明日，再往。酒果三杯而已，落落無顧念之意，亦不言銀兩之事。自實還家，旅寓荒涼，妻孥怨詈…（三見）又明日，再往訪焉。則似已厭之矣。…自實唯唯而出。怪其言辭矯妄，負德若此。…（四見）半月之後，再登其門，惟以溫言接之，終無一錢之惠。…（五見）時值季冬，已迫新歲。自實窮居無聊，詣繆君之居，拜且泣曰…君可於家專待。吾分祿米二石及銀二錠，令人馳送於宅…自實感謝而退。…（一盼）至日，舉家懸望…急出俟焉，則越其廬而不顧。自實猶謂來人不識其家，趨往問之…默然而返。（二盼）頃之…急出迓焉，則過其門而不入。再往扣之…憮然而慚。（三盼）如是者凡數度。至晚，竟絕影響。…妻子相向而哭。自實不勝其憤，陰礪白刃，坐以待旦。

再次敘說不敢忘父母恩。〔註20〕此兩處場景亦爲重複敘事。〈令狐生冥夢錄〉中重複敘事的部分爲令狐生所寫的諷刺詩，再一次的敘述了烏老賄賂死而復生的緣由，爲單純的重複敘事。〈渭塘奇遇記〉中王生將夢中所見與女子的相處點滴寫成一首詩，詩的內容爲二度敘寫這幽會之事，爲重複敘事。〈永州野廟記〉中主要事件爲畢應詳經過神廟被精怪追趕，逃脫後他寫狀子向神明投訴，神將將他帶到神殿裡應訊，敘述前情；後又被請至地府應訊，二次敘述前情，爲重複敘事。〈愛卿傳〉中愛卿在嫁進趙家後即「婦道甚修，家法甚飭」，隨後趙公子赴外求功名，太夫人病危時對她表示感謝孝心，爲第一次重複敘事；其後趙公子會家，舊僕告訴他妻母亡故，又再次敘說愛卿所作的一切，爲二次重複敘事。〈翠翠傳〉中以詩傳情，在開始金定與翠翠在學時就互贈詩句表露心意，翠翠成年父母要爲她擇婿時她表明了非金定不嫁，又婚禮當晚兩人贈詩表此心意，翠翠被擄又一次透過暗藏詩句「生不相從死亦從」以傳達此心意，此爲重複敘事。〈綠衣人傳〉中女子言三年期精氣消散，隨後三年至女子臥病又再次提起此事，爲重複敘事。〈秋香亭記〉采采嫁人後給商生的書信內容，又再次提及先前戰亂十年情景，爲重複敘事。

2.《剪燈餘話》統計分析

敘事頻率	單一敘事		重複敘事	反複敘事	外重複／推廣重複	內重複／綜合重複
	1R／1H	nR／nH	nR／1H	1R／nH		
〈長安夜行錄〉		●		●		
〈聽經猿記〉	●		●	●		
〈月夜彈琴記〉		●			●	
〈何思明遊酆都錄〉		●	●			
〈兩川都轄院誌〉		●	●			
〈連理樹記〉	●					
〈田洙遇薛濤聯句記〉	●		●	●		
〈青城舞劍錄〉		●				

〔註20〕《剪燈新話句解》，頁1752～1754。原文其一爲：謂生曰：「…莫若先事而發，懷璧而逃…」…生具告以故。其二爲：將及一年。女告生曰：「始也懼父母之責…況父母生我，恩莫大焉，豈有終絕之理？盍往見之乎？」…生乃作而言曰：「…犯私通之律。不告而娶…恩敢忘乎父母！今則謹攜令愛，同此歸寧…」

〈秋夕訪枇杷亭記〉	●			●		
〈鶯鶯傳〉	●					
〈鳳尾草記〉	●		●			
〈武平靈怪錄〉	●			●		
〈瓊奴傳〉	●					
〈幔亭遇仙錄〉	●		●			
〈胡媚娘傳〉		●	●			
〈洞天花燭記〉		●				●
〈泰山御史傳〉		●			●	
〈江廟泥神記〉		●		●		
〈芙蓉屏記〉		●				
〈秋千會記〉		●				
〈至正妓人行〉	●				●	
〈賈雲華還魂記〉		●	●	●		
計	10	12	8	7	3	1

　　《剪燈餘話》中有重複敘事手法者 8 篇。〈聽經猿記〉中袁生拜見禪師，向他說明自己的背景與期望可以拜於門下，稍後拿出一封拜師書札，內容又再重複一次，為重複敘事。〈何思明遊酆都錄〉中首先敘說了何思明不信鬼神及出言駁斥的一些言論，接著死後復活對弟子們說因以前過分毀謗鬼神而招禍事，再者倒敘在地府時酆都內台尊對他生前的種種言論而有罪並再駁斥其說，為對不信鬼神此一事的重複敘事。〈兩川都轄院誌〉中吉復卿對於兩位友人趙得夫、姜彥益上青樓揮霍之事再三地規勸與伸出援手，為重複敘事手法。〈田洙遇薛濤聯句記〉中薛濤第一次自我簡介身家背景為平孝坊薛氏女兒，嫁給平家小兒子平康，故事後半幽會之事被揭，田洙將女子所言的身家背景轉述給他授課的張家主人知曉，隨後張氏將此事告訴田父，逼著田洙帶他們到女子家查訪，而後在薛濤葬地處再次論及薛氏的身家背景，為重複敘事。〈鳳尾草記〉中龍生寫給女子的長詩，再次的敘說了兩人昔日相處之情景，為重複敘事。〈幔亭遇仙錄〉中杜僎成無意間來到仙境，在清碧先生的邀請下參加了眾神仙聚會，宴會上清碧先生提及他的生平著作因時候未到而用巨岩封存之事，而後宴會中眾神仙們就此事各自吟唱詩句，此為重複敘事。〈胡媚娘傳〉

中黃興帶一幻化成人的狐女回家照料，黃妻對狐女的印象就是柔順，而後狐女嫁給蕭裕官人，其聰明柔順之質在夫家及丈夫同僚間被受誇讚，爲對狐女形像的重複敘事。〈至正妓人行〉中李昌祺的長詩又再一次敘說了吹簫女子的經歷，爲重複敘述。〈賈雲華還魂記〉中有娉娉的侍女福福兩度勸娉娉忘掉魏鵬，爲重複敘事。

3. 敘事頻率比較

《剪燈新話》中單一敘事方面每篇都有，有重複敘事者有 9 篇，反複敘事者也是有 12 篇。另外，有外重複手法者 3 篇，內重複手法者 0 篇。

《剪燈餘話》中單一敘事方面每篇都有，有重複敘事者有 8 篇，反複敘事者也是有 7 篇。另外，有外重複手法者 3 篇，內重複手法者僅 1 篇。

統計數據上《剪燈新話》對於事件的重複提及的頻率和《剪燈餘話》差不多，但若從內容上來深入探究，則大有不同。《剪燈新話》的 9 篇中有 3 篇是帶「意涵性質」的重複敘事，5 篇爲推動故事不可或缺的情節重複，另外 2 篇則是僅對故事情節的再敘述；而《剪燈餘話》則是 9 篇重複敘事中僅有 1 篇帶「意涵性質」，3 篇爲推動故事不可或缺的情節重複，另外 5 篇則是僅對故事情節的再敘述。明顯可看出《剪燈新話》在「講述多次發生過一次之事件」安排上多有意義存在，無論是意涵上得重複或者是情節上的重複來突顯人物，質、量皆較《剪燈餘話》得高。而兩書各篇的詳細統計列於下表。

以下爲《剪燈新話》重複敘事內容的類別分類：

	非必要重複敘述	情節所需之重複	重複意涵
〈三山福地志〉		●	
〈金鳳釵記〉		●	●
〈令狐生冥夢錄〉		●	
〈渭塘奇遇記〉	●		
〈永州野廟記〉		●	
〈愛卿傳〉			●
〈翠翠傳〉			●
〈綠衣人傳〉		●	
〈秋香亭記〉	●		

以下爲《剪燈餘話》重複敘事內容的類別分類：

	非必要重複敘述	情節所需之重複	重複意涵
〈聽經猿記〉	●		
〈何思明遊酆都錄〉	●		
〈兩川都轄院誌〉		●	
〈田洙遇薛濤聯句記〉		●	
〈鳳尾草記〉	●		
〈幔亭遇仙錄〉	●		
〈胡媚娘傳〉			●
〈至正妓人行〉	●		
〈賈雲華還魂記〉		●	

　　另外一種假反複的情形：外重複、內重複。《剪燈新話》、《剪燈餘話》裡的外重複的情形是差不多的。《剪燈新話》裡〈龍堂靈會錄〉龍王宴會來客者范蠡、張翰、陸龜蒙，後來者伍子胥一下子把宴會話題帶入昔日恩怨之中，這段辯論功過的言論時間場域大於原本宴會的時間場域，為外重複。〈鑑湖夜泛記〉中成另言與仙女多次論證的話題、〈綠衣人傳〉中綠衣女子再三告訴趙源有關賈似道的生平，皆是。《剪燈餘話》裡〈月夜彈琴記〉碧桃與烏公之子多次談到她與主母的淵源，對話內容時間場域大於兩人對話當下的時間場域，為外重複，又〈泰山御史傳〉中宋珪死後偶遇朋友秦軒而談論到地府任官之事，亦是。而比較特別的是〈洞天花燭記〉中文信美一再的替華陽、震澤兩方代筆婚禮過程中所需的文詞，其實間場域與原本的故事場域重合，為內重複手法，而這個手法本身就是個特別的存在，可以看出李昌祺在敘事手法上的嘗試。

二、頻率、人物、期望值

　　以下就《剪燈新話》中就前述「情節所需之重複」的故事橫截面與人物期望表現情形，進行分析：

篇目	故事橫截面	期望／表現情形
〈三山福地志〉	一見。得知向曾他借錢的繆君現門戶顯赫。	自實大喜…未敢遽見…卜日而往→啜茶而罷
	二見。酒果三杯而已，不言銀兩之事	妻孥怨詈
	三見。望以交付文券…惟望寬其程限	唯唯而出，怪其言辭矯妄
	四見。惟以溫言接之，終無一錢之惠	×

	五見。君可於家專待…令人馳送於宅	泣拜、自實感謝而退
	一盼。急出俟焉…趨往問之…	默然而返
	二盼。急出迓焉…再往扣之…	憮然而慭
	三盼。如是者凡數度…妻子相向而哭	自實不勝其憤、陰礪白刃
〈金鳳釵記〉	一敘婚約、金鳳釵。崔君因求女爲興哥婦，以金鳳釵一隻爲約。	防禦許之
	二敘婚約。其母謂防禦曰：「崔家郎君一去十五載，不通音耗，興娘長成矣。不可執守前言，令其挫失時節也。」防禦曰：「吾已許吾故人矣。況成約已定，吾豈食言者也。」	女亦望生不至，因而感疾
	一死、二敘金鳳釵。半歲而終…遂簪於其髻而殯焉。	殯之兩月，而崔生至。至其靈幾前，焚楮錢以告之，舉家號慟。
	三敘金鳳釵。興哥急往拾之，乃金鳳釵一隻也。…慶娘遽搴裙而入、挽生就寢	哥拒之甚厲，至於再三…不得已而從焉
	一敘恐親庭罪責。莫若先事而發，懷璧而逃…不致暌離也。	生頗然其計
	二敘恐親庭罪責、一敘父母恩。始也懼父母之責…今而自歸，喜於再見，必不我罪。況父母生我，恩莫大焉。生從其言。生從其言，與之渡江入城。	四敘金鳳釵。慶娘以金鳳釵授之。曰：「如或疑拒，當出此以示之，可也。」
	二敘父母恩、五敘金鳳釵、三敘婚約。生拜伏在地、口稱死罪。恩敢忘乎父母！今則謹攜令愛，同此歸寧。生於袖中出金鳳釵以進。興娘曰特欲以愛妹慶娘，續其婚耳。	父詰之曰：「汝既死矣，安得復於人世爲此亂惑也？」
	四敘婚約。對曰：「妾之死也，冥司以妾無罪，不複拘禁。得隸後土夫人帳下，掌傳箋奏。妾以世緣未盡，故特給假一年，來與崔郎了此一段因緣爾。」	父聞其語切，乃許之。
	二死。慎母以新人而忘故人也。言訖，慟哭而仆於地，視之，死矣。	六敘金鳳釵。遂涓吉續崔生之婚。生感興娘之情，以釵貨於市，得鈔二十錠…命道士建醮三晝夜以報之。

〈令狐生冥夢錄〉	烏老死而複生，並誇耀買通地府	令狐譔聽到憤恨不平
	令狐譔作詩諷刺此事	詩成，朗吟數過
	地府上殿質問他作詩汙衊地府之事	大驚→理直氣壯大筆揮毫
〈永州野廟記〉	畢應祥經過神廟未供奉而被甲兵追趕	鎮定逃脫後，具狀焚訴
	夢馺卒來追，與之偕行，至大宮殿	屏息俟命→汗流浹背
	忽見二鬼使至前曰：「地府屈君對事。」	鎮定陳述→×
〈綠衣人傳〉	綠衣女子首次述說三年期限	趙源不信
	三年期到，女子再言	悲傷→出家

　　以下就《剪燈餘話》中就前述「情節所需之重複」的故事橫截面與人物期望表現情形，進行分析：

篇目	故事橫截面	期望／表現情形
〈兩川都轄院誌〉	一勸。趙、姜兩人兩年間將財產於青樓揮霍一空。	複卿屢勸，兩人往來自若
	二勸。回鄉再治裝→一年後，二度揮霍一空。	百喻莫聽，複卿憤而置酒與別，再勸。兩人佯應
	三勸。變賣家產→吉複卿三年後遇見兩人，三度揮霍一空。	兩人泣數行下、欲殺青樓女
	一助。複卿各見兩人襤褸其服，以兩萬假之→二人挈所得，四度揮霍一空。	又復過妓者之家→佯應。
	二助。趙、姜並亡，複卿又出四萬縟付二家。	兩人死後報恩，守護吉家。
	三助。吉複卿死後任官不忘提拔兩人。	×
〈田洙遇薛濤聯句記〉	第一次敘說薛女身家，自稱張府遠親。	田洙不敢少縱→極其繾綣
	第二次敘說薛女身家，薛為崇之事揭。	愧謝張→唯唯應，不在意
	第三次敘說薛女身家。論證薛女身分。	×→寶藏數物，常以示人
〈賈雲華還魂記〉	一敘婚約。魏鵬從母親寄給邢夫人信中得知有從小指腹的婚約。	不勝其喜，促駕而行。
	二敘婚約。對夫人令與娉認為兄妹，蓋有可疑，無從質問，乃潛往伍相祠祈夢。	蓋有可疑，無從質問。
	三敘婚約。對娉娉說出來附婚約卻碰壁。	魏鵬求歡。娉娉表心意。

四敘婚約、一拒婚約、二拒婚約。邢夫人欲替娉覓夫婿，卻因不欲女兒遠赴他鄉拒絕往日誓言。	生至相持，魂飛魄喪，嗚咽不自勝。 娉大慟數聲，驀然仆地，左右扶掖，良久乃蘇。
一責。福福對娉娉託她遞相思物給魏鵬，而言：妾實恥之，無面目將去也。	娉言與其負謗而生，莫若捐軀而死。
二責。福福見娉娉消瘦憔悴又託囑，而對她說何必執著於魏生。	吾豈世間癡淫女子…春鴻雖厚我念我，然君子愛人以德，不可以姑息也。言訖，淚落如雨。
五敘婚約。娉娉藉由宋家新亡女兒的身體復活，邢夫人主動聯繫魏鵬。生亦以夢中見娉事告賈母子。	夫人忻忻難言，於是命媒妁，通殷勤，再締前盟，重行吉禮。

　　《剪燈新話》情節重複的五篇中，〈三山福地志〉、〈金鳳釵記〉是重複手法運用頻率比較高的篇章，前者主題與錢財有關，後者則與愛情相關；而《剪燈餘話》重複手法運用頻率比較高的篇章為〈兩川都轄院誌〉、〈賈雲華還魂記〉，前者的主題與錢財有關，後者則與愛情相關，與《剪燈新話》相若。在此細論各個故事橫截面下人物的期望值與失望程度，再進行比較。

（一）錢財題材

　　《剪燈新話》中〈三山福地志〉的元自實當初借錢給繆君，沒為難甚至也沒寫借據，豪爽的就借了；而後世事難料戰亂起，元自實攜家帶眷的逃難，日子不好過，才向先前向他借錢的繆君求助。當元自實知曉繆君現在門戶顯赫時，除大喜之外他的行為表現是：

　　　　跋涉道途，衣裳藍縷，容貌憔悴，未敢遽見也。乃於城中僦屋，安頓其妻孥，整飾其冠服，卜日而往。適值繆君之出，拜於馬首。

〔註21〕

此時元自實對於繆君的<u>期望值極高</u>，他自知現在身分不比先前，但沒有因著當初借錢之舉而自大，卻也認為自己狀況不好不敢貿然求見，選擇了先安頓好妻小、端莊服飾後才前去拜訪，態度顯得十分敬重；然而繆君雖當初因為這筆錢而得以翻身，但卻為人小氣，導致元自實碰了軟釘子：由「待以賓主之禮」至「啜茶而歸」，此刻的<u>失望程度</u>是偏低的。也因此隔日緊接著第二次

〔註21〕　《剪燈新話句解》，頁 1728。

拜見，可見元自實對繆君的期望值仍是高的，但繆君的招待僅「酒果三杯而已，落落無顧念之意，亦不言銀兩之事」，元自實雖沒有情緒的表態，但失望程度略漲，可由妻子已經開始不耐煩了略窺一二。再隔日又再第三次見面，可見元自實此刻期望值雖因不滿略降，但仍對繆君抱有中度的期待，但繆君已開始厭惡他了。甚至面不改色的說謊：

> 自實方欲啓口，繆君遽曰：「向者承借路費，銘心不忘。但一官蕭條，俸入微薄。故人遠至，豈敢辜恩，望以文券付還，則當如數陸續酬納也。」自實悚然曰：「與君共同鄉裏，自少交契深密。承命周急，素無文券。今日何以出此言也？」繆君正色曰：「文券誠有之，但恐兵火之後，君失之耳。然券之有無，某亦不較，惟望寬其程限，使得致力焉。」自實唯唯而出。怪其言辭矯妄，負德若此。
>
> 羝羊觸藩，進退維穀。〔註22〕

連當初沒有的借據也成了繆君的藉口，而元自實卻也沒有惡言相向，僅「唯唯而出」，但私底下也失去了耐性，開始抱怨繆君的不知感恩，此刻元自實失望程度又再提升。爾後半個月後第四度登門拜訪，甚至最後連見面招待的動作都省去了，得到的是「惟以溫言接之，終無一錢之惠」，此時作者的敘述也十分簡略，彷彿與兩人的情緒底限相和著，對於元自實的求助繆君也一再的「輾轉推託」。至半年後的五度登門，此時元自實已經快達到飢寒困魄的情況了，此時元自實對繆君的期望值極低卻也但不得不為，這次他「拜且泣」並「匍匐於地」，終於得到繆君的正面的許諾，請他回家等候，在除夕當天會令人馳送於宅，又再三叮嚀他不用出門等候，而「自實感謝而退，歸以繆君之言慰其妻子」，至此失望程度為0，故事暫告一個段落。除夕當天，全家期盼，一有動靜元自實就急著出去探問，然而卻一再的失落，期望值從最高直降，元自實的態度也從「默然而返」到「憮然而惹」再到「不勝其憤」，失望程度瞬間溢滿，導致他有「陰礪白刃」的舉動出現。前五個橫截面的屢屢求助，對於繆君的一再拒絕，元自實的期望值由高到探底，也只是痛哭的表現，又因著繆君的口頭承諾給予幫助的開心期待而達到滿位，後察覺又被欺騙一次，元自實對繆君期望值已經跌破谷底；而失望程度則反然，五度漸漸升高的不滿，瞬間歸零的喜悅，又急速竄升而至怨恨情緒油然而生，對比效果十足，雖敘寫篇幅不長，但卻也將元自實的心境轉變一幕幕清楚的呈現於前。

〔註22〕 《剪燈新話句解》，頁 1729。

　　《剪燈餘話》中〈兩川都轄院誌〉吉複卿與趙得夫、姜彥益友好，三人一同經商，後趙、姜二人沉溺於青樓，「複卿屢勸」，此時他對兩人的期望值是高的，但「兩人往來自若」，僅兩年就將盤纏揮霍一空，這時候失望程度達到中階。兩人回鄉「再治裝而出」，卻一年又花光，還打算變賣所有產業，此時吉複卿「百喻莫聽」，對兩人的期望值已降為低，失望程度升至高點，因而有「怒而入閩，置酒與別」的舉動。但仍是顧念著他倆，三年後回到此地尋找兩人，而見「憔悴其形，襤褸其服」，此刻對兩人改正的期望值歸零，又見兩人邊哭邊懊惱青樓女子的無情，甚至說出「懼為已羞，必殺之而後已」的狠話，認為兩人深刻反省了，這時候吉複卿對兩人的失望程度由高點轉至低點。於是給兩人各兩萬作資本額，打算讓他們東山再起，這時的期望值已回升至中等，沒想到「二人挈所得，又複過妓者之家」，而不知情的吉複卿催促倆人返鄉，遭推託佯應的他的反應是：

　　　　複卿促之回，二人紿曰：「容略收拾，少候數時，萬一有幹，
　　宜在先發。」複卿曰：「嘻，是何言歟！我若一去，子必不能動身；
　　使一兩月，亦須等候，豈敢相拋耶？」〔註23〕

由此可看出吉複卿的失望程度因著兩人的推託時間而提高些，但認為兩人遭逢重大打擊，理應改過向善遠離青樓了，所以僅略為提升。然兩人卻又拿去揮霍一空，又重病身亡，此刻可言期望值與失望值同時歸零了。爾後歷經吉複卿幫助他倆家鄉的妻小，與死後的兩人默默守護吉家的事件，吉複卿壽終正寢後受神明提拔任官職，不忘舉薦兩人納為部屬，此舉可視為對兩人的期望值回復當初的高點了。一樣是金錢題材，但不同的是《剪燈餘話》主角吉複卿為持續資助角色，不論中間有多次失望，對兩人的期望值最終還是回復至高點。《剪燈新話》的元自實卻截然不同，對於繆君的期望值大起大落到無法承受，而一度引起殺意，之後善有善果但也與繆君毫不相干了。而比較不同的地方在〈三山福地志〉的期望值與失望程度，是建立在同一個「元自實求助於繆君」的點上相對而一致的，其失望程度判斷依據是來自元自實與妻子反應態度的描寫；而〈兩川都轄院誌〉則不然，失望程度是以趙、姜二人表現行為的描寫為依據，更深入的說，期望值與失望程度是建立在一個互惠的因果之上，所以兩者比較沒有那麼確切的相對應。以下為簡表：

────────────────

〔註23〕《剪燈餘話》，頁37。

〈三山福地志〉			〈兩川都轄院誌〉		
事件	期望值	失望程度	事件	期望值	失望程度
一見	高	低	一勸	高	中
二見	略降	略升	二勸	低	高
三見	中	中	三勸	0	低
四見	低	高	一助	中	中
五見、一盼	極低→溢滿	極高→0	二助	0	0
			三助	高	×
二盼	漸降	漸升			
三盼	0	溢滿			

（二）愛情題材

《剪燈新話》中〈金鳳釵記〉中崔、吳定下婚約，金鳳釵為聘，此刻雙方對此事的期望值是高的，失望程度自然為零。奈崔家搬至他處，十五年音訊不通，興娘也到婚配年紀，其母親就向吳防禦提出希望取消當時約定，而防禦否定了，興娘也因哀傷染疾，此時吳家對崔家赴約的期望值降至低點，興娘的失望程度升至高點。半年後興娘抑鬱而終，金鳳釵隨她入殯，期望值降為零，崔生卻在兩個月後來了，此婚約失望程度也因悲劇溢滿了。暫住在吳家的興哥撿到了遺落的金鳳釵，隨後實為興娘意志的慶娘很主動的想要挽生就寢，興哥屢拒卻敵不過慶娘以名節相逼而從焉，此時可見她對婚約的期望值是非常高的，興哥的妥協也使失望程度降至低點。後恐親庭罪責與為了維繫這段地下情，慶娘提出了私奔之意，此時對這段情的維繫期望值是非常高的，興哥也認同此辦法，使得失望程度維持在低點。一年後慶娘再以父母恩莫大，且喜於再見，必不我罪為由，提出回家之意，並以示出金鳳釵為後盾，此時對於父母認可此段婚情的不確定感，而崔生僅表現從之之態，使得期望值、望程度略降至中。隨後興哥也惶惶恐恐的向岳父母請罪：

> 生乃作而言曰⋯情雖篤於夫妻，恩敢忘乎父母！今則謹攜令愛，同此歸寧。伏望察其深情，恕其重罪。⋯防禦聞之，驚曰：「吾女臥病在床，今及一歲，饘粥不進，轉側需人，豈有是事耶？」⋯方怒詰崔生，責其妖妄。生於袖中出金鳳釵以進。防禦見，始大驚曰：「此吾亡女興娘殉葬之物也，胡為而至此哉？」疑惑之際，慶娘忽於床上然而起，直至堂前，拜其父，曰：「興娘不幸，早辭嚴侍，

> 遠棄荒郊。然與崔家郎君緣分未斷，今之來此，意亦無他，特欲以
> 愛妹慶娘，續其婚耳。如所請肯從，則病患當即痊除。不用妄言，
> 命盡此矣。」舉家驚駭，視其身則慶娘，而言詞舉止則興娘也。父
> 詰之曰：「汝既死矣，安得複於人世爲此亂惑也？」〔註24〕

此一故事橫截面較爲複雜，包含了三個重複敘事的元素，而相同處在於對兩人私婚請求父母同意的期望，但面對父親嚴厲的表態，使得期望值此刻處於低點，失望程度飆高。後興娘以「冥司以妾無罪，故特給假一年」向父親解釋，而「父聞其語切，乃許之」，使對這個再敘姻緣的期望值升高了，失望程度也應運降低。而興娘轉向興哥告別完即死，興哥也因感念興娘而將金鳳釵賣了，替她超度以報，這個結局的橫截面帶著感傷又平復的特質，期望值與失望值皆爲中。

《剪燈餘話》中〈賈雲華還魂記〉中魏鵬從母親要寄給邢夫人的信中得知有從小指腹的婚約，他十分歡喜，急著前往，此時他對這個婚約的期望值極高，失望程度爲零。而後對夫人令與娉娉認爲兄妹的態度，蓋有可疑，但無從質問，乃潛往伍相祠祈夢，此時魏鵬的直覺已覺不對勁，但又無可奈何，因此對此婚約的期望值略降一些，但仍抱持高度的期盼，對於邢夫人的動作微微失望的。在這不安全感下，轉向值皆追求娉娉，對娉娉說出來赴婚約卻碰壁的情況，欲從此處探些口風可惜徒勞，而娉娉也對魏鵬表露愛慕的新意，由於事實擺在眼前，兩人對婚約之事的期望值與失望程度維持在中等階段。而後邢夫人欲替娉娉覓夫婿，請求嫗的協助，嫗也向她推薦魏鵬，但邢夫人卻另有考量，拒絕了此意：

> 夫人曰：「娉娉年長，欲覓一快婿。斧柯之任，相屬如何？」
> 嫗笑曰：「老拙久懷此意，但未敢形言。今夫人門下，自有其人，而
> 欲他謀，徒費齒煩，真所謂道在邇而求諸遠也。」夫人曰「得非謂
> 魏生乎？佳則佳矣，然有說焉：生少年高擢，驟曆仕途，若以歸之，
> 勢必攜去。吾止有此一息，時刻不麵，尚且念之，若嫁他鄉，寧死
> 不忍！正爲向者生來時，乃母患書及此，且舉昔日指腹之言。我欲
> 答書，深思而止。是以對生亦絕口不曾道及者，非背盟也。今蕭夫
> 人棄養，生又得官，他日當自有佳人，求爲匹配，醜女不足以奉箕
> 帚也。吾不欲麵談，煩嫗委曲達及，使之他圖。我若不明言，彼又

> 膠於前語，如之何其不兩誤耶！」〔註25〕

因著不想女兒出嫁後遠赴他鄉無法陪在自己身邊而拒絕往日誓言，想當然爾爲鵬，無法接受，懇求嫗再次替他前去說情甚至提出事若成當「千金爲壽」，嫗婉拒但同情魏鵬而再次晉見邢夫人：

> 遂去，備以言反覆勸於夫人。夫人曰：「嫗雖巧爲說客如蘇、
> 張，其如吾不聽何！」嫗見如此，不敢復言。退而告生。〔註26〕

無奈邢夫人心意已決，絲毫不動搖，因此兩人婚約之事終告無望，此時兩人對婚約之事的期望值已降爲0：「生至相持，魂飛魄喪，嗚咽不自勝」、又「娉娉大慟數聲，驀然仆地，左右扶掖，良久乃蘇」，失望程度溢滿。後在爲鵬離開前，娉娉請侍女福福替她遞相思物給魏鵬，沒料到福福竟然不齒她的行爲，娉娉嘆氣而說出「與其負謗而生，莫若捐軀而死」欲尋死，此時的期望值爲零，失望程度溢滿。分離後娉娉不吃不喝，日漸憔悴，又因弟弟中浙江鄉試而舉家搬遷，「兼之道途頓撼，陸路艱難，抵縣浹旬，息將垂絕」，而娉娉自知不久將絕也預先託囑，侍女福福看在眼裡又再度責勸了娉娉，此刻福福、娉娉的期望值爲低，失望程度爲高。娉娉死後借由長安丞宋子璧新亡女兒的身體還魂復活，這次邢夫人主動提起再次締結婚盟之意，兩人有情人終成眷屬，此刻期望值溢滿，失望程度爲零。〈金鳳釵記〉裡的期望值與失望程度是一致的，是建立在同一個「興娘對於婚約的期盼」上，判定是以興娘、興哥、父親態度爲依據；而〈賈雲華還魂記〉中期望值的判定是以魏鵬、娉娉、邢夫人的態度爲依據，且一度轉換成侍女福福看待娉娉與魏鵬婚約的這個層面上，而期望值與失望程度是建立在包含了魏鵬、娉娉、邢夫人三方的一個互惠的因果之上，所以兩者比較沒有那麼確切的相對應。以下爲簡表：

〈金鳳釵記〉			〈賈雲華還魂記〉		
事件	期望值	失望程度	事件	期望值	失望程度
一敘婚約、金鳳釵	高	0	一敘婚約	極高	0
二敘婚約	低	高	二敘婚約	高	低
一死、二敘金鳳釵	0	溢滿	三敘婚約	中	中
三敘金鳳釵	高	低	四敘婚約	0	溢滿

〔註25〕周楞伽校注《剪燈新話‧外二種》，頁287～288。
〔註26〕楞伽校注《剪燈新話‧外二種》，頁288。

一敘恐親庭罪責	高	低	一責	0	溢滿
二敘恐親庭罪責、 一敘父母恩、 四敘金鳳釵	中	中	二責	低	高
二敘父母恩、五敘 金鳳釵、三敘婚約	低	高	五敘婚約	溢滿	0
四敘婚約、二死、 六敘金鳳釵	高→中	低→中			

　　由上述探討可知《剪燈新話》在期望值與失望程度的敘述上是較為一致的，整體而言重複敘事的數量較多且較複雜，在同一個期望值與失望程度的橫截面裡包含了一個以上的重複敘事的情形也較多見，如在〈三山福地志〉元自實五度拜見繆君與在家期盼等候援助物資的到來，又如〈金鳳釵記〉中（1）崔父、吳父的議姻與金鳳釵為約、（2）興娘身故及金鳳釵為殉、（3）慶娘恐父母罪責卻又感懷父母恩，並以金鳳釵為後盾、（4）興哥感謝父母恩，並以金鳳釵為證，而興娘提及續婚、（5）興娘交代完冥司給假一年來與興哥續前姻後消失離開慶娘身體，興哥感念她而賣了金鳳釵替她超渡。相對之下《剪燈餘話》重複敘事的情形就單純的多了，件件分明，在同一個期望值與失望程度的橫截面裡沒有這麼複雜的事件元素。而若從期望值與失望程度的起伏來看，《剪燈新話》的期望值以高起低結者多，可知瞿祐慣以平復或者較哀傷的手法做結。而《剪燈餘話》的期望值以高起高結者多，可見李昌祺偏好喜劇手法做結，這也是《剪燈餘話》較符合大眾心情的突破與創新所在。

第二節　敘述聲音與干預

　　小說的精采處在於雙聲效果，而這是敘述者與真實作者間形成衝突的結果，使得敘述者用以公開的評論方式對人物加以批評，而真實的作者就隱藏在內隱的敘述者背後，用人物的語言來暗示自己的真實想法，形成此效果的內隱敘述者聲音絕多是隱藏在間接引語與自由間接引語之間。而另一個精采之處在於鋪排與對比效果，使得隱蔽的評論與公開的評論的相形呼應而更深化其強度。首先就聲音的性質進行分析，從引語模式著手。

一、引語模式與聲音分析

1. 《剪燈新話》

以下就《剪燈新話》中帶有內隱或外顯敘述聲音者進行探討，分析說明其引語模式及是否帶有的雙聲等效果：

《剪燈新話》篇目	敘述聲音橫截面	人物	引語模式／其它
〈水宮慶會錄〉	廣利降階而接…遂延之上階，與之對坐。善文局蹐退遜。	余善文	自由間接引語 心裡
	後亦不以功名爲意，棄家修道，遍遊名山，不知所終。	余善文	自由間接引語 心裡
〈三山福地志〉	生而質鈍，不通詩書。	元自實	公開評論
	同裏有繆君者，除得閩中一官。缺少路費…自實以鄉黨相處之厚，不問其文券，如數貸之。	元自實	自由間接引語 隱蔽評論 心裡
	自實唯唯而出。怪其言辭矯妄，負德若此。羝羊觸藩，進退維穀。	元自實	自由間接引語 心裡
	自實猶謂來人不識其家，趨往問之。則曰：「張員外之饋館賓者也。」默然而返。	元自實	自由間接引語 心裡
	軒轅翁叵測，謂其已死矣。因具言其所見而慰撫之。	軒轅翁	間接引語 心裡、語言
	自實食訖，惺然明悟。因記爲學士時，草西蕃詔於大都興聖殿側，如昨日焉。…道士曰：「子亦無罪。但在職之時，以文學自高，不肯汲引後進，故今世令君愚懵而不識字。…」	元自實	自由間接引語 **雙聲** 心裡 隱蔽評論
〈華亭逢故人記〉	皆富有文學，豪放自得，嗜酒落魄，不拘小節，每以遊俠自任。大言雄辯，旁若無人。	全、賈	公開評論 自由間接引語 心裡
	二子自以嚴莊、尚讓爲比，杖策登門，參其謀議，遂陷嘉興等郡。未幾，師潰，皆赴水死。	全、賈	自由間接引語 隱蔽評論 語言**雙聲**

〈金鳳釵記〉	自念婚事不成，隻身孤苦，寄跡人門，亦非久計，長歎數聲。方欲就枕，忽聞剝啄扣門聲，問之不答。斯須複扣，如是者三度。	興哥	自由間接引語 心裡 語言
	乃啓關視之，則一美姝立於門外，見戶開，遽搴裙而入。生大驚…即挽生就寢。生以其父待之厚，辭曰：「不敢。」拒之甚厲，至於再三。…生懼，不得已而從焉。	興哥	自由間接引語 心裡 隱蔽評論
	因自念零丁孤苦，素乏親知，雖欲逃亡，竟將焉往？嘗聞父言：有舊仆金榮者，信義人也。居鎮江呂城，以耕種爲業。今往投之，庶不我拒。	興哥	自由間接引語 心裡 隱蔽評論
	生拜伏在地，不敢仰視，但稱死罪，口不絕聲。	興哥	間接引語、語言、隱蔽評論
	生謂其恐爲門戶之辱，故飾詞以拒之。	興哥	自由間接引語 心裡
〈聯芳樓記〉	有二女，長曰蘭英，次曰蕙英，皆聰明秀麗。	二女	公開評論
	生以青年，氣韻溫和，性質俊雅。	鄭生	公開評論
	生雖會其意…則二女以鞦韆絨索，垂一竹兜，墜於其前。	鄭生	自由間接引語 心裡
	遂濡筆題一詩於上，曰：誤入蓬山頂上來…此身得似偷香蝶，遊戲花叢日幾回。…次女結之曰：「他時泄漏春消息，不悔今宵一念差。」…生忽恨然曰：「…一旦事跡彰聞，恩情間阻，則樂昌之鏡，或恐從此而遂分…不知何時而再合也。」因哽咽泣下。二女曰：「…如不遂所圖，則求我於黃泉之下，必不再登他門也。」生聞此言，不勝感激。	鄭生	直接引語 **雙聲** 隱蔽評論 含混評論
	一日，登樓，於篋中得生所爲詩，大駭。然事已如此。無可奈何，顧生亦少年標致，門戶亦正相敵，乃以書抵生之父，喻其意。	吳父	自由直接引語 心裡 隱蔽評論 語言

〈令狐生冥夢錄〉	令狐譔者，剛直之士也。生而不信神靈，傲誕自得。有言及鬼神變化幽冥果報之事，必大言折之。	令狐譔	公開評論
	見罪人無數…譔問其故…雖非二人殺之，原情定罪，與殺同也。故受此報。…二使指一人示譔曰：「此即宋朝秦檜也…其餘亦皆曆代誤國之臣也。…此輩雖曆億萬劫，不可出世矣。」	令狐譔	自由間接引語 語言 直接引語 隱蔽評論
	及旦，叩烏老之家而問焉，則於是夜三更逝矣。	令狐譔	自由間接引語 語言
〈天台訪隱錄〉	逸告以入山采藥，失路至此。	徐逸	間接引語 語言
	逸念上舍自言生於嘉熙丁酉，至今則百有四十歲矣。而顏貌不衰，言動詳雅，止若五六十者，豈有道之流歟？	徐逸	自由間接引語 心裡 含混評論
〈滕穆醉游聚景園記〉	美風調，善吟詠，為眾所推許。	滕穆	公開評論
	生獨居旅邸，如喪配耦。試期既迫，亦無心入院，惆悵而歸。親黨問其故，始具述之。眾咸歎異。	滕穆	自由間接引語 心裡、語言 隱蔽評論
〈牡丹燈記〉	一美人隨後…紅裙翠袖，婷婷嫋嫋…生於月下視之，韶顏稚齒，真國色也。神魂飄蕩，不能自抑。	符麗卿 喬生	公開評論 自由間接引語 心裡
	鄰翁疑焉，穴壁窺之…大駭。明旦，詰之，秘不肯言…生始驚懼，備述厥由…訪於居人，詢於過客，並言無有…生見之，毛髮盡豎，寒粟遍體…憂怖之色可掬。	鄰翁 喬生	自由間接引語 心裡、語言 隱蔽評論
	居人大懼，競往玄妙觀謁魏法師而訴焉。	住戶	自由間接引語 語言、心裡
〈渭塘奇遇記〉	有王生者…貌瑩寒玉，神凝秋水，姿狀甚美。眾以奇俊王家郎稱之。	王生	公開評論
	女曆敘吹簫之曲，繡鞋之事，無不吻合者。又出水晶雙魚扇墜示生，生亦舉紫金碧甸指環以問之。彼此大驚，以為神契。遂與生為夫婦，于飛而還，終以偕老，可謂奇遇矣！	肆翁女 王生	自由間接引語 語言 心裡 隱蔽評論

〈富貴發跡司志〉	為貧窶所迫，不能聊生。	何友仁	公開評論
	對曰：「…數年之後，兵戎大起…合屠戮人民三十餘萬…抑運數已定，莫之可逃乎？」	判官	直接引語 隱蔽評論
	友仁始於案下匍匐而出，拜述厥由。	何友仁	自由間接引語 語言
	死於兵者何止三十萬焉…皆有定數，不可轉移，而妄庸者乃欲輒施智術於其間，徒自取困爾。	×	含混評論
〈永州野廟記〉	大木參天而蔽日者，不知其數，風雨往往生其上，人皆畏而事之。	×	公開評論
	回顧，見甲兵甚眾，追者可千乘萬騎，自分必死。平日能誦《玉樞經》，事勢既危，且行且誦，不絕於口。…思憶前事，具狀焚訴。	畢應祥	自由間接引語 心裡 隱蔽評論 語言、雙聲
〈申陽洞記〉	善騎射，馳騁弓馬，以膽勇稱。然而不事生產，為鄉黨賤棄…有大姓錢翁者，以資產雄於郡…雖求尋之意甚切…竟絕音響。	李德逢	公開評論 隱蔽評論 自由間接引語 心裡、雙聲
	聞於官，禱於神，訪於四境，悄無蹤跡。	錢翁	自由間接引語 語言
	生雖甚怖，然無可奈何…生念深山靜夜，安得有此？疑其為鬼神，又恐為盜劫…乃深坑萬仞，仰不見天，自分必死。	李德逢	自由間接引語 心裡 隱蔽評論
	問其姓名居址，其一即錢翁之女，其二亦皆近邑良家也。…憤悶之際，忽有老父數人，不知自何來。	李德逢	自由間接引語 語言 隱蔽評論
〈愛卿傳〉	色貌才藝，獨步一時。而又性識通敏，工於詩詞。以是人皆敬而慕之，稱為愛卿。	羅愛愛	公開評論
	愛卿入門…擇言而發，非禮不行。趙子斐而重之。	趙子	自由間接引語 內心、公開評
	愛卿請趙子捧觴為太夫人壽，自製《齊天樂》一闋，歌以侑之。	羅愛愛	自由間接引語 語言

	愛卿以甘言紿之，沐浴入閣，以羅巾自縊而死。	羅愛愛	自由間接引語 語言
	遇舊使老蒼頭於道，呼而問之…趙子大傷感…趙子撫屍大慟，絕而複蘇。於是出則禱於墓下，歸則哭於圃中。	趙子	自由間接引語 心裡 語言
	見趙子，施禮畢，泣而歌《沁園春》一闋，其所自製也…每歌一句，則悲啼數聲，凄惶怨咽，殆不成腔。趙子延之入室，謝其奉母之孝，塋墓之勞，殺身之節，感愧不已。	羅愛愛 趙子	自由間接引語 語言、心裡 隱蔽評論
	對日：「妾之死也，冥司以妾貞烈，即令往無錫宋家，托為男子。…當以一笑為驗。」	羅愛愛	直接引語 隱蔽評論
〈翠翠傳〉	生而穎悟，能通詩書。 與之同歲，亦聰明俊雅。	翠翠 金定	公開評論
	父母為其議親…以情問之，初不肯言，久乃日：「必西家金定…」父母不得已，聽焉。然而劉富而金貧，其子雖聰俊，門戶甚不敵。及媒氏至其家，果以貧辭，慚愧不敢當。	父母 翠翠	自由間接引語 語言、心裡 直接引語 隱蔽評論
	生於是辭別內、外父母，求訪其妻，誓不見則不複還。	金定	自由間接引語 語言、心裡
	將軍，武人也，信之不疑。…生，聰敏者也，性既溫和，才又秀發…將軍大以為得人，待之甚厚。	李將軍	**雙聲** 公開評論 含混評論
〈龍堂靈會錄〉	吳江有龍王堂，堂，蓋廟也，所以奉事香火，故謂之堂。或以為石崖陡出，若塘岸焉，故又謂之龍王塘。其地左吳淞而右太湖，風濤險惡，眾水所彙。過者必致敬於廟庭而後行，夙著靈異。	×	公開評論
	相國默然，請聞其說。	范蠡	自由間接引語 心裡、語言
〈太虛司法傳〉	恃才傲物，不信鬼神。…勇往不顧，以是人亦以膽氣許之。	馮大異	公開評論、含混評論、**雙聲**
	大異念泥豈可為醫，因願身長三丈。…大異方苦其長，不能自立，即願身矮一尺。	馮大異	自由間接引語 心裡、語言

〈修文舍人傳〉	博學多聞，性氣英邁…喜慷慨論事…然而命分甚薄，日不暇給。	夏顏	公開評論
	乃言曰：「…冥司用人，選擇甚精。必當其才，必稱其職，然後官位可居，爵祿可致…冥司則不然，黜陟必明，賞罰必公…報應之條，至此而莫逃矣。」	夏顏	直接引語 隱蔽評論
	友人許之。 友人許諾。顏大喜，捧觴拜獻，以致丁寧之意…其家吉凶禍福，皆前期報之…友人欣然許之。	夏顏友	自由間接引語 語言
〈鑑湖夜泛記〉	不求聞達，素愛會稽山水。	成令言	公開評論
	令言秘之，不肯述其故。	成令言	自由間接引語 心裡
	有遇之於玉笥峰者…揖而問之，則禦風而去，其疾如飛。	他人	自由間接引語 語言
〈綠衣人傳〉	雖不盛妝濃飾，而姿色過人。	綠衣女	公開評論
	源試挑之，女欣然而應…源問其姓氏居址…終不告以居址所在。	趙源 綠衣女	自由間接引語 語言
	始知真仙降臨而不識也。然終不喻漳州之意，嗟乎，孰知有漳州木綿庵之厄也！	賈平章	自由間接引語 心裡 含混評論
	言訖，面壁而臥，呼之不應矣。	趙源	自由間接引語
〈秋香亭記〉	而生嚴親以生年幼，恐其怠於學業，請俟他日。	商父	自由間接引語 語言
	生、女私於其下語心焉。	商生 采采	自由間接引語 語言
	閨閣深邃，莫能致其情。	采采	自由間接引語 隱蔽評論
	生雖悵然絕望。	商生	自由間接引語 心裡、隱蔽評
	女怪其無書，具述生意以告。女籲嗟抑塞，不能致辭，以酒饌待之。約其明日再來敘話。	采采	自由間接引語 語言、心裡
	好因緣是惡因緣，只怨干戈不怨天。…芳魂容易到君邊！	采采	自由間接引語 隱蔽評論

每一覽之，輒寢食俱廢者累日，蓋終不能忘情焉耳。	商生	自由間接引語 隱蔽評論
使多情者覽之，則章台柳折，佳人之恨無窮；仗義者聞之，則茅山藥成，俠士之心有在。又安知其終如此而已也！	瞿佑	含混評論

　　《剪燈新話》出現外顯或內隱敘述聲音者中，具自由間接的引語模式者21篇全有；具間接的引語模式者有 3 篇，分別為〈三山福地志〉、〈金鳳釵記〉、〈天台訪隱錄〉。含公開評論者共計 17 篇，又可再細分為解釋與議論類別，解釋者為：〈永州野廟記〉、〈龍堂靈會錄〉、〈鑑湖夜泛記〉，議論者為：〈三山福地志〉、〈華亭逢故人記〉、〈聯芳樓記〉、〈令狐生冥夢錄〉、〈滕穆醉游聚景園記〉、〈牡丹燈記〉、〈渭塘奇遇記〉、〈富貴發跡司志〉、〈申陽洞記〉、〈愛卿傳〉、〈翠翠傳〉、〈太虛司法傳〉、〈修文舍人傳〉、〈綠衣人傳〉。隱蔽評論者共計 15 篇，可分為戲劇性評論、修辭性評論，戲劇性評論者有〈三山福地志〉、〈金鳳釵記〉、〈聯芳樓記〉、〈令狐生冥夢錄〉、〈天台訪隱錄〉、〈滕穆醉游聚景園記〉、〈渭塘奇遇記〉、〈富貴發跡司志〉、〈永州野廟記〉、〈申陽洞記〉、〈愛卿傳〉、〈翠翠傳〉、〈修文舍人傳〉、〈秋香亭記〉，修辭性評論者有〈三山福地志〉、〈金鳳釵記〉、〈聯芳樓記〉、〈牡丹燈記〉、〈愛卿傳〉。另外其他的敘述聲音中，帶有心裡方面的內容者有 15 篇，而具語言方面者有 20 篇，僅〈水宮慶會錄〉無；前者即屬內隱敘述者聲音。最後一項含混評論者有 7 篇，其中屬反諷性質為〈聯芳樓記〉、〈翠翠傳〉、〈太虛司法傳〉、〈綠衣人傳〉，而話中有話性質者為〈天台訪隱錄〉、〈富貴發跡司志〉、〈秋香亭記〉。

　　外顯的敘述者聲音涵蓋了公開評論、含混評論，共計 19 篇。而內隱的敘述者聲音則是由隱蔽評論中人物口中或場面所透露出見解的戲劇性評論，以及在間接與自由間接引語中的模仿人物內心的話語中可見，共計 18 篇，依序為〈水宮慶會錄〉、〈三山福地志〉、〈華亭逢故人記〉、〈金鳳釵記〉、〈聯芳樓記〉、〈天台訪隱錄〉、〈滕穆醉游聚景園記〉、〈牡丹燈記〉、〈渭塘奇遇記〉、〈永州野廟記〉、〈申陽洞記〉、〈愛卿傳〉、〈翠翠傳〉、〈龍堂靈會錄〉、〈太虛司法傳〉、〈鑑湖夜泛記〉、〈綠衣人傳〉、〈秋香亭記〉。

　　2.《剪燈餘話》

　　以下就《剪燈餘話》中帶有內隱或外顯敘述聲音者進行探討，分析說明其引語模式及是否帶有的雙聲等效果：

《剪燈餘話》篇目	敘述聲音橫截面	人物	引語模式／其它
〈長安夜行錄〉	俱以老成練達，學問淵源，政事文章，推重當代。	湯銘之 文原吉	公開評論
	因緩轡徐行，不覺暝矣⋯心甚恐，且畏且行。	馬期仁	自由間接引語 心裡
	蒼頭自便戶出，問客何來。期仁以實告，蒼頭唯唯而去。未幾⋯揖客與語，言辭簡當，問勞而已。	蒼頭 馬期仁 主人	自由間接引語 語言
	少年呼其妻出拜。視之，國色也⋯期仁私念彼尋常人，而妻美若此，必怪也。亦不敢問。	主人 馬期仁	自由間接引語 語言、心裡 隱蔽評論
	逡巡，設酒饌，杯豆羅列，雖不甚豐腆，而奇美精緻，迨非人間飲食。少年相勸，意甚殷勤。	馬期仁 主人	隱蔽評論 自由間接引語 心裡、語言
	期仁果以文學升至翰苑，八十九而終，遂符遠大之說。湯公後守吉安，屢為人道其詳如此云。	×	公開評論
〈聽經猿記〉	師說法以報檀施。講演妙義，諸天雨花⋯師每據之誦經，日以為常。	禪師	自由間接引語 公開評、語言
	果有峽州袁秀才來謁。 師知之，請入相見。 師始為說前事，眾皆嗟異！	袁遜 禪師	公開評論 自由間接引語 語言
	遜雖性識聰明，文詞敏捷，然戲舞跳梁，好為兒態⋯僧頗苦之，以白於師⋯眾遂不敢言，遜亦自若也。	×	公開評論 自由間接引語 語言、心裡
	有民家婦，懷妊將產，夢猿入室，而誕一男，貌與猿肖⋯送入龍濟為僧，名宗鑒。其後道價高重，虎侍猿隨，變幻神奇，不可勝述，世稱為肉身菩薩。⋯猶有群虎繞塔之異。後人以鑒生時計之，正協修公所記，亦神矣哉！	×	含混評論 雙聲
〈月夜彈琴記〉	四明烏斯道，博洽君子也。 尤尚風概，且精於琴。	烏斯道 烏緝之	公開評論
	明日，緝之白諸父。烏公以為詩雖奇妙，而怪誕不經，不許。	烏緝之 烏斯道	自由間接引語 語言、心裡

	由是彈琴大進，獨步浙中，靳秘此曲，弗以傳人…譜亦竟絕焉。	烏緝之	公開評論
〈何思明遊酆都錄〉	通五經，尤專於《易》，以性學自任，酷不喜老、佛。	何思明	公開評論
	私為之禱。 門人請其詳。	門人	自由間接引語 語言
	其後思明果終知縣。所至以清慎自將，並無瑕玷，號稱廉潔，蓋有所儆云。	何思明	含混評論 **雙聲**
〈兩川都轄院誌〉	交莫逆。複卿氣豪，勇於為義。	吉複卿	公開評論
	得夫、彥益與昵甚厚，複卿屢勸止之，往來自若。僅二載，囊橐一空。於是言還，再治裝而出，買笑纏頭，揮金不吝。又期年，罄矣。二人私議，悉貨產業，載以適武林。門戶老小，皆不顧。複卿患之，百喻莫聽。怒而入閩，置酒與別。	趙得夫 姜彥益 吉複卿	自由間接引語 語言、心裡 隱蔽評論 公開評論
	握手道左，不任唏噓！…慰勞再三，情禮交至。…二人挈所得，又複過妓者之家…頗以為訝，款待如舊。…無何，彥益遇疾…相繼殞歿。複卿往哭盡哀…省其妻子，告以物故之由，述其殞殮之悉。	趙得夫 姜彥益 吉複卿	自由間接引語 語言
	複卿無以為計，默坐於家…複卿忘其死也，欣然相接…複卿告以故…言訖隱形，方悟其死。 自爾，複卿之家，雖出入兵戈中，鮮遇驚恐，安然如平時。	吉複卿 ×	自由間接引語 心裡、語言 公開評論
	複卿曰：「廉、恕兩字符也。惟廉可以律身，惟恕可以近民，廉則心有養，恕則民易親，民親化行，能事畢矣。」	吉複卿	隱蔽評論
〈連理樹記〉	守愚亦雅好吟詠，兼嗜綠綺。 守愚子粹，甚清俊聰敏	守愚 子粹	公開評論
	三女亦視之猶兄弟，呼為粹舍…歸以告…遣媒言議，各已許諾。粹二人亦私喜不勝。 不期賈忽罷歸，姻事竟弗諧。	三女 子粹	自由間接引語 語言 公開評論

	蓬萊雖爲父母許他姓，然亦非其意也。…念蓬萊之意雖堅，而林氏之聘，終不可改。	蓬萊	公開評論
	俄而閩中大疫，蓬萊所議林生竟死。…花燭之夕，粹與蓬萊相見，不啻若仙降也。	蓬萊	含混評論 公開評論
	粹時才名藉甚，當道有欲薦之者…粹然之，亦無意於出，乃以親老辭。	子粹	隱蔽評論 自由間接引語 心裡、語言
	有同避寇者，始備說蓬萊事…使者歸報…人呼爲連理塚樹，閩人至今稱之不絕。	鄰人 ×	自由間接引語 語言 含混評論
〈田洙遇薛濤聯句記〉	洙清雅有標致，書畫琴棋，靡所不曉。	田洙	公開評論
	逾半年，人無知者。惟賞花玩月，舉白弄琴，曲盡人間之樂。	×	公開評論
	美人訝其久不來，恐有他遇，乃賦《懊惱曲》怨之…洙以實告。	薛濤	自由間接引語 心裡、語言
	洙愛其才色，眷戀愈深。美人亦重洙文采，傾竭不吝。	×	隱蔽評論
	張大駭，不敢盡其詞而出。是晚，洙果告歸…走報張，急遣人入城，問百祿，無有也。意其少年放逸，必宿花柳，然思此處又無妓館，大以爲怪。…張知其詐，呼追洙仆，使麵證之…洙窘甚，顏色陡變。洙弗能諱，乃具道本末。	張氏	自由間接引語 心裡、語言
	張料洙是夕必再去，自出覘之，果不在館…乃以洙所爲，備告百祿。百祿大怒，呼歸杖之，洙遂吐實。	張氏 田百祿 田洙	自由間接引語 心裡、語言
	百祿甚以爲然，然恐其終爲所惑，急遣還廣中…竟亦無他焉。	田百祿 ×	自由間接引語 心裡、含混評
〈青城舞劍錄〉	通劍術，曉兵，深於智略，號文武才。王雖畜之，未始奇也；惟樊口衛君美重之。	眞本無 文固虛	公開評論 隱蔽評論
	未幾亂作，悉如所言。	×	公開評論

	告以困苦之狀…與君美話舊，歡若平生。因詢其亂中出處。	衛君美	自由間接引語語言
	固虛曰：「…人亦有言，英雄回首即神仙，豈不信歟！」 其詩大抵類此，則其人可想矣。 碧線亡去久矣，竟不知其何術也。	文固虛 碧線	含混評論
〈秋夕訪枇杷亭記〉	美姿容，詩學薩天錫，字學邊伯京，皆為時輩所稱許。	沈韶	公開評論
	他詩皆類此。然以家富，不欲仕。人知其然，複利其賄，或欲舉為孝廉，或欲保為生員…殊無寧月。韶雖不吝於財，實厭其擾。	沈韶	隱蔽評論
	吟白司馬「荻花楓葉」之篇，想京城女「銀瓶鐵騎」之韻。 三人相顧錯愕。	沈韶 陳生 梁生	普遍的真實 自由間接引語 語言、心裡
	酒罷回船，竟莫知其何故。 獨韶迭宕，好事多情。	×	公開評論
	韶倉卒莫知所對。麗人呼使同茵，辭讓再四；固命之，乃就席。因問其姓氏。…韶素有膽氣，兼重風情，不以為怪也。	沈韶 鄭婉娥	自由間接引語 語言 公開評論 心裡
	韶豪態逸發，議論風生，與麗人談元末群雄起滅事，歷歷如目睹，且詢陳主行事之詳。…麗人淒然，淚數行下。	沈韶 鄭婉娥	公開評論 自由間接引語 語言、心裡
	留宿月餘，不啻膠漆。	×	公開評論
	又曰…卿仕中朝，未嚐顯要，而文章學問，自不容掩，其以事元者事我，不患不至大官…聞對曰：臣不能死義，有愧於鱐…清風已十載，而我猶為人。…由是陋其為人。斯人者，正朱文公所謂文人無行。以妾觀之，不特凝碧之王維，欠死之範質，為可罪哉！韶聞其論，心甚服焉。	鄭婉娥 劉聞 沈韶	間接引語 語言、心裡 雙聲
	雖比目並遊之鱗，戢翼雙棲之羽，未足以喻其綢繆婉變也。	×	公開評論

	麗人無故忽潸然淚下，悲不自勝。怪而問之，初則隱忍弗言，繼則舉聲大慟。韶慰解萬方…韶聞知，淒惶感愴，欲自縊於隙間。	鄭婉娥沈韶	自由間接引語心裡、語言
	親送至大門之外，掩袂障麵而還。韶猶悲不自已，殘淚盈眶，顧盼之間，失其所在。	鄭婉娥沈韶	自由間接引語心裡
	方咎韶負約，韶密以告，弗信也…韶叮嚀諄切，使勿輕言，故人無知者。	沈韶	自由間接引語心裡
	近時有人於終南及嵩山諸處見之，疑其得道云。	×	公開評論
〈鶯鶯傳〉	舉聞語，慨然而從。…鶯甚然之，而難於啟口。	趙舉趙鶯鶯	自由間接引語心裡
	穎未信，鶯請驗之，而果不謬。暇則與穎玩繹詩騷，吟詠情性，若吳絳仙之容華，曹文姬之藻思，不屑論也。…而構思未就…穎服其敏妙，為之擱筆。	柳穎	自由間接引語公開評論語言、心裡
	穎與鶯相失，莫知所在…穎聞之，意鶯或者在彼…正憂窘間…果見婦女十餘人，纍然監係；穎問鶯姓名存歿…蓋恐監者知覺，必遭箠罵。穎開而讀之，果妻手筆也。	柳穎囚婦	自由間接引語心裡、語言隱蔽評論
	書云…恐一時調撥，則轉移他處矣。百年伉儷，一旦分張。覆水再收…伏楮淒斷，不知所云。	趙鶯鶯	直接引語含混評論
	媼詣第潛問，果得鶯而私報焉…乃就懇媼請於夫人贖鶯…夫人即呼鶯使穎領去，於是夫婦相攜拜辭而出。	媼柳穎	自由間接引語語言公開評論
	乃隱於徂徠山麓，夫耕於前，妻耘於後，同甘共苦，相敬如賓，冀缺、梁鴻、龐公、王霸，亦未可以優劣論也。鄉閭遠近，頗化其風。	×	含混評論
	鄰舍奔告鶯，鶯走哭…見者驚駭，為之竦然，曰：「古稱烈婦，何以加之！」火滅，鄰裏拾其遺骸葬之，伐石表其塚曰：「雙節之墓。」君子曰：「節義，人之大閑也，士君子講之熟矣…世之抱琵琶過別船者，聞鶯之風，其真可愧哉！」	鄰人×	自由間接引語語言隱蔽評論公開評論

〈鳳尾草記〉	子孫蕃衍，世守詩書…眾以聰明許之。…惟幼女在室，絕有姿容…生雖少年，穎敏而馴謹，不好玩弄，且善伺人意。	龍生幼女	公開評論
	會生姑與練妯娌參商，陽爲懲恩，陰實沮之，故生父母猶豫，女未知也。	×	自由間接引語語言、心裡
	女家貧，未嘗有繪繡之飾，粉黛之施…剪製之巧，爲一族冠。…生重其爲人…然覯得良媒，姑又不力讚，兩下遷延，遲遲歲月。	幼女龍生	公開評論
	生自初悅其貌，不料其淑懿有識若此，自是拳拳婚議，惟恐蹉跎。	龍生	自由間接引語心裡
	女深處閨閣，性複良善，莫敢出言，又不能罵，然不勝憤。兼之秦約晉盟，遽然斷絕，淒涼憔悴，踽踽無聊。是夕，竟縊死樓上。	幼女	公開評論自由間接引語心裡
〈武平靈怪錄〉	粗有學問，頗能文章。然豪俠不羈，用財如糞土。	齊仲和	公開評論
	子堅故微，驟然發跡，欲光飾其門戶，故婚嫁必攀援閥閱…皆仲和粉飾，不知者謂爲眞衣冠家矣。	武子堅	含混評論
	遂共僧講論，辯若懸河，亹亹不休，深造佛諦。	齊仲和	自由間接引語語言
	仲和大駭…仲和備以語之…仲和默然，惴慄特甚，即日回家，果得重病…料必不起，遂卻醫藥。…嗚呼！若仲和者，得不謂之曠達之士哉？	齊仲和	自由間接引語語言、心裡含混評論雙聲
〈瓊奴傳〉	雅善歌辭，兼通音律，德、言、容、功，四者咸備，遠近爭求納聘焉。	瓊奴	公開評論
	必貴欲許劉，則鄙其閥閱之卑微；欲許徐，則慮其家道之窮迫，猶豫遲疑，莫之能定。	沈必貴	自由間接引語心裡
	漢老雖人物整然…未免矜持。苕郎則眉目清新…舉止自如。…於是四座合詞，皆以苕郎爲好，而苕郎之婚議，亦自此而成。	×	公開評論

	茗郎持歸，以誇於漢老。漢老正恨其奪己之配…即誣以事，俱不得白。訣別之際，黯然魂消，觀者莫不爲之下淚。	×	自由間接引語 語言、心裡 公開評論
	細問之，果茗郎也…遂白…眾口嗟歎，以爲前緣。…乃具狀以告。傅公即抗章以聞…就命鞫問。	童氏 瓊奴	自由間接引語 語言
〈幔亭遇仙錄〉	久之，問宗黨及虞、楊、範、揭諸君子後裔之詳。僕成應對，曆曆可聽。…飯畢，將辭而出。	清碧先生	自由間接引語 語言
	果有…七人至，皆風度凝遠，氣象超凡。…因相與論諸傳之得失。…俱親筆一揮，文不加點。	×	公開評論 自由間接引語 語言
	果有…一石函封閉甚固。…蓋啖異饌所致…識者以爲遇仙屍解雲。	清碧先生	公開評論
〈胡媚娘傳〉	妻見女婉順，亦善視之，而興終不言其故。	黃興	自由間接引語 語言
	由是內外稱譽，人無間言…裕自詫得內助，而僚寀之間，亦信其爲賢婦人也。	蕭裕	公開評論 自由間接引語 心裡 隱蔽評論
	周榮忽憶尹澹然之言，具白於太守…裕始釋然。尹公命焚死狐…裕疾愈，始以娶媚娘事告太守，遣人於新鄭問黃興。	周榮 尹澹然 蕭裕	自由間接引語 語言、心裡
	其文曰…而敢薦爾腥臊，奪其精氣…郡城隍失於覺察，權且姑容。衛土地乃爾隱藏，另行究治…使虎威之莫假，庶兔悲而有懲。九尾盡誅，萬劫不赦。…霹靂一聲，媚娘已震死闤闠矣。…眾乃信狐之善惑，而神澹然之術焉。	×	自由間接引語 語言 隱蔽評論 雙聲
	家道殷富，不複爲驛卒。蓋得裕聘財所致耳。	黃興 ×	公開評論

〈洞天花燭記〉	丈人讀既，稱歎再三…忽內間傳命，索催妝詩甚急…私下遣人致浣…媒將以入，眾皆喝采。…婿呼媒耳語，複使出致浣信美。…丈人遍告坐賓，讚譽信美之才調。…眾賓傳玩，咸讚塊奇。	文信美	自由間接引語語言
	特待新婿，專命信美陪席；信美固讓不敢當，翁婿交請…家人驚怪…號遇仙文氏。於潛人至今稱之不絕。	文信美	自由間接引語語言公開評論
〈泰山御史傳〉	非義不為，人敬憚之。省臣以孝弟力田薦，不報…珪皆漠如也。性嚴毅，不能容人之過。每面折之，至顏槙發指，不少恕。而人亦服其規誨，無有與之為怨者。	宋珪	公開評論隱蔽評論**雙聲**
	神人頷之，反旆而去。珪知必死，即處置家事。	宋珪	自由間接引語語言、心裡
	相與道舊，沽酒而飲之。軫審知為鬼…竟莫曉其所說，遂收置囊間…遂揖別而去。	宋珪秦軫	自由間接引語語言、心裡
	其後…之說驗矣…之說又驗矣。軫甚憂其病…好事者追詳其死之年…悉與語合。…珪之言，雖若迂怪，然無一不驗。是知人之窮通出處，壽夭興衰，生死葬埋，皆有一定之數，莫得而改移。或者乃欲以智力勝之，多見其不知量矣。	×	公開評論自由間接引語心裡含混評論
〈江廟泥神記〉	廟近大姓鍾聲遠者，富而好禮，喜延名師…生儀容秀整，風韻清高，略無寒儒迂腐態，群眾咸喜之。相與弈棋飲酒，談笑賦詩，惟恐生之或去也。	×	公開評論自由間接引語語言、心裡
	忽見四女郎…娉婷窈窕…生謂是諸表妹，遽前揖之，至則皆非也。女殊不羞避，笑語自若。…生意是鄰居女子相往還，亦不以為怪矣。	謝璉四女	公開評論自由間接引語心裡、語言
	妹性慧黠，亦複能詩…生私念白面書生，獲此奇遇，一之已罕，況乃四焉…女競觀傳玩，齊口稱揚，以為寡和之作。獨大姊默然…諸妹聞之，亦皆欷歔而退。	謝璉四女	公開評論自由間接引語心裡、語言

篇名	內容	人物	話語類型
	父母果遣人取生回畢姻。女聞之，皆來就生爲別。	謝璉	公開評論 自由間接引語 語言
	遽入呼生…隨加詰問，終不肯言其詳…以思女之故，果成重疾…備以前事告於生父母。生父詢問再三，乃吐實…其父大驚…命仆沉之江中而歸。…生疾亦愈，怪魅遂絕。	舅舅 謝璉	自由間接引語 語言、心裡 公開評論
〈芙蓉屏記〉	言訖…而以新婦呼王氏。王氏佯應之，勉爲經理，曲盡殷勤。舟人私喜得婦…院主問所以來故，王氏未敢以實對。	王氏	自由間接引語 語言、心裡
	王讀書識字，寫染俱通…而複寬和柔善，人皆愛之。	王氏	公開評論
	王過見之，識爲英筆，因詢所自。	王氏	自由間接引語 語言
	院主不許。而慧圓聞之，深願一出，或者可以藉此複仇，尼不能拒。公命舁至，使夫人與之同寢處，暇日，問其家世之詳。王飲泣，以實告…而未知其夫之故在也。夫人以語公，且云其讀書貞淑，決非小家女。	王氏 高公	自由間接引語 語言、心裡
	知其敏手也，具語溥化，掩捕之…窮訊之…客莫喻。公使呼慧圓出，則英故妻也。夫婦相持大慟，不意複得相見於此。公備道其始末…歎公之盛德爲不可及。…王氏因此長齋念觀音不輟。	×	自由間接引語 語言、心裡 含混評論
〈秋迁會記〉	宣徽生自相門，窮極富貴，第宅宏麗，莫與爲比。然讀書能文，敬禮賢士，故時譽翕然稱之。	宣徽	公開評論
	爲閽者所覺，走報宣徽…拜住歸，具白於母。母解意，乃遣媒於宣徽家求親…媒歸報…宣徽見其美少年，心稍喜…宣徽雖愛其敏捷，恐是預構，或假手於人…再命作《滿江紅》詠鶯…遂面許第三夫人女速哥失裏爲姻，且召夫人，並呼女出，與拜住相見。	拜住	自由間接引語 語言、心裡

	宣徽將呼拜住回家，教而養之，三夫人堅執不肯。蓋宣徽內嬖雖多，而三夫人者，獨秉權專寵，見他姬女皆歸富貴之門，獨己婿家反凋敝如此，決意悔親。	宣徽三夫人	自由間接引語語言、心裡公開評論
	僧素知其厚殮，亦萌利物之意，遂斧其蓋。女果活，彼此喜極，乃脫金釧及首飾之半謝僧。	僧拜住	含混評論
	宣徽意其必流落死矣，而人物整然，怪之…拜住實告。宣徽不信，命昇至，則真速哥失裏，一家驚動，且喜且悲。然猶恐其鬼假人形，幻惑年少，陰使人詣清安詢僧，其言一同。乃發殯，空櫬而已。歸以告宣徽，夫婦愧歎，待之愈厚，收為贅婿，終老其家。	宣徽	自由間接引語語言、心裡
〈至正妓人行〉	訪其詳，蓋大都妓人…未果，已而轉嫁編氓，愈益淪落…既罷，因與共論疇昔。其言至正時繁華富貴事，如目睹然。	李昌祺	自由間接引語語言、心裡含混評論
〈賈雲華還魂記〉	魏生五歲通五經，七歲能屬文，肌膚瑩然，眉目如畫，鄉裏以神童稱之。	×	公開評論
	始知己未生時，母氏與彼有指腹之約，不勝忻喜。	魏鵬	自由間接引語心裡
	今老矣，通詩書，曉音律，喜笑談善刺繡，多往來達官家，為女子師，皆呼為邊孀人。…時嫗目愈…詣夫人謝，且道魏生母寄書事…春鴻承命，複至請生。	嫗	公開評論自由間接引語語言
	慰勞甚至，且問蕭夫人暨梓、棨安否？生答以幸俱無恙。夫人為生道舊，如在目前，但不及指腹誓姻之說。生疑之。	魏鵬	自由間接引語語言、心裡
	生竊窺娉娉，真傾國色也，雖西施、洛神，未可優劣。生見後，魂神飛越，色動心馳，恐夫人覺之，即起辭出。	魏鵬	隱蔽評論自由間接引語心裡、語言

	生睹娉後，萬念俱灰，不求聞達，惟雲華是念。…因念夫人雖甚見愛，而掛口不及姻事，且令與娉認爲兄妹，蓋有可疑，而無從質問。	魏鵬	公開評論 自由間接引語 語言、心裡
	因大悵恨，失此良會，爲人所誤，深負娉期。	魏鵬	自由間接引語 心裡
	娉見母譽生如此，愈加愛重。由是夜往晨回，傾情倒意，雖接翼之鸞鳳，交頸之鴛鴦，未足以喻其和協也。無何，情愛所迷，殊無顧忌，朝歡暮樂，婢妾皆知，所未覺者，惟邢國一人而已。	娉娉	自由間接引語 心裡 隱蔽評論 公開評論
	娉偶過見之，默然不樂。私念此茶夫人物也，惟己嘗竊數餅與生，計必生私二人，自彼而得，因詰問之。鴻、苕不能隱，以生與爲對。娉大恨恚，妒念頓生，乃捃摭他事，白於夫人，俱遭痛撻。鴻輩銜恨，謀發娉私。	娉娉	自由間接引語 心裡、語言
	蓋微諷生寵春鴻、蘭苕事以箴之，生慚悚交並，莫知爲對…生亦踧踖不安，若有芒刺在背…娉雖謬爲斂跡，而益重幽思。	娉娉	自由間接引語 語言、心裡 隱蔽評論
	夫人亦感愴，使鴻呼娉出別，促之至再，堅不肯來。生亦不苦請，蓋不忍與之見也。	邢夫人	自由間接引語 語言 隱蔽評論
	夫人憂損特甚，莫曉其致病之由。研問家人，鴻等始略言其概。夫人懊恨違盟，勢已無及，但百端寬喻，使之勉進湯藥而已。	邢夫人	自由間接引語 語言、心裡 隱蔽評論
	母訝其聲音不類，言語不倫，正疑怪間…見夫人及尹，道還魂甚詳。夫人與麟察之：聲音語笑，娉也；舉止態度，娉也。然尚未信…入其寢室，呼春鴻諸婢妾名字，索其存日遺物，絲髮皆不謬，始深信之…乃報魏生。生亦以夢中見娉事告賈母子。夫人忻忻難言，於是命媒妁，通殷勤，再締前盟，重行吉禮…娉花燭之夕，眞處子也。枕上與生話舊，一事不遺。	娉娉	自由間接引語 語言、心裡 含混評論 雙聲 （魏鵬要春鴻暫爲其婦、福福推手、邢夫人叮嚀、福福責）

　　《剪燈餘話》出現外顯或內隱敘述聲音者中，具自由間接的引語模式者
22 篇全有；具間接的引語模式者 1 篇。含公開評論者共計 21 篇，僅〈至正
妓人行〉無，又可再細分為解釋與議論類別，解釋者為：〈聽經猿記〉、〈月
夜彈琴記〉、〈兩川都轄院誌〉、〈連理樹記〉、〈田洙遇薛濤聯句記〉、〈秋夕訪
枇杷亭記〉、〈鸞鸞傳〉〈鳳尾草記〉、〈瓊奴傳〉、〈幔亭遇仙錄〉、〈胡媚娘傳〉、
〈、泰山御史傳〉、〈江廟泥神記〉、〈秋迁會記〉、〈賈雲華還魂記〉，議論者
為：〈長安夜行錄〉、〈聽經猿記〉、〈月夜彈琴記〉、〈何思明遊酆都錄〉、〈兩
川都轄院誌〉、〈連理樹記〉、〈田洙遇薛濤聯句記〉、〈青城舞劍錄〉、〈秋夕訪
枇杷亭記〉、〈鸞鸞傳〉、〈鳳尾草記〉、〈武平靈怪錄〉、〈瓊奴傳〉、〈幔亭遇仙
錄〉、〈胡媚娘傳〉、〈洞天花燭記〉、〈泰山御史傳〉〈江廟泥神記〉、〈芙蓉屏
記〉、〈秋迁會記〉、〈賈雲華還魂記〉。隱蔽評論者共計 11 篇，可分為戲劇性
評論、修辭性評論，戲劇性評論者有〈長安夜行錄〉、〈連理樹記〉、〈青城舞
劍錄〉、〈秋夕訪枇杷亭記〉、〈鸞鸞傳〉、〈胡媚娘傳〉、〈賈雲華還魂記〉，修
辭性評論者有〈兩川都轄院誌〉、〈田洙遇薛濤聯句記〉、〈泰山御史傳〉。另
外其他的敘述聲音中，帶有心裡方面的內容者有 17 篇，而具語言方面者有
22 篇全有；前者即屬內隱敘述者聲音。最後一項含混評論者有 12 篇，其中
屬反諷性質為〈聽經猿記〉、〈武平靈怪錄〉、〈秋迁會記〉、〈賈雲華還魂記〉，
而話中有話性質者為〈何思明遊酆都錄〉、〈連理樹記〉、〈田洙遇薛濤聯句
記〉、〈青城舞劍錄〉、〈鸞鸞傳〉、〈武平靈怪錄〉、〈泰山御史傳〉、〈芙蓉屏記〉、
〈至正妓人行〉。

　　外顯的敘述者聲音涵蓋了公開評論、含混評論，共計 22 篇全有。而內
隱的敘述者聲音則是由隱蔽評論中人物口中或場面所透露出見解的戲劇性
評論，以及在間接與自由間接引語中的模仿人物內心的話語中可見，共計
19 篇，依序為〈長安夜行錄〉、〈聽經猿記〉、〈月夜彈琴記〉、〈兩川都轄院
誌〉、〈連理樹記〉、〈田洙遇薛濤聯句記〉、〈青城舞劍錄〉、〈秋夕訪枇杷亭
記〉、〈鸞鸞傳〉、〈鳳尾草記〉、〈武平靈怪錄〉、〈瓊奴傳〉、〈胡媚娘傳〉、〈泰
山御史傳〉、〈江廟泥神記〉、〈芙蓉屏記〉、〈秋迁會記〉、〈至正妓人行〉、〈賈
雲華還魂記〉。

二、敘述者干預情形比較

　　以下為各種敘述者干預的情形：

《剪燈新話》	公開	隱蔽	含混	其他	《剪燈餘話》	公開	隱蔽	含混	其他
〈水宮慶會錄〉					〈長安夜行錄〉	●	●		
〈三山福地志〉	●	●			〈聽經猿記〉	●		●	
〈華亭逢故人記〉	●				〈月夜彈琴記〉	●			●
〈金鳳釵記〉		●			〈何思明遊酆都錄〉	●		●	
〈聯芳樓記〉	●	●	●	●	〈兩川都轄院誌〉	●	●		●
〈令狐生冥夢錄〉	●	●			〈連理樹記〉	●	●		●
〈天台訪隱錄〉			●	●	〈田洙遇薛濤聯句記〉	●	●	●	
〈滕穆醉游聚景園記〉	●	●		●	〈青城舞劍錄〉	●			●
〈牡丹燈記〉	●	●		●	〈秋夕訪枇杷亭記〉	●			●
〈渭塘奇遇記〉	●	●		●	〈鸞鸞傳〉	●	●		●
〈富貴發跡司志〉	●	●	●		〈鳳尾草記〉	●			
〈永州野廟記〉	●	●		●	〈武平靈怪錄〉	●		●	
〈申陽洞記〉	●	●			〈瓊奴傳〉	●			●
〈愛卿傳〉	●	●		●	〈幔亭遇仙錄〉	●			
〈翠翠傳〉	●	●	●	●	〈胡媚娘傳〉	●	●		
〈龍堂靈會錄〉	●				〈洞天花燭記〉	●			●
〈太虛司法傳〉	●		●		〈泰山御史傳〉	●			
〈修文舍人傳〉	●	●		●	〈江廟泥神記〉	●			
〈鑑湖夜泛記〉	●			●	〈芙蓉屏記〉	●		●	
〈綠衣人傳〉	●		●		〈秋迁會記〉	●			
〈秋香亭記〉		●	●	●	〈至正妓人行〉			●	
計	17	14	7	11	〈賈雲華還魂記〉	●	●	●	●
					計	21	11	12	14

　　《剪燈新話》中涉及公開評論的干預手法者有 17 篇，隱蔽評論的干預手法者有 14 篇，含混評論干預手法者有 7 篇，而其他類因在小說中並無結構、註腳的干預，因而僅論歷史與普遍的真實的部分，意即以類典故方式干預者，在此有 11 篇；含三種干預手法者有 8 篇，四種干預手法者 2 篇。可謂敘述者

干預的情形在瞿佑小說中頗為常見，較著重公開評論與隱蔽評論的敘寫方式，而單篇內敘述者干預手法的種運用次數較低。

《剪燈餘話》中涉及公開評論的干預手法者有 21 篇，隱蔽評論的干預手法者有 11 篇，含混評論干預手法者有 12 篇，而其他類因在小說中並無結構、註腳的干預，因而僅論歷史與普遍的真實的部分，意即以類典故方式干預者，在此有 14 篇；含三種干預手法者有 5 篇，四種干預手法者 5 篇。可見敘述者干預的情形在對《剪燈餘話》中也影響很大，使得李昌祺小說在各種干預手法的使用頻率超越了瞿佑，而單篇內敘述者干預手法的運用次數更是有過之而無不及的。

三、內隱、外顯的敘述者聲音

《剪燈新話》敘述聲音		計	總	《剪燈餘話》敘述聲音		計	總
外顯	公開評論	17	19	外顯	公開評論	21	22
	含混評論（亦內隱）	7			含混評論（亦內隱）	12	
內隱	引語模仿人物內心	15	18	內隱	引語模仿人物內心	17	19
	隱蔽評論：戲劇性	14			隱蔽評論：戲劇性	6	

以上為外顯與內隱敘述者聲音數據化情形，可以明顯看出《剪燈餘話》在外顯、內隱的聲音表露程度皆高於《剪燈新話》。以下就兩書的外顯與內隱的敘述者聲音進行更深入地探討與比較。

1.《剪燈新話》

以下對瞿佑《剪燈新話》中包含公開評論與含混評論兩個外顯聲音的部分進行探討，由其評論對象的主題類別可看出作者所關注的焦點所在，又由於含混評論有部份含有內隱敘述者聲音的性質，因而就其進行比對，探討所透露出來的觀點是否一致：

外顯聲音	性格	資質	形貌	信念	錢財	奇事	評 I	評 II
〈三山福地志〉		●					否	×
〈華亭逢故人記〉	●	●					肯	×
〈聯芳樓記〉	●	●	●				肯／否	×／肯
〈令狐生冥夢錄〉	●			●			肯	×
〈天台訪隱錄〉						●	肯	肯

〈滕穆醉游聚景園記〉		●	●				肯	肯
〈牡丹燈記〉			●				肯	肯
〈渭塘奇遇記〉			●				肯	肯
〈富貴發跡司志〉					●		否	×
〈永州野廟記〉						●	否	×
〈申陽洞記〉		●					肯	否
〈愛卿傳〉		●	●				肯	肯
〈翠翠傳〉	●	●					肯／肯	×／否
〈龍堂靈會錄〉						●	肯	×
〈太虛司法傳〉	●			●			否	肯
〈修文舍人傳〉	●	●			●		肯／否	×／×
〈鑑湖夜泛記〉	●						肯	×
〈綠衣人傳〉			●			●	肯／否	×／否
〈秋香亭記〉						●	否	×
計	7	8	6	2	2	5		

　　在瞿佑《剪燈新話》外顯的敘述者聲音中對於人物的資質常有評論，其次是性格、形貌、奇事的評論。其中有 11 篇出現一次評論的情形，12 篇則是由敘述者敘述評論後又對前者再次進行評論。整體而言出現正面肯定，含否定後肯定的篇章共計 13 篇，有〈華亭逢故人記〉、〈聯芳樓記〉、〈天台訪隱錄〉、〈滕穆醉游聚景園記〉、〈牡丹燈記〉、〈渭塘奇遇記〉、〈愛卿傳〉、〈翠翠傳〉、〈龍堂靈會錄〉、〈太虛司法傳〉、〈修文舍人傳〉、〈鑑湖夜泛記〉、〈綠衣人傳〉；而負面否定的篇章，含肯定後否定的篇章共計 9 篇，有〈三山福地志〉、〈令狐生冥夢錄〉、〈富貴發跡司志〉、〈永州野廟記〉、〈申陽洞記〉、〈翠翠傳〉、〈修文舍人傳〉、〈綠衣人傳〉〈秋香亭記〉。

　　在二次評論中，前後一致者共有 6 篇，皆為肯定者為〈天台訪隱錄〉、〈滕穆醉游聚景園記〉、〈牡丹燈記〉、〈渭塘奇遇記〉、〈愛卿傳〉，皆為否定者為〈綠衣人傳〉；前後不一致者共有 4 篇，其中肯定後否定者為〈申陽洞記〉、〈翠翠傳〉，否定後肯定者為〈聯芳樓記〉、〈太虛司法傳〉。以上可看出瞿佑較為喜歡運用正面肯定敘述。而前後不一致的手法牽涉到雙聲效果，將在下一段主題進行論述。

2.《剪燈餘話》

以下爲李昌祺《剪燈餘話》中包含公開評論與含混評論兩個外顯聲音的部分進行探討，由其評論對象的主題類別可看出作者所關注的焦點所在，又由於含混評論有部份含有內隱敘述者聲音的性質，因而就其進行比對，探討所透露出來的觀點是否一致：

外顯聲音	性格	資質	形貌	信念	錢財	奇事	感情	經歷	評I	評II
〈長安夜行錄〉		●						●	肯	×
〈聽經猿記〉	●	●	●		●			●	肯／否	×／肯
〈月夜彈琴記〉		●						●	肯	肯
〈何思明遊酆都錄〉		●						●	肯／否	×／肯
〈兩川都轄院誌〉	●				●			●	肯／否	×／×
〈連理樹記〉		●	●	●		●		●	肯／肯	肯/肯
〈田洙遇薛濤聯句記〉	●	●		●					肯／否	×／×
〈青城舞劍錄〉		●				●		●	肯／肯	肯／×
〈秋夕訪枇杷亭記〉	●	●	●			●	●		肯／肯	×／肯
〈鸞鸞傳〉	●			●		●	●		肯／肯	肯／×
〈鳳尾草記〉	●	●	●					●	肯／肯	肯／×
〈武平靈怪錄〉	●	●			●	●			肯／否	肯／肯
〈瓊奴傳〉		●	●				●		肯	肯
〈幔亭遇仙錄〉		●	●				●		肯	×
〈胡媚娘傳〉	●				●			●	肯	×
〈洞天花燭記〉						●			肯	×
〈泰山御史傳〉	●					●		●	肯／肯	否／肯
〈江廟泥神記〉	●		●			●		●	肯／否	肯／否
〈芙蓉屏記〉		●				●			肯	×
〈秋遷會記〉	●	●			●				肯／否	×／×
〈至正妓人行〉								●	×	×
〈賈雲華還魂記〉	●	●	●	●			●		肯／肯	×／肯
計	12	16	7	4	6	9	5	13		

　　在李昌祺《剪燈餘話》外顯的敘述者聲音中對於人物的資質常有評論，其次是經歷、性格的評論。其中有 15 篇出現一次評論的情形，13 篇則是由敘述者敘述評論後又對前者再次進行評論。整體而言出現正面肯定，含否定後肯定的篇章共計 21 篇，僅〈至正妓人行〉無；而負面否定的篇章，含肯定後否定的篇章共計 5 篇，有〈兩川都轄院誌〉、〈田洙遇薛濤聯句記〉、〈泰山御史傳〉、〈江廟泥神記〉、〈秋迁會記〉。

　　在二次評論中，前後一致者共有 12 篇，皆爲肯定者爲〈月夜彈琴記〉、〈何思明遊酆都錄〉、〈連理樹記〉、〈青城舞劍錄〉、〈秋夕訪枇杷亭記〉、〈鸞鸞傳〉、〈鳳尾草記〉、〈武平靈怪錄〉、〈瓊奴傳〉、〈泰山御史傳〉、〈江廟泥神記〉、〈賈雲華還魂記〉，皆爲否定者爲〈江廟泥神記〉；前後不一致者共有 4 篇，其中肯定後否定者爲〈泰山御史傳〉，否定後肯定者爲〈聽經猿記〉、〈何思明遊酆都錄〉、〈武平靈怪錄〉。以上可看出李昌祺是十分喜歡運用正面肯定的敘述。而前後不一致的手法牽涉到雙聲效果，將在下一段主題進行論述。

四、雙聲效果

　　外顯與內隱敘述者的聲音是作爲用來瞭解作者對於各篇故事衷旨的內心傾向與認同方法，雙聲效果更進一步是內隱與外顯聲音的矛盾衝突情況，使得故事更具張力甚至有弦外之音。以下爲內隱聲音與外顯聲音的衝突的篇章與情況。

《剪燈新話》雙聲	混合	隱蔽	其他	《剪燈餘話》雙聲	混合	隱蔽	其他
〈三山福地志〉		●		〈聽經猿記〉	●		
〈華亭逢故人記〉		●		〈何思明遊酆都錄〉	●		
〈聯芳樓記〉	●			〈秋夕訪枇杷亭記〉		●	
〈永州野廟記〉		●		〈武平靈怪錄〉	●		
〈申陽洞記〉			●	〈胡媚娘傳〉		●	
〈翠翠傳〉	●			〈泰山御史傳〉			●
〈太虛司法傳〉	●			〈芙蓉屏記〉			

（一）《剪燈新話》

1. 期望有果報思想：

對於爲人寬厚之人遭受不平，是期望有果報的。在〈三山福地志〉中外

顯的聲音爲「生而質鈍，不通詩書」，在這萬般皆下品，唯有讀書高的時代，
元自實雖然資質不好，對於學問道理不很理解，但他在待人處事方面卻是厚
道的。對於同鄉繆君得官卻缺少路費，來跟他商借，他也很乾脆的「以鄉黨
相處之厚，不問其文券，如數貸之」毫不爲難，甚至在元自實生活困頓時，
面對一毛不拔的繆君曾一度燃起想要殺死他以報復的心態，但終也以不負別
人而轉念，反而想自己結束生命一了百了，這反映了元自實質鈍的一面，而
最後在三山福地的道士處吞了交梨火棗而得知自己的前世爲翰林學士：

> 自實食訖，惺然明悟。因記爲學士時，草西蕃詔於大都興聖殿
> 側，如昨日焉…子亦無罪。但在職之時，以文學自高，不肯汲引後
> 進，故今世令君愚憒而不識字。以爵位自尊，不肯接納遊士，故今
> 世令君漂泊而無所依耳。…自實因舉繆君負債之事…自實乞指避兵
> 之地…自實告以無路，道士指一徑令其去，遂再拜而別。〔註27〕

藉由道士得知自己的前世背景、今世遭遇打擊的緣由、未來必兵禍的宜居之
地，這處由場面、人物的見解所透露出內隱的聲音的身世之衝突，可見瞿佑
的認知裡是存有因果報應思維的，而面對困境是上天給予的考驗，不論瞿佑
是否同意善惡報應之說，但他面對元自實雖然以公開評論的方式譏其質鈍、
不懂詩書，但對其爲人厚道卻遭遇不平的情況是深予同情的且傾向善有善報
的。

2. 痛惡為私利而草菅生命：

對於某些欲一展長才而掀起戰事波瀾的文人深表譴責。〈華亭逢故人記〉
中：

> 全、賈二子者，皆富有文學，豪放自得，嗜酒落魄，不拘小節，
> 每以遊俠自任…二子來往其間，大言雄辯，旁若無人。豪門巨族，
> 望風承接，惟恐居後…其詩大率類是，人益信其自負。吳元年，國
> 兵圍姑蘇…二子自以嚴莊、尚讓爲比，杖策登門，參其謀議，遂陷
> 嘉興等郡。未幾，師潰，皆赴水死。〔註28〕

可以看出全、賈二人的才學及被時人推崇的程度，而兩人雄心壯志也可由詩
句與種種「豪放自得」「大言雄辯」等自我肯定的公開評論的敘述句中見著，
時人們也十分信崇二人，而戰事興起，更是主動「杖策登門，參其謀議」，後

〔註27〕 《剪燈新話句解》，頁 1735～1738。
〔註28〕 《剪燈新話句解》，頁 1739～1740。

兵敗身亡。但在這些正面公開評論敘述句旁卻時刻附帶負面敘述如「嗜酒落魄」、「旁若無人」，而更「以莊嚴、尚讓爲比」黃巢民兵起義的人士自比，反面呼應「人益信其自負」、「國兵爲姑蘇」的敘述句與文中不曾錄全、賈二人全名的情況，又後石若虛與兩人亡魂相見時，兩人所發論的內容：

> 丈夫不能流芳百世，亦當遺臭萬年…黃巢擾亂唐室，罪不容
> 誅。至於事敗，乃削髮被緇，逃遁蹤跡，題詩云：「鐵衣著盡著僧衣。」
>
> 若二人者，身爲首惡，而終能脫禍，可謂智術之深矣。〔註29〕

在此段藉由全、賈二人之口又見一個矛盾衝突，認爲黃巢擾唐罪不容誅，卻又同時讚嘆身爲首惡者終能脫禍，且爲了歷史上留下名號，即使遺臭萬年亦可的觀點，可謂在表面肯定兩人文學後，卻也暗中透露出對富有才學之人爲了自身甚至煽起戰事影響使百姓生活陷入混亂的譴責與批判。

3. 批判感情上不負責任的男子：

遣責禮教之對於女子已不甚公平下卻仍有男子佔盡便宜卻不負責的行爲。在〈聯芳樓記〉中對二女的評價是「皆聰明秀麗，能爲詩賦」，鄭生的評價是「氣韻溫和，性質俊雅」。對於二女與鄭生的私會之事鄭生的態度是「喜極不能言」，而二女的態度是「他時泄漏春消息，不悔今宵一念差」，而後某夕：

> 生忽悵然曰：「…一旦事跡彰聞，恩情間阻，則樂昌之鏡，或
> 恐從此而遂分…」因哽咽泣下。二女曰：「…自獻下和之璧。感君不
> 棄…他日機事彰聞，親庭譴責，若從妾所請，則終奉箕帚於君家。
> 如不遂所圖，則求我於黃泉之下，必不再登他門也。」生聞此言，
> 不勝感激。〔註30〕

面對不確定的未來二女與鄭生的行爲表現截然不同，相較於二女對此段感情是眞摯不渝而對未來有打算與定見的，鄭生對雙方未來卻是完全沒有嘗試解決的動作和定見的，僅用哭泣、感激表示，兩者形成強烈反差衝突，相對於外顯的聲音表露了女子的見識與意志外，內隱的聲音也暗中透露出對於男子沒有擔當的暗諷。

4. 肯定道教與文人精神：

肯定文人之正直不畏鬼神。在〈永州野廟記〉中，神廟附近「大木參天

〔註29〕《剪燈新話句解》，頁 1747。
〔註30〕《剪燈新話句解》，頁 1768。

而蔽日者，不知其數，風雨往往生其上，人皆畏而事之」，人們路過必以牲禮獻於廟，否則則人物行李皆失。而有天畢應祥路過神廟，卻因阮囊羞澀無法設奠，但向神廟致敬後而行：

> 大風振作⋯回顧，見甲兵甚眾，追者可千乘萬騎，自分必死。
>
> 平日能誦《玉樞經》⋯所追兵騎，不複有矣。僅而獲全，得達衡州。
>
> 過祝融峰，謁南嶽祠，思憶前事，具狀焚訴。〔註31〕

主角畢應祥的反應與一般人們不同，在緊急時刻不但冷靜背誦道教經典，並在獲得保全後，投訴神明，此內隱的敘述者聲音與外顯的「人皆畏而事之」相衝突，可謂暗示了對道教經典的推崇與肯定了文人正直不畏鬼神的態度。

5. 批判金錢至上的觀念：

暗諷了人們見錢眼開的觀念與行為。〈申陽洞記〉中李德逢「善騎射，馳騁弓馬，以膽勇稱，然而不事生產，為鄉黨賤棄」在鄉里間的形象不並好，此處直接反應了人們重視金錢甚於獵射專業的社會觀感。而人們所重的權貴稍後遭遇到重大打擊，卻束手無策：

> 有大姓錢翁者，以資產雄於郡。止有一女⋯失女所在，門窗戶闥，扃鐍如故，莫知所從往。聞於官，禱於神，訪於四境，悄無蹤跡。翁念女切至，設誓曰：「有能知女所在者，願以家財一半給之，並以女事焉。」雖求尋之意甚切，而荏苒將及半載，竟絕音響。
>
> 〔註32〕

由此處的自由間接引語來看，在這裡藏在焦急錢翁的背後的隱蔽敘述者聲音，雖錢翁資產雄厚，卻找不到丟失的女兒，即使用盡辦法、重金獎賞依舊毫無音訊，透露了金錢並不是萬能的一個思維，與後面雖錢翁尋女之意甚切，但完全沒有消息的評論相呼應，而與前述因非富非貴而被賤棄的李生形成衝突。而後偶然下李生救了幾位失蹤的女子並將她們送回家，而「翁大驚喜，即納為婿。其二女之家，亦願從焉。生一娶三女，富貴赫然。」最後一娶三女、富貴赫然的與前述為鄉黨所賤棄的外顯敘述者聲音形成二度衝突，暗諷了人們見錢眼開的盲目，雙聲效果強化了故事的精采與深化了意蘊。

6. 強權壓迫下的無奈：

同情人們被強權剝削的處境而感慨。〈翠翠傳〉中因戰亂分離，翠翠被李

〔註31〕《剪燈新話句解》，頁 1851。
〔註32〕《剪燈新話句解》，頁 1856。

將軍所擄，金定則「生於是辭別內、外父母，求訪其妻，誓不見則不複還」。經萬苦尋到了李將軍府，以兄妹之由求見：

> 將軍，武人也，信之不疑…生，聰敏者也，性既溫和，才又秀發。處於其門，益自檢束，承上接下，咸得其歡。代書回簡，曲盡其意。將軍大以爲得人，待之甚厚。〔註33〕

由將軍以爲尋得了人才，又是翠翠之兄長而厚待金定，與開頭對將軍的「信之不疑」相呼應，而「武人也」一句微諷其思維簡單。而金定被安置在將軍府後的作爲與性格描寫，與前述激烈的誓詞相衝突，在這自由間接引語背後的隱蔽敘述者聲音中顯示出瞿佑對金定的處境深表同情外，同時也表露了面對強權奪取的無奈。

7. 默認鬼神存在：

〈太虛司法傳〉中對馮大異的敘述爲：

> 吳、楚之狂士也。恃才傲物，不信鬼神。凡依草附木之妖，驚世而駭俗者，必攘臂當之，至則凌慢毀辱而後已。或火其祠，或沉其像，勇往不顧，以是人亦以膽氣許之。…謂其家曰：「我爲諸鬼所困，今其死矣！可多以紙筆置柩中，我將訟之於天。數日之內，蔡州有一奇事，是我得理之時也，可灑酒而賀我矣。」…蘦之間，如有靈焉。〔註34〕

文中對於他的行爲評價十分負面，行爲舉止「恃才傲物」、「勇往不顧」，而末卻以正面的外顯敘述聲音「以膽氣許之」結語，形成衝突。而後馮大異被鬼怪報復而亡，不忘向天府提出訴訟，他對家人說「我將訟之於天」與前述「不信鬼神」衝突，而故事末尾他勝訴了，而有「如有靈焉」的評語出現，此句否定句又與「不信鬼神」相呼應，但卻與整個故事情節衝突。在這隱蔽敘述聲音透露了寧可信其有鬼神之意。

（二）《剪燈餘話》

1. 消遣佛教：

藉猿猴轉世對貌似猿的龍濟寺爲開山祖師進行消遣。〈聽經猿記〉中在猿偷穿禪師的袈裟與偷看經典被禪師發現時，禪師內心認爲「此已解悟矣」，而

〔註33〕　《剪燈新話句解》，頁1888。
〔註34〕　《剪燈新話句解》，頁1924。

猿猴化身投在禪師門下的猿遜某天被禪師題點了而「遜言下大悟」，並在元遜坐化已後又說：「二百年後，還汝受用」，與先前的已解悟敘述聲音上呈現衝突。而在兩百年後：

> 至宋南渡末，有民家婦，懷妊將產，夢猿入室，而誕一男，貌與猿肖。及長，不樂婚娶，堅求出家，父母從之，送入龍濟爲僧，名宗鑒。其後道價高重，虎侍猿隨，變幻神奇，不可勝述，世稱爲肉身菩薩。果能重修梵宇…號支雲，叢林稱爲支雲鑒禪公。有語錄十卷，文集四卷。其《蛇穢説》，尤行四方。迨今龍濟奉爲重開山祖師。忌日，猶有群虎繞塔之異。後人以鑒生時計之，正協修公所記，亦神矣哉！〔註35〕

此處自由間接引語之間可以看到的外顯敘述者聲音爲讚賞支雲鑒禪公的神異事跡，而另一方面卻又以其「夢猿入室」、「貌與猿肖」確切交代其前世身份，並且「人以鑒生時計之，正協修公所記，亦神矣哉」又與兩百年前禪師的預言作清楚的印證，在這肯定聲音的背後的內隱的敘述者聲音，無不可推斷爲李昌祺對於盛行的佛教經典《蛇穢説》的作者支雲鑒禪公暗中的消遣。

2. 默認果報思想：

藉害怕日後地府行責而肯定鬼神存與果報。〈何思明遊酆都錄〉中何思明「通五經，尤專於《易》，以性學自任，酷不喜老、佛。間遇其徒於道，輒斥之日…其持論言近指遠，類如此」對於何思明對於佛教的不信，而在故事中至末尾卻有著大相逕庭的行爲表現：

> 乃召弟子告曰：「二教之大，鬼神之著，其至矣乎！囊吾僻見，過毀老、釋，今致削官減祿，幾不能生，小子識之。」

> 其後思明果終知縣。所至以清慎自將，並無瑕玷，號稱廉潔，蓋有所懲云。〔註36〕

此處直接引語與自由間接引語的敘述聲音對於先前以儒生身份大力批判的外顯敘述者聲音有著很大的衝突，藉由何思明的遭遇與對於佛教鬼神批判的轉變，可以認爲李昌祺在除了正面肯定何思明的清慎廉潔行爲外，對於鬼神有無之說持默認的看法。

〔註35〕 《剪燈餘話》，頁 15。
〔註36〕 《剪燈餘話》，頁 31、36。

3. 譴責對生命的不重視：

暗諷殉葬、殉死爲至上的觀念。〈秋夕訪枇杷亭記〉中鄭婉娥與沈韶議論舊事：

> 又曰：「…吾主又召之曰：『卿仕中朝，未嘗顯要，而文章學問，自不容掩，其以事元者事我，不患不至大官。』聞頓首謝。主又曰：『卿與李黼同榜，黼不死，我當大用之，然黼自爲其主，幸獨得卿。聞卿善爲詩，近有作否？』聞對曰：『臣不能死義，有愧於黼。嘗以杜甫滿目悲生事，因人作遠遊爲韻，賦十詩見誌，今皆忘之，止記其一詩耳，爲陛下誦之。』因跪陳曰：世運厄陽九，幹戈禍生民，陵穀有高卑，一朝易其陳。間關中郎將，慷慨遠與巡。誌同事乃異，非有屈與伸。堂堂李江州，求仁而得仁。清風已十載，而我猶爲人。既退，主顧近侍曰：『其詞愧矣！』由是陋其爲人，無複進用之意。斯人者，正朱文公所謂文人無行。以妾觀之，不特凝碧之王維，欠死之範質，爲可罪哉！」韶聞其論，心甚服焉。〔註37〕

這段話語中鄭婉娥的舊主兩度的懇請前朝遺官劉聞爲己任用，卻在劉聞的一番無法爲義死推辭話語下其主改變了對其的看法「由是陋其爲人，無複進用之意」，而鄭婉娥也對此加以大力批判，和她己身遭遇「亦當時之殉葬者」相呼應，而與先前其主「幸獨得卿」之說相衝突。在這外顯敘述者聲音對劉聞的批判外，也與對鄭婉娥身爲遜葬者抱持同情及對劉聞保全生命的態度微微贊同的內隱敘述者聲音相衝突，呈顯習俗對女子生命的不重視，也暗諷世人們動輒得死勝過惜才的觀念。

4. 批判固執拘泥：

批評文人拘泥的思維。〈武平靈怪錄〉中對於齊仲和資質與性格的敘述是「粗有學問，頗能文章，然豪俠不羈」，而在故事中途逢精怪吟詩唱和了一夜的經歷後，齊仲和的態度是：

> 仲和默然，惴慄特甚，即日回家，果得重病，因憶「早晚與上官公同載」之言，料必不起，遂卻醫藥。妻子交口勉之，仲和曰：「死生有定，物已先知，服藥求醫，徒自苦耳！」又半月，竟卒。嗚呼！若仲和者，得不謂之曠達之士哉？〔註38〕

〔註37〕《剪燈餘話》，頁70～71。
〔註38〕《剪燈餘話》，頁95。

因驚嚇過度而重病不起，只因一句「客雖未毫，然早晚當與上官公同載矣，抑又何傷？」，而拒醫藥，忽略了精怪對其私毫無傷的事實，在末尾一句「曠達之士」的稱讚又與前述「惝慄特甚」形成衝突，除了略呼應「粗有學問」外，也隱約批評了文人固執拘泥的觀念。

5. 人心醜陋勝過精怪：

為精怪形象些許平反。〈胡媚娘傳〉中對於胡女媚娘的各方敘述是「見女婉順」、「賦性聰明，為人柔順」、「由是內外稱譽，人無間言」的，而無奈精怪與人無法共處而致她的人類夫婿重病，道士尹澹然撰以檄文請神將將她消滅，檄文內容中她的罪狀為：

> 況蕭裕乃八閩進士，七品命官，而敢薦爾腥臊，奪其精氣。投
> 身驛傳之卒，作配縉紳之流。恣烏合而弗慚，懷豕心而未已。〔註39〕

對於知曉身份的道士與不知曉其身份時的人們，對於胡媚娘的評價形成衝突。若以精怪對於人類有害的通識來看，起初收留胡媚娘的黃興不但知情且認為「此奇貨可居」，而將她嫁與進士蕭裕，因而「家道殷富，不複為驛卒，蓋得裕聘財所致耳」的心態更為可議，由對於胡媚娘的美好形象的一再公開批評，顯示了李昌祺對於精怪一味的被人們嚴拒醜化與趕盡殺絕的態度表露了同情與些許的不認可，又對比黃興的作為也暗藏了人心其實更為醜惡的思維。

6. 權威下的沉默：

在面對恐懼下到底是服權、服心的質疑。〈泰山御史傳〉中對於宋珪的為人敘述為：

> 珪生而俊偉，長而端嚴，能勤於學…非義不為，人敬憚之。省
> 臣以孝弟力田薦，不報…珪皆漠如也。性嚴毅，不能容人之過。每
> 面折之，至顏頹發指，不少恕。而人亦服其規誨，無有與之為怨者。
> 〔註40〕

敘寫宋珪為人正義感十足，人們敬畏他，且性格剛毅，常常面怒責人卻沒有人對他持有怨懟。然而在「服其規誨」之下，與「生而俊偉，長而端嚴」、「敬憚」、「顏頹發指」、「不少恕」確實有形成衝突的情況，因此此處外顯敘述者聲音為頌宋珪之為人稱義，而在隱含的敘述者聲音卻透露出批判其性格過於

〔註39〕《剪燈餘話》，頁107。
〔註40〕周楞伽校注《剪燈新話‧外二種》，頁236。

強硬尖銳，人們並非毫無怨懟之意。

（三）雙聲的模仿與比較

　　在這些衝突下的內隱敘述者聲音的主題為宗教、果報、鬼神、生命、強權、譴責世俗觀上是十分相似的，也是《剪燈餘話》明顯模仿《剪燈新話》部分，而在模仿主題之餘也加入了許多有別於瞿佑的想法與黑色幽默，在筆調上《剪燈新話》是較為淡雅的，而《剪燈餘話》則是諷刺力道較強。宗教上，瞿佑肯定道教經典與神明的給予幫助，同時也肯定文人無畏的精神，而李昌祺則是正面肯定佛教禪師們的道行濟世外，卻也對龍濟開山祖的外貌進行消遣；果報上，瞿佑透過元自實的遭遇正面的期望好人有好報，而李昌祺則是透過何思明被地府警告後而相信因果；生命上，瞿佑從全、賈口中正向暗示的衝突來譴責文人利己害命的行為思想，李昌祺則是用劉聞一事正、負向對比的衝突來譴責不重視生命的價值觀；面對強權上，瞿佑以百姓的故事呈顯無奈，李昌祺則是在性格評論上直接進行正、負向衝突，用人們的反應與宋珪的強硬呈現對比與質疑。在筆法上，瞿佑貫以不同的兩件人事物進行衝突對比來呈現，而李昌祺則是貫在同一件人事物上進行衝突，可見《剪燈餘話》藏的比較深，需要透過比對內隱的敘述者聲音才較為明朗，而《剪燈新話》較為淺白易辨識。

第五章 結 論

　　整體來說明代小說以白話為盛，受到昔日研究者的關注自然也最多，而對文言小說較為忽略。但明朝志怪傳奇小說總數為歷代之冠，理應受到重視，然其歷史現狀與它在小說史上應有的地位，存在著令人詫異的落差，又以《剪燈新話》為代表，從明初到晚明一直都有仿作輩出，其重要性不言而喻。也由於《剪燈餘話》對《剪燈新話》敘事上的互補與擴大，使得兩者為往後剪燈系列小說模擬不得不提的典範，因此本論文以西方敘事學的分析系統來著手研究《剪燈新話》文本中種種的敘寫技巧，探究其特色所在。

一、時序方面

　　時序方面，每種手法都有它特別的功能性存在，二書在時序的手法上運用十分多元。在倒敘方面，瞿佑《剪燈新話》在內倒敘這一手法上有多元化的經營；而李昌祺的《剪燈餘話》中的內倒敘手法就單調許多。在外倒敘手法，瞿佑是較為保守的。而李昌祺喜以主角的眼耳所見所聞來呈現，故事延展面更大了，也使故事內容更豐富些；另外在〈月夜彈琴記〉中反倒是利用原本是缺點的「不相干人物的經歷」發展了屬於不相干人物的故事，是一大突破。

　　預敘手法方面，內、外預敘透露的是對於外部關注的暗示。瞿佑《剪燈新話》預告與主角命運相關使故事倍添懸疑感，和預告他人事物以暗示期望正義制裁，在寫作技巧與表露思想這兩類上有較均衡發展。李昌祺《剪燈餘話》裡較刻意著重預告劇情上的變化，並預告未來仕途的篇章居多，可以看出李昌祺的著墨重心所在。重複預敘手法透露了內在的思維，可看出瞿佑對於身份、感情、性格、德性的看重，李昌祺則是對性格、感情、心機、文采

得著重，也側寫出兩人內心在意的不同之處；而瞿祐《剪燈新話》富有弦外之音的功能性，李昌祺《剪燈餘話》裡則無這種功能，而是暗示於故事走向本身。

　　無時性的手法方面，在倒敘中帶有預敘的手法裡，無論是主題或者敘述語調二書都截然不同：李昌祺《剪燈餘話》中預示的主題皆與仕途相關，帶有警告、感懷的敘述語調；瞿祐《剪燈新話》則是含有愛情、因果兩主題，分別帶有關懷、消遣的敘述語調。至於開放式倒敘，瞿祐站在旁觀立場進行敘述，而李昌祺的〈長安夜行錄〉卻是以主觀立場進行敘述。預敘中帶有倒敘的手法僅〈聽經猿記〉一篇，是李昌祺在《剪燈餘話》中的創新嘗試，在瞿祐《剪燈新話》並沒有這種手法出現。

　　在時序的組合方面，由於時序的組合關係帶有因果性與功能性，後者的強烈程度依鏈接、嵌入、接合遞增。以因果性來看，《剪燈新話》為核心事件的鏈接情形較多，情節扣合得較緊密。以功能性及風格來看，《剪燈新話》的功能性明顯較強烈：瞿佑慣以改善出發而轉向惡化，故事慣以悲傷走向，同時具備改善、惡化情形者有 5 篇；李昌祺則相反，喜以惡化出發而轉向改善，故事喜於美滿走向，同時具備改善、惡化情形者僅 2 篇。《剪燈新話》的組合手法是較為複雜的，三種組合手法皆有的比例為 6：4，同時也代表在時序手法上有著更緊湊密實的線性連結，以及具備更強烈的功能性。

二、時距方面

　　場景方面，李昌祺的《剪燈餘話》場景變換的頻繁程度是高於瞿祐《剪燈新話》的；而在開頭與結尾的慣性方面，《剪燈新話》以「概要開頭、概要結尾」為大宗，其他亦有五種不同得嘗試，而《剪燈餘話》則全集中在「概要開頭、概要結尾」、「概要開頭、停頓結尾」、「停頓開頭、概要結尾」三種模式上，較為規則但創意就顯得略少些。

　　概要手法方面，在內容上除了開頭、結尾之用外，《剪燈新話》在故事中間串場的概要手法，篇幅較長的僅兩篇，其餘多為用以與場景、停頓間的過度，篇幅中短居多；在《剪燈餘話》中在故事中間串場的概要手法使用較為頻繁，在場景與停頓交替之際，有較長篇幅概要者占了總篇數的近半數。可知在敘寫的篇幅上、內容的比重上《剪燈餘話》是略多一些的。

　　關於停頓手法，《剪燈新話》大部分對景致的敘寫，其次是詩詞作品的轉

錄、巴爾札克類型；《剪燈餘話》除了上述三種外，對於人物樣貌、人物的心聲亦多有著墨。可知各類型停頓手法，無論是篇章數量或者是單篇內的敘述上，《剪燈餘話》的運用情況比《剪燈新話》來得高很多，使得藝術性、小說意蘊都更深，這也是《剪燈餘話》有所突破之處。

　　關於省略手法，瞿祐與李昌祺兩個人都習慣以「暗含省略」為省略手法，作為加快故事節奏的敘寫方式之一，而「明確省略」與「純假設省略」手法的使用率都只在總篇章的半數左右，但這與手法本身受到情節的限制有關，其實在小說中此二者更為重要。純假設省略方面篇數接近，內容敘寫上僅有些微差異：有「當下狀況不明，後以補充方式揭露」及「當下的內容無處安置，事後直接揭露」二種，比重分別為《剪燈新話》4：4，《剪燈餘話》6：4。雖《剪燈新話》整體運用的篇章數量較少，但兩種手法卻較均衡運用，可知瞿佑不是偶一為之；而《剪燈餘話》在純假設省略手法在整體上也近乎半數，可知李昌祺對於小說藝術技巧方面亦是有意經營。在省略的風格上，在《剪燈新話》中多以被詢問、書信的方式被透露出來，《剪燈餘話》卻是多先以打啞謎的方式或多或少給予暗示，而後才予以揭露驗證，有別於瞿佑《剪燈新話》的嚴肅態度與隱藏原始事件，李昌祺用一種比較詼諧的筆法來對當下狀況不明的嚴肅事件賦予一個較為輕鬆雋永的新情緒，這是在《剪燈新話》所未見的，也是李昌祺的《剪燈餘話》獨特的地方。

　　節奏方面，雖擁有十組以上普魯斯特場景者《剪燈新話》明顯少於《剪燈餘話》，這是受於故事整體篇幅所限。因此由普魯斯特場景的結構來看，《剪燈新話》較《剪燈餘話》緊實，場景變換的節奏相對較快。而從時間省略來看，《剪燈新話》作者瞿祐較慣以「年」做為時間單位做情節的區隔，《剪燈餘話》作者李昌祺則是慣以「月」為單位敘寫。而《剪燈餘話》故事的篇幅較長，整篇故事的普魯斯特場景數量與單一普魯斯特場景內省略手法運用的頻繁度都較高，時間的跨幅也比較小，使得故事節奏也更為舒緩；《剪燈新話》中平均各篇的故事篇幅較短，普魯斯特場景變換較少，而故事所跨度的時間卻長許多，其節奏是相對較快的。

　　另外，詩詞的嵌入十分特別，但也有造成情節阻塞的可能性。《剪燈新話》詩詞出現情形為：場景多、停頓少，《剪燈餘話》則相反而量更大；也因此在《剪燈餘話》有故事情節的連繫程度較低的詩詞停頓情形出現，不若《剪燈新話》所出現的詩詞皆有其題點之意涵。整體而言詩詞的嵌入對《剪燈新話》

的流暢度是沒有影響的，甚至有意涵上的提攜作用；而《剪燈餘話》的流暢度稍差些。

在時距的變異方面，靜態的概要與動態的停頓；前者為楊義所提出的「凝止」情形，後者則是熱奈特所稱的「描寫停頓」。在《剪燈新話》中靜態歷史思維的凝止情形多發生在故事的中段，並以一篇一次為通例；而在《剪燈餘話》中則是在故事的首、尾有較多地發展，並且在一篇中出現多次的情形也增加了。而從內容可知《剪燈新話》對於戰事擾民之情十分關注，並以故事呈現百姓被驚擾的生活，並以百姓生活風俗為次。《剪燈餘話》可以明顯看出對於《剪燈新話》的仿效，但關注焦點上就與瞿佑截然不同了，李昌祺較為著重文人前途的部分。這種「凝止」的情形讓情節不再那麼得緊張，原本高速時距反而有了舒緩得效果，使得核心故事也更為明確了，意即情節雖然暫時凝止，但故事發展則更為緊湊。同樣地，「描寫的停頓」方面，多發生在景致描寫上；當這動態目光在化為文字時，在篇幅較長，並有與場景手法呈現連續相間的情景，在《剪燈新話》中得到較多的嘗試，這也使得故事的步調更為舒緩，呈現一種類似慢動作的情調，這是瞿佑文筆較為突出的地方。以上，在普魯斯特場景內部舒緩的同時，也會使得與時間省略的區隔更加明顯，意即情節雖然暫時停頓，但故事發展則更為緊湊，也是《剪燈新話》引人入勝的原因之一。

三、敘述話語方面

《剪燈新話》在「講述多次發生過一次之事件」的重複敘事安排上多有意義存在，無論是意涵上的重複或者是情節上的重複來突顯人物，質、量皆較《剪燈餘話》得高。《剪燈新話》的期望值與失望程度的敘述上是較為一致的，整體而言重複敘事的數量較多且較複雜，在同一個期望值與失望程度的橫截面裡包含了一個以上的重複敘事的情形也較多見；相對之下《剪燈餘話》重複敘事的情形就單純的多了。而若從期望值與失望程度的起伏來看，《剪燈新話》的期望值以高起低結者多，可知瞿佑慣以平復或者較哀傷的手法做結。而《剪燈餘話》的期望值以高起高結者多，可見李昌祺偏好喜劇手法做結，這也是《剪燈餘話》較符合大眾心情的突破與創新所在。而關於假反複，這個手法本身就很特別，在〈洞天花燭記〉中可以看出李昌祺在敘事手法上的嘗試。

　　在聲音方面，敘述者干預的情形在瞿佑小說中頗爲常見，較著重公開評論與隱蔽評論的敘寫方式，此在《剪燈餘話》中也影響很大，不僅篇篇具備且單篇內多種類的運用亦更勝，使得李昌祺小說在各種干預手法的使用頻率超越了瞿佑。在瞿佑《剪燈新話》外顯的敘述者聲音中對於人物的資質常有評論，其次是性格、形貌、奇事的評論；李昌祺《剪燈餘話》亦重資質，而經歷、性格其次。整體而言《剪燈新話》對外顯聲音的評論肯定多於否定，喜於歡運用正面肯定敘述，這點在《剪燈餘話》亦然，甚至更爲積極正向。

　　外顯與內隱敘述者的聲音是作爲用來瞭解作者對於各篇故事衷旨的內心傾向與認同方法，雙聲效果更進一步是內隱與外顯聲音的矛盾衝突情況，使得故事更具張力甚至有弦外之音。這些衝突下的內隱敘述者聲音的主題爲宗教、果報、鬼神、生命、強權、譴責世俗觀上是十分相似的，也是《剪燈餘話》明顯模仿《剪燈新話》部分，而在模仿主題之餘也加入了許多有別於瞿佑的想法與黑色幽默；在筆調上《剪燈新話》是較爲淡雅的，而《剪燈餘話》則是諷刺力道較強。在筆法上，瞿佑慣以不同的兩件人事物進行衝突對比來呈現，而李昌祺則是慣在同一件人事物上進行衝突，可見《剪燈餘話》藏的比較深，需要透過比對內隱的敘述者聲音才較爲明朗，而《剪燈新話》較爲淺白易辨識。

　　綜上所述，可以得知兩個人本質上有不同的著重點，如陳國軍所言：《剪燈新話》是瞿佑思想感情的產物，是瞿佑對元末明初社會現實的情感體驗與玩味；而李昌祺則是以文爲文、以文爲戲，是相當理智的創作著自己的小說作品。兩人的生活時代和文學觀念，有著很大的間距。〔註1〕這在本論文的敘事分析李昌祺多以詼諧筆法與各種詩詞插入情況中可以見得，但不全然僅侷限於此，李昌祺在其他敘事手法方面也多有嘗試，甚至在倒敘、無時性、停頓、純假設省略及頻率方面多突破的地方，這也是李昌祺有意經營小說技巧的證明。瞿佑《剪燈新話》也沒有如孫楷第《風流十傳》總評所言「連篇累牘，觸目皆是」或者「詩既俚鄙，文亦淺拙」的那麼不堪，〔註2〕詩詞的嵌入在場景上多爲情感的連繫，作爲停頓則有寫景、諷刺、表明心志之意涵。而

〔註 1〕陳國軍：《明代志怪傳奇小說研究》，（天津出版社，2006年第一版），頁59。
〔註 2〕載於孫楷第《日本東京所見中國小說書目》卷六，鳳凰出版社，頁126～127。
　　　　陳益源因襲其說，見《《剪燈新話》與《傳奇漫錄》之比較研究》，（中國小說研究叢刊，台北：台灣學生書局，1990年），頁153。

自明朝以來即有「瞿李之爭」的情況出現，但依本論文所析，李昌祺《剪燈餘話》整體的流暢度是不如瞿佑《剪燈新話》的，而非「瞿筆路固敏勁，然剽竊者多，甚至全篇累行謄錄；李雖用事險僻，少涉晦澀，要之皆其胸臆中語，非竊他人也……然則學術識見，瞿不逮李甚遠。事竟優瞿而劣李。」〔註3〕事實上造成詩詞堵塞的情況卻是顛倒的，李昌祺在半數篇章的題材上是明顯模仿瞿佑《剪燈新話》，而《剪燈餘話》能有如此多的創新實為可貴，但整體而言，小說的情節、功能、節奏、意蘊方面，仍略不及《剪燈新話》的。

〔註 3〕孫緒《沙溪集》卷一三《雜著・無用閒談》，《四庫全書》本。陳國軍因襲其說，見《明代志怪傳奇小說研究》，頁 50。

參考文獻

一、**古籍**（依照朝代排序）

1. （明）瞿佑著，林芑（垂胡子）集釋：《剪燈新話句解》，收錄於《古本小說叢刊·第三十三輯》，中華書局，出版年不詳。

2. （明）瞿佑著，清江書堂楊氏重校：《新增補相剪燈新話大全》，收錄於《續修四庫全書》集部小說類，第 1787 冊，上海：上海古籍出版社，2002 年。

3. （明）瞿佑著，周楞伽校注：《剪燈新話》，收錄於《剪燈新話外二種》，上海古籍出版社，1981 年。

4. （明）李昌祺著，張光啓校刊，劉世德、陳慶浩、石昌渝主編：《剪燈餘話》，收錄於《古本小說叢刊·第五輯》，北京，中華書局，1990 年。

5. （明）李昌祺著、張光啓校刊：《新增補相剪燈餘話大全》，收錄於《續修四庫全書》集部小說類，第 1787 冊，上海：上海古籍出版社，2002 年。

6. （明）李昌祺著、國立政治大學古典小說研究中心主編：《剪燈餘話》，收錄於《明清善本小說叢刊》，台北：天一出版社，1985 年 5 月。

7. （明）李昌祺著，周楞伽校注：《剪燈餘話》，收錄於《剪燈新話外二種》，上海古籍出版社，1981 年。

8. （明）趙弼著：《效顰集》，收錄於《筆記小說大觀叢刊》，臺北：新興出版，1988 年。

9. （明）陶輔著：《花影集》，收錄於《明清善本小說叢刊·續編》，臺北：天一出版社，1990 年。

10. （明）邵景詹著，遙青閣纂錄：《覓燈因話》，收錄於《古本小說集成》v.5-52，上海：上海古籍出版社，1992 年。

11. （明）胡應麟著：《少室山房筆叢》，上海：上海書店出版社，2001 年 8 月。

二、專書（依照姓氏筆畫排序）

（一）相關研究專書

1. 史蒂文‧科恩、琳達‧夏爾斯：《講故事——對敘事虛構作品的理論分析》，台北：駱駝出版社，1997 年。

2. 陳益源：《《剪燈新話》與《傳奇漫錄》之比較研究》，《中國小説研究叢刊》，台北：台灣學生書局，1990 年。

3. 陳國軍：《明代志怪傳奇小説研究》，天津：天津古籍出版社，2006 年 1 月，第一次印刷。

4. 喬光輝：《明代「剪燈」系列小説研究》，中國社會科學出版社，2006 年。

5. 薛克翹：《古代小説評價叢書——剪燈新話及其他》，瀋陽：遼寧教育出版社，1992 年 10 月第 1 版，1993 年 9 月第 2 次印刷。

（二）文學理論

1. W‧C‧布斯著，華明等人譯：《小説修辭學》，北京：北京大學出版社，1989 年。

2. 王平：《中國古代小説敘事研究》，石家莊：河北人民出版社，2001 年 12 月，第 1 版。

3. 申丹、王麗亞：《西方敘事學：經典與後經典》，北京：北京大學出版社，2010 年 3 月，第一次印刷。

4. 李建軍：《小説修辭研究》，北京：中國人民大學出版社，2003 年。

5. 吳士余：《中國古典小説的文學敘事》，上海：上海古籍出版社，2007 年 8 月，第 1 版。

6. 吳光正：《中國古代小説的原型與母題》，北京：社會科學文獻出版社，2002 年 10 月，第 1 版。

7. 胡亞敏：《敘事學》，武漢：華中師範大學出版社，2004 年 12 月，第 2 版。

8. 倪濃水：《小説敘事研究》，北京：群言出版社，2008 年 4 月，第 1 版。

9. 張寅德編：《敘述學研究——法國現代當代文學研究資料叢刊》，北京：中國社會科學出版社，1989 年 5 月，初版。

10. 楊義：《中國敘事學》，北京：人民出版社，2004 年 2 月，第 2 次印刷。

11. 愛德華‧摩根‧佛斯特著，蘇希亞譯：《小説面面觀》，台北：商周出版，2009 年 1 月，初版。

12. 熱拉爾‧熱奈特著，王文融譯：《敘事話語‧新敘事話語》，中國社會科學院，1990 年 11 月，第一次印刷。

13. 羅鋼：《敘事學導論》，昆明：雲南人民出版社，1999 年 7 月，初版三刷。

14. 譚君強：《敘事學導論》，北京：高等教育出版社，2008 年 11 月，初版。

（三）文學史

1. 吳志達《中國文言小說史》，齊魯出版社，1994 年 9 月。

2. 陳文新：《文言小說審美發展史》，武漢：武漢大學出版社，2002 年 10 月。

3. 劉大杰：《中國文學發展史》，臺北：華正書局，2005 年 8 月。

4. 陳大康：《明代小說史》，北京：人民文學出版社，2007 年 4 月，第 1 版。

5. 魯迅著、周錫山評註：《中國小說史略》，臺北：五南圖書出版股份有限公司，2009 年 3 月，初版。

6. 魏崇新主編：《中國文學史話·明代卷》，吉林：吉林文史出版社，2009 年 8 月，第 1 版。

三、單篇論文及學位論文（依照姓氏筆畫排序）

（一）單篇論文

1. 王文仁：〈從「剪燈新話」到「雨月物語」──中日文學的比較研究〉，《文學前瞻》第 4 期，2003 年。

2. 市成直子：〈關於《剪燈新話》的版本〉，《上海大學學報》，第三期，1995 年。

3. 米粟磊：〈談《剪燈新話》婚戀故事中的女性形象〉，《語文學刊》第九期，2010 年。

4. 李福清：〈瞿佑傳奇小說《剪燈新話》及其在國外的影響〉，《成大中文學報》第 17 期，2007 年。

5. 李劍國、陳國軍：〈瞿佑仕宦經歷考〉，《文學遺產》，第 4 期，1992 年。

6. 李劍國、陳國軍：〈瞿佑續考〉，《南開學報》，哲學社會科學版，第三期，1997 年。

7. 徐東日：〈《金鰲新話》與《剪燈新話》之比較研究──論金時習的文學主體性〉，《延邊大學學報》，第四期，1992 年。

8. 徐朔方：〈瞿佑的《剪燈新話》及其在近鄰韓、越、日本的回響〉，《古代戲曲小說研究》，浙江大學出版社，2008 年。

9. 徐志平：〈短篇小說的特質及其敘事分析──以話本小說〈等不得重新羞墓 窮不了連掇巍科〉為例〉，中正大學中文系主編，《中文創意教學示例》，麗文文化事業，2010 年 9 月。

10. 陳大康、漆瑗：〈《剪燈新話句解》明嘉靖刻本辨〉，《文學遺產》，第五期，1996 年。

11. 陳益源：〈關於「剪燈新話」的幾個誤會〉，《中外文學》（卷 18、總 213）第 9 期，1990 年。

12. 陳純禎：〈論《剪燈新話》述異志怪之敘寫效果〉，北臺灣學報，第三十三期，2010 年。

13. 陳慶浩：〈瞿佑和《剪燈新話》〉，《漢學研究》，第六卷第 1 期，1988 年。

14. 張錯：〈業與有情世界——「剪燈新話」及「雨月物語」故事數則例證〉，《當代》第 102 期，1994 年。

15. 喬光輝：〈《剪燈新話》的結構闡釋〉，商丘師範學院學報，第十六卷第一期，2000 年。

16. 楊小梅：〈《剪燈新話》的藝術特色〉，遼寧師專學報，總二十二第四期，2002 年。

17. 劉歡萍：〈三燈形象塑造與敘事研究〉，瀋陽教育學院學報，第十卷第二期，2008 年。

18. 賴力明：〈《剪燈新話》言鬼述異的敘事謀略〉，濟南大學學報，第十七卷第一期，1999 年。

19. 薛洪績：〈一個踏實的起步--讀陳益源的《剪燈新話與傳奇漫錄之比較研究》〉，《中國季刊書目》（卷 25）第 4 期，1992 年。

20. 薛洪績：〈瞿佑下獄謫戍原因考辨〉，《明清小說研究》第一期，1994 年。

21. 梅慶吉：〈漢文化整體研究中的豐碩成果——評陳益源《剪燈新話與傳奇漫錄之比較研究》〉，《中國書目季刊》（卷 27）第 3 期，1993 年。

22. 游秀雲：〈《青瑣高議》對《剪燈新話》的影響〉，《華岡研究學報》第 1 期，1996 年。

23. 蕭相愷：〈瞿佑和他的《剪燈新話》〉，《明清小說研究》第二期，2002 年。

（二）學位論文

1. 王淑玲：《剪燈三種考析》，國立臺灣大學，中國文學研究所，碩士論文，1981 年。

2. 林麗容：《《伽婢子》《剪燈新話》比較研究》，東吳大學，日本研究所，碩士論文，1986 年。

3. 沈怡如：《接受與誤讀——《剪燈新話》與《伽婢子》敘事藝術研究》，國立政治大學，國文教學碩士在職專班，碩士論文，2010 年。

4. 徐丙嫦：《《剪燈新話》與《金鰲新話》之比較研究》，台灣師範大學，碩士論文，1981 年。

5. 陳純禎：《瞿佑《剪燈新話》研究》，東吳大學，中國文學系，博士論文，2008 年。

6. 陳春妙：《《聊齋誌異》他界書寫之承衍研究——以《太平廣記》、《夷堅

志》、《剪燈三話》爲主》，國立臺灣師範大學，國文學系，碩士論文，2009年。

7. 趙英規：《明代小説對韓國李朝小説的影響》，政治大學，碩士論文，1967年。

8. 謝明宜：《李昌祺《剪燈餘話》研究》，國立雲林科技大學，漢學資料整理研究所，碩士論文，2010年。

四、網路資源

1. 中文電子期刊資料庫 http://www.ceps.com.tw/ec/echome.aspx

2. 中華民國期刊論文資料庫
   http://140.130.170.16/ncl-cgi/hypage51.exe?HYPAGE=Home.txt

3. 中文古籍書目資料庫 http://rarebook.ncl.edu.tw/rbook.cgi/frameset4.htm

4. 中國期刊全文數據庫 http://156.csis.com.tw/kns50/Navigator.aspx?ID=CJFD

5. 東京大學東洋文化研究所所藏漢籍目錄資料庫
   http://www3.ioc.u-tokyo.ac.jp/kandb.html

附錄一

〈秋香亭記〉

　　至正間，有商生者，隨父宦游姑蘇，僑居烏鵲橋，其鄰則弘農楊氏第也。（A2）楊氏乃延祐大詩人浦城公之裔。浦城娶於商，其孫女名采采，與生中表兄妹也。浦城已歿，商氏尚存。（B1）生少年，氣稟清淑，性質溫粹，與采采俱在童丱。（C3）商氏，即生之祖姑也。（D1）每讀書之暇，與采采共戲於庭，爲商氏所鍾愛，嘗撫生指采采謂曰："汝宜益加進脩，吾孫女誓不適他族，當令事汝，以續二姓之親，永以爲好也。"（E3）女父母樂聞此言，即欲歸之，（F4）而生嚴親以生年幼，恐其怠于學業，請俟他日。生、女因商氏之言，倍相憐愛。（G5）

　　數歲，遇中秋月夕，家人會飲沾醉，遂同游於生宅秋香亭上，有二桂樹，垂蔭婆娑，花方盛開，月色團圓，香氣濃馥，生、女私於其下語心焉。是後，女年稍長，不復過宅，每歲節伏臘，僅以兄妹禮見於中堂而已。閨閣深邃，莫能致其情。（H6）後一歲，亭前桂花始開，女以折花爲名，以碧瑤箋書絕句二首，令侍婢秀香持以授生，囑生繼和，詩曰：

秋香亭上桂花芳，幾度風吹到繡房。

自恨人生不如樹，朝朝腸斷屋西牆！

秋香亭上桂花舒，用意殷勤種兩株。

願得他年如此樹，錦裁步障護明珠。

生得之，驚喜，遂口占二首，書以奉答，付婢持去。詩曰：

深盟密約兩情勞，猶有餘香在舊袍。

記得去年攜手處，秋香亭上月輪高。

高栽翠柳隔芳園，牢織金籠貯彩鴛。

忽有書來傳好語，秋香亭上鵲聲喧。

生始慕其色而已，不知其才之若是也，既見二詩，大喜欲狂。但翹首企足，以待結褵之期，不計其他也。女後以多情致疾，恐生不知其眷戀之情，乃以吳綾帕題絕句於上，令婢持以贈生。詩曰：

羅帕薰香病裏頭，眼波嬌溜滿眶秋。

風流不與愁相約，才到風流便有愁。（I7）

生感歎再三，未及酬和。（J8）適高郵張氏兵起，三吳擾亂，（K7）生父挈家南歸臨安，輾轉會稽、四明以避亂；女家亦北徙金陵。（L9）音耗不通者十載。（M12）吳元年，國朝混一，道路始通。（N11）時生父已歿，（O10）獨奉母居錢塘故址，遣舊使老蒼頭往金陵物色之，則女以甲辰年適太原王氏，有子矣。（P13）

蒼頭回報，生雖悵然絕望，然終欲一致款曲於女，以導達其情，遂市剪綵花二盎，紫綿脂百餅，遣蒼頭齎往遺之。恨其負約，不復致書，但以蒼頭己意，托交親之故，求一見以覘其情。王氏亦金陵巨室，開彩帛鋪於市，適女垂簾獨立，見蒼頭趨蹌於門，遽呼之曰：「得非商兄家舊人耶？」即命之入，詢問動靜，顏色慘怛。蒼頭以二物進，女怪其無書，具述生意以告。女籲嗟抑塞，不能致辭，以酒饌待之。約其明日再來敘話。蒼頭如命而往。（Q14）女剪烏絲欄，修簡遺生曰：

伏承來使，具述前因。天不成全，事多間阻。蓋自前朝失政，列郡受兵，（R7）大傷小亡，弱肉強食，薦遭禍亂，十載於此。偶獲生存，一身非故，東西奔竄，左右逃遁；祖母辭堂，先君捐館；避終風之狂暴，慮行露之沾濡。欲終守前盟，則鱗鴻永絕；欲徑行小諒，則溝瀆莫知。不幸委身從人，延命度日。顧伶俜之弱質，值屯蹇之衰年，往往對景關情，逢時起恨。雖應酬之際，勉為笑歡；而岑寂之中，不勝傷感。追思舊事，如在昨朝。（S12）

華翰銘心，佳音屬耳。半衾未暖，幽夢難通，一枕才敧，驚魂又散。視容光之減舊，知憔悴之因郎；悵後會之無由，歎今生之虛度！豈意高明不棄，撫念過深，加沛澤以滂施，回餘光以返照，采葑菲之下體，記蘿蔦之微蹤；複致耀首之華，膏唇之飾，衰容頓改，厚惠何施！雖荷恩私，愈增慚愧！

而況邇來形銷體削，食減心煩，知來日之無多，念此身之如寄。兄若見之，亦當賤惡而棄去，尚何矜恤之有焉！倘恩情未盡，當結伉儷于來生，續婚姻於後世耳！臨楮嗚咽，悲不能禁。複製五十六字，上瀆清覽，苟或察其

辭而恕其意，使篋扇懷恩，綈袍戀德，則雖死之日，猶生之年也。

詩云：

　　好姻緣是惡姻緣，只怨干戈不怨天。

　　兩世玉簫猶再合，何時金鏡得重圓？

　　彩鸞舞後腸空斷，青雀飛來信不傳。

　　安得神靈如倩女？芳魂容易到君邊！（T15）

　　生得書，雖無複致望，猶和其韻以自遣雲：

　　秋香亭上舊姻緣，長記中秋半夜天。

　　鴛枕沁紅妝淚濕，鳳衫凝碧睡花圓。

　　斷弦無複鸞膠續，舊盒空勞蝶使傳。

　　惟有當時端正月，清光能照兩人邊。

　　並其書藏巾笥中，每一覽之，輒寢食俱廢者累日，蓋終不能忘情焉耳。
（U16）

　　生之友山陽瞿佑備知其詳，既以理論之，複製《滿庭芳》一闋，以著其
事。詞曰：

　　月老難憑，星期易阻，禦溝紅葉堪燒。辛勤種玉，擬弄鳳凰簫。可惜國
香無主，零落盡露蕊煙條。尋春晚，綠陰青子，鵾鳩已無聊。藍橋雖不遠，
世無磨勒，誰盜紅綃？恨歡蹤永隔，離恨難消！回首秋香亭上，雙桂老，落
葉飄颸。相思債，還他未了，腸斷可憐宵！

　　仍記其始末，以附於古今傳奇之後，使多情者覽之，則章台柳折，佳人
之恨無窮；仗義者聞之，則茅山藥成，俠士之心有在。又安知其終如此而已
也！（V17）

附錄二

1. 瞿佑著，林芑（垂胡子）集釋：《剪燈新話句解》，收錄於《古本小說叢刊》。
2. 李昌祺著，張光啓校刊：《剪燈餘話》，收錄於《古本小說叢刊》。其中有較大篇福缺頁的〈瓊奴傳〉以周楞伽註本文句較雙桂堂本為順暢，而〈幔亭遇仙錄〉、〈泰山御史傳〉在雙桂堂本中沒有刊載，因此此三篇皆採周楞伽《剪燈新話・外二種》校注本；張光啓本〈賈雲華還魂記〉相較於其他版本故事是錯漏較多的，因此亦採周本。

《剪燈新話》	頁碼	《剪燈餘話》	張光啟本頁碼
〈水宮慶會錄〉	上卷，頁 1713～1727	〈長安夜行錄〉	卷五，頁 3～8（缺小角）
〈三山福地志〉	上卷，頁 1727～1738	〈聽經猿記〉	卷五，頁 8～15
〈華亭逢故人記〉	上卷，頁 1738～1748	〈月夜彈琴記〉	卷五，頁 15～29
〈金鳳釵記〉	上卷，頁 1748～1759	〈何思明遊酆都錄〉	卷五，頁 29～36
〈聯芳樓記〉	上卷，頁 1760～1773	〈兩川都轄院誌〉	卷五，頁 36～40
〈令狐生冥夢錄〉	上卷，頁 1773～1784	〈連理樹記〉	卷六，頁 41～48
〈天台訪隱錄〉	上卷，頁 1784～1800	〈田洙遇薛濤聯句記〉	卷六，頁 48～59
〈滕穆醉游聚景園記〉	上卷，頁 1800～1814	〈青城舞劍錄〉	卷六，頁 59～64
〈牡丹燈記〉	上卷，頁 1815～1828	〈秋夕訪枇杷亭記〉	卷六，頁 64～73
〈渭塘奇遇記〉	上卷，頁 1828～1840	〈鸞鸞傳〉	卷六，頁 73～82
〈富貴發跡司志〉	上卷，頁 1840～1848	〈鳳尾草記〉	卷七，頁 83～88
〈永州野廟記〉	下卷，頁 1849～1855	〈武平靈怪錄〉	卷七，頁 88～95（缺小角）

〈申陽洞記〉	下卷,頁 1855～1862	〈瓊奴傳〉	卷七,頁 95～98(缺尾)
〈愛卿傳〉	下卷,頁 1862～1878	〈幔亭遇仙錄〉	卷七,頁 99～104(缺頭)
〈翠翠傳〉	下卷,頁 1878～1897	〈胡媚娘傳〉	卷七,頁 104～108
〈龍堂靈會錄〉	下卷,頁 1897～1917	〈洞天花燭記〉	卷八,頁 109～115
〈太虛司法傳〉	下卷,頁 1917～1925	〈泰山御史傳〉	卷八,頁 115～120(缺半頁)
〈修文舍人傳〉	下卷,頁 1925～1935	〈江廟泥神記〉	卷八,頁 120～128
〈鑑湖夜泛記〉	下卷,頁 1935～1949	〈芙蓉屏記〉	卷八,頁 128～133
〈綠衣人傳〉	下卷,頁 1949～1956	〈秋迁會記〉	卷八,頁 133～137
〈秋香亭記〉	下卷,頁 1957～1968	〈至正妓人行〉	卷八,頁 137～150(缺小角)
		〈賈雲華還魂記〉	卷九,頁 153～184(差異)
		參酌周楞伽校注本的頁碼	
		〈瓊奴傳〉	頁 212～216
		〈幔亭遇仙錄〉	頁 218～223
		〈泰山御史傳〉	頁 236～239
		〈賈雲華還魂記〉	頁 269～295